AF235067

Dare To Believe

Die Zwei Leben des Gabriel Evans

Teil 2

DARE TO BELIEVE

DIE 2 LEBEN DES GABRIEL EVANS

1. Auflage

Copyright © 2021 Stefanie Scholtysek, Iserlohn

Alle Rechte vorbehalten.

Coveridee und Gestaltung: © 2021Colors of Cronos
www.colors-of-cronos.de

Unter Verwendung von: Shutterstock

Korrektorat: J. Kolibri

Herstellung und Verlag: BoD – Books on Demand,
Norderstedt

ISBN Taschenbuch: 9783755748786

Impressum:

Stefanie Scholtysek
c/o Fakriro GbR
Bodenfeldstraße 9
91438 Bad Windsheim

Prolog

Vergebung. Eine Sache, nach der wir alle uns schon einmal gesehnt haben. Vergebung gibt uns eine zweite Chance. Eine Chance es besser zu machen und Vergebung heilt das Gewissen. Zu mindestens ist es das, was wir uns erhoffen. Vergebung war nie etwas, worüber Garett Rutherford nachgedacht hat. Es gab keine Vergebung für seine Familie und all die Dinge, die sie mit ihrem Immobilien-Imperium anrichteten. Es gab keine Vergebung für Garetts Medikamentenschmuggel im Krankenhaus und es gab auch keine Vergebung, als es darum ging, ob er überhaupt noch weiterhin als Arzt praktizieren durfte. Das Schwerste jedoch ist nicht, um die Vergebung bei anderen Leuten zu bitten. Das ist lediglich eine Frage des Stolzes. Das Schwerste ist sich selbst zu vergeben. Sich nicht tagtäglich von seinen Schuldgefühlen jagen und innerlich auffressen zu lassen. Denn genau das tat Garett seit über einem Jahr. Es gab keinen Moment, in dem er sich nicht die Schuld für Denise Tod gab. *Er* war es, der Denise in diesen Supermarkt geführt hatte. *Er* war derjenige, der erste Hilfe geleistet hatte und *er* war derjenige in dessen Armen sie letzten Endes auch gestorben war. Schuldgefühle entstehen nicht einfach so. Meistens merken wir auch gar nicht, wann uns dieses Gefühl überkommt. Es kommt schleichend. Von Tag zu Tag baut sich die Schuld in uns immer mehr auf, so wie es einst bei Garrett war. Es ist zwar einfach sein altes Leben hinter sich zu lassen und sich neu zu erfinden. Auch wenn Gabriel ihm vieles abnahm, so konnte er seinen Ballast und die Schuld nicht loswerden. Es gab keinen Tag an dem Gabriel nicht an sein altes Leben zurück dachte. An all die Entscheidungen, die ihn hergebracht hatten und all die Dinge, die er getan hatte auf der Suche nach seinen Antworten. Denise war Tod. Er nicht. *Wieso verdiente er es weiterzuleben und sie nicht?* Diese Fragen werden mit der Zeit auch nicht weniger.

Ganz im Gegenteil.

Je mehr Zeit verging und Gabriel in das Leben seiner Schwester eintaucht, blieb ihm letzten Endes nur noch eine Frage, die er sich stellen konnte:

Wer war Denise Rutherford überhaupt?

Kapitel 1

Mit weit aufgerissen Augen starrte Garett auf den leblosen Körper seiner Schwester. Er lauschte ihren Atemzügen, die vergeblich nach Luft schnappten und beobachtete dabei wie ihre Lippen immer bläulicher wurden. Ihre Stimme rau und stockend. Jedes ausgesprochene Wort schien wie eine Qual durch ihren ausgetrockneten Hals.

„Bleib bei mir Denise. Hilfe ist unterwegs", sprach er ihr immer wieder zu. Seine Hand hatte er dabei fest auf ihre Wunde gedrückt, in der Hoffnung ihre Blutung so nur ansatzweise stillen zu können.

„Es ist okay, Gary. Ich..."

„Nein, sag es nicht. Ich lass dich nicht sterben. Hörst du das? Man kann die Sirenen schon hören. Gleich ist jemand da."

Garetts Stimme überschlug sich immer wieder aufs Neue. Verzweifelt huschte sein Blick durch die Gegend in der Hoffnung irgendeinen Weg zu finden seiner Schwester vor der Ankunft des Krankenwagens noch zu helfen. In seinem Kopf ging er jegliche Semester und dessen Lehrstoff durch, um eine Antwort auf all die Fragen in seinem Kopf zu finden. *Tue ich das richtige? Kann ich noch mehr tun? Wie kann ich sie retten?* Er spürte, wie Denise Griff schwächer wurde und ihre Hand drohte von seiner auf den Boden zu sacken. Wage nahm er sein Umfeld wahr. Das Heulen, der immer näherkommenden Sirenen, die Stimmen der ersten Polizisten, die bereits am Tatort angekommen waren, um Zeugen zu befragen. Alles was Garett in diesem Moment tat, war sich auf Denise zu konzentrieren. Ihr Bitten und ihr Flehen und ihr ständiges Versprechen, dass alles okay sei, trieb ihn immer mehr am Rande der Verzweiflung. Sie gab auf. Denise gab auf und das tat sie nie. Umso mehr lag es an ihm stark zu sein. Nicht nur für sich, sondern auch für sie. Und gerade als Garett seinen Mund öffnete, um ihr weiterhin gut zu zusprechen, spürte er wie eine viel zu vertraute Stimme hinter ihm ertönte. Mit aller Kraft an seiner Schulter rüttelte und ihn schließlich mit einem Ruck zurück in das *Hier und Jetzt* zog.

Gabriel riss seine Augen auf und sah geradewegs in die besorgten Gesichter von Jenna und Gabriella als der Druck auf seiner Brust immer stärker wurde.
„Du hast eine Panikattacke", sagte er zu sich selbst. Setzte sich dabei gleichzeitig auf und streckte seinen Rücken so gut er konnte durch. Die Hände seitlich auf den Tisch neben sich abgestützt.
„Ein und ausatmen. Ein und aus und schön durch die Nase."
Als er versuchte sich ein wenig mehr aufzustellen, rutschte er mit seinen Händen von der Tischecke ab. Versuchte sich dabei vergeblich irgendwo festzuhalten und fegte mit seinem Fall Denise Akte mit sich vom Tisch.
„Gabe!", schrie Jenna laut auf. Lies sich neben ihn auf den Boden fallen und suchte ihn beinahe panisch nach möglichen Verletzungen ab.
„Nein", schob er sie nach Luft schnappend von sich.
„Er hat eine Panikattacke", stellte Gabriella fest. Stürmte ohne ein weiteres Wort in die Küche und durchforstete seine Schubladen nach einer Papiertüte.
„Ganz ruhig, okay? Das wird wieder. Tief ein und ausatmen."
Jenna startete einen weiteren Versuch und hob langsam ihre Hand. Diesmal ließ es Gabriel geschehen. Versuchte sich unter ihrer Berührung zu entspannen. Er konzentrierte sich auf seine Atmung. Orientierte sich dabei an Jennas und versuchte ihrem gleichmäßig stetigen Atmen zu folgen.

„Ich habe es!", rief Gabriella aus der Küche und stürmte schnellen Schrittes herüber. Mit einem lauten Knall ließ sie sich vor ihm auf den Boden fallen. Ignorierte dabei den Schmerz, der ihre Knie durchfuhr. Gabriel entriss ihr förmlich die Tüte und fing erleichtert an in sie hin einzuatmen. Lauschte dem Knistern des Papiers, welche seine tiefen Atemzüge verursachten.

„So ist es gut. Das wird wieder."

Stumm nickte Gabriel Jenna zu. Nahm dabei einen weiteren tiefen Atemzug. Er spürte wie ihre Hand die ganze Zeit über in kleinen Kreisbewegungen über seinen Rücken strich. Vermutlich spürte wie sein Sweatshirt an seinem verschwitzten Rücken klebte und wie angespannt seine Schulter waren. In der Zwischenzeit hatte Gabriella angefangen die Akten, welche Gabriel bei seinem Fall mit sich zu Boden gezogen hatte wieder aufzusammeln. Angefangen bei den Tatortbildern, damit Gabriel sich diese nicht mehr länger angucken musste. Sein Blick folgte ihren Bewegungen. Nahm noch immer das Zittern ihrer Finger wahr als Gabriella sich nun daran machte sämtliche Bilder von Vivian Durand einzusammeln.

„Warte", raunte Gabriel plötzlich lauter als zunächst beabsichtigt. Legte seine Papiertüte nach einem letzten Atemzug wieder zur Seite und schob sich mit einem Ruck vom Boden ab, um unter den Tisch zu krabbeln, wo ein Bild seine Aufmerksamkeit besonders auf sich zog. Im Gegensatz zu dem schwarz-weißen Bild welches Gabriella ihm vorhin von Vivian gezeigt hatte, war dieses farbig. Gestochen scharf, da die Kamera sie hier nicht in ihrer Bewegung erwischt hatte und dabei ein wichtiges Detail entblößte.

„Was hast du?", fragte Jenna verwirrt nach. Hastig huschte sein Blick über das Bild, ehe er Gabriella mit einem Ruck den Rest der Bilder entriss, um diese miteinander zu vergleichen.

„Nein", murmelte er.

„Nein, nein, nein!"

Trotz seiner schwachen Beine rappelte er sich an seinem Stuhl auf und zog nun auch das Notizbuch an sich.

„Gabe, hey. Was hast du?"

Er schüttelte seinen Kopf. Blätterte wild durch die Seiten, ohne zu wissen wonach er suchte.

„Gabriel", ermahnte ihn Jenna erneut, diesmal eine Spur strenger.

„Es muss hier sein."

Verwirrt rappelten sich nun auch Jenna und Gabriella auf, um nachzusehen wonach Gabriel so verzweifelt zu suchen schien.

„Ich brauche mehr Gaby! War das alles? War das alles was du von Denise hast?", brüllte er.

„Was? Nein, also ja. Die Akten, das Buch und..."

Plötzlich schien auch ihr ein Gedanke zukommen und Gabriella stürmte zu ihrer Aktentasche zurück, wo sie einen dicken Umschlag herausholte und den Inhalt auf dem Tisch verstreute.

„Stopp!", schrie Gabriel als er einen der Zettel an sich heranzog. Nachdenklich strich er mit seinen Fingern über das Rutherford Buildings Emblem.

„Das ist derselbe Termin, der in ihrem Buch steht", erklärte Gabriella.

„Schon klar, aber warum hatte Denise einen Firmenblock?"

Die Frage war mehr an sich selbst gerichtet als an die beiden Frauen. Gedankenverloren strich er weiterhin über den edlen Druck.

„Er ist zu hochwertig für einen einfachen Notizblock. Das Papier ist dicker. Das Firmenemblem ist gestanzt, nicht gedruckt."

Überrascht über seine wenn auch verwirrten Worte warfen nun auch die beiden Frauen einen Blick über seine Schulter auf den Notizblock und tauchten somit in ihre alltäglichen Rollen eines Detective und einer Anwältin ein.

„Ich kenne das Papier. Es ist dicker als die anderen. Wir haben solche Blöcke in der Kanzlei, aber nur wir. Also Namenspartner und die höhergestellten Anwälte. Unsere Anfänger haben einfache Blöcke."

„Zeig mal her", mischte nun auch Gabriella dazwischen. Riss ihrer Freundin den Block förmlich aus der Hand und blätterte einige der umgeklappten Seiten zurück.

„Da steht nichts", presste Gabriel bei einem weiteren tiefen Atemstoß hervor.

„Vielleicht nicht, vielleicht doch, aber..."

„Gaby, guck mal", schnitt Jenna ihr das Wort ab. Genau wie Gabriel hatte auch sie sich das farbige Bild von Vivian angeschaut und denselben Hinweis gefunden, welchen ihn erst so aufgewühlt hatte.

„Was ist?"

„Das Logo. Es ist dasselbe Logo. Kaum zu erkennen auf den ersten Blick, aber der Kaffeebecher hier trägt das Firmenlogo auf sich."

Um ihren Verdacht ein wenig zu bestärken, riss sie eine der hinteren, unbeschriebenen Seiten des Blocks heraus. Faltete diese knapp bis zur Mitte zusammen und hielt den fehlenden Teil des Logos auf dem Kaffeebecher an das Bild heran. Gabriel spürte wie ihm erneut die Tränen in die Augen stiegen. Sein Magen sich ein weiteres Mal umdrehte und der Druck auf seiner Brust wieder zunahm. Seine Hände sich wieder zu Fäusten ballten als sein Verdacht sich mit jedem Wort welches Jenna und Gabriella austauschten bestätigte.

„Hier. Auf diesem Foto erkennt man das Logo besser. Es ist ein wenig verschwommen, aber ganz. Sie hat einen Kaffeebecher in der Hand", fuhr Jenna fort. Tippte mit ihrem Finger dabei umso deutlicher auf eins der anderen Fotos.

„Sie muss im Gebäude gewesen sein. Der Kaffeestand befindet sich im Gebäude. Direkt am Eingang im Wartebereich und vor der Sicherheitskontrolle", brach Gabriel sein Schweigen und verstärkte unter seiner aufsteigenden Wut den Druck seiner zusammengeballten Faust. Seine Fingernägel schnitten bereits schmerzhaft in seine Haut, doch das war ihm im Moment egal.

„Also war sie drinnen", bestätigte Gabriella mit einem kleinen Nicken.

„Aber wie? Wenn du sagst, dass das hinter der Sicherheitskontrolle ist, dann muss Denise..."

„Einen Weg gefunden haben reinzukommen oder viel wichtiger: Sie muss einen Grund gehabt haben überhaupt erst reinzugehen", sprang Gabriella auf den Gedanken ihrer Freundin mit auf.

„Und das anscheinend Undercover."

Gabriels Herz fing an in seiner Brust zu rasen. Das Blut in seinen Ohren fing erneut an zu pochen. Langsam löste er seine krampfhaft zusammen geballten Fäuste. Heiße Tränen stürmten über seine Wange als er plötzlich laut anfing zu schreien. Zu Fluchen. Ein Schrei der Verzweiflung, welcher in diesem Moment Jenna und Gabriella das Blut in ihren Adern gefrieren ließ. Er stand auf. Schmiss den Stuhl hinter sich mit voller Kraft auf zu Boden und ließ mit dem lauten Knall die beiden aufs Neue zusammenzucken. Bevor eine von ihnen überhaupt reagieren konnten, hatte Gabriel sich bereits umgedreht und war so schnell er konnte die Treppen zu seiner Dachterrasse hinaufgestürmt.

Kapitel 2

Es störte ihn nicht, dass das Holz der Kiste welches er vor sich immer wieder auf den Boden schepperte, bereits in seine Hand schnitt. Sich sämtliche Splitter dabei schmerzhaft in seine Hand bohrten. Es störte ihn nicht, dass das Blut bereits an seinem Ringfinger herunterlief. Das zerbrochene Glas unter seinen Schuhen auf den Steinfliesen der Dachterrasse entlang kratzte. Nichts von dem nahm Gabriel in diesem Moment wirklich wahr. Das Blut rauschte in seinen Ohren. Machte es beinahe unmöglich Jennas und Gabriellas Stimmen in dem Chaos seiner Gedanken und dem Krach, welcher ihn umgab herauszufiltern. Keiner von ihnen traute sich einzugreifen. Ihn zu berühren. Nicht weil sie Angst hatten, dass er sie verletzten würde. Sie von sich schieben würde, sondern dass sie es nicht schaffen, würden ihn festzuhalten und zu beruhigen.

„Gabe!", schrie Jenna als dieser nach der zweiten Holzkiste griff und sie vor sich auf den Boden knallte. Immer wieder schrie Gabriel vor Schmerzen laut auf. Er spürte wie seine Kräfte nachließen und trotzdem gab Gabriel sein bestes, das letzte Stück Kraft, welches sein Körper besaß, irgendwie zu bündeln um den Druck, die Wut, welche ihn durchfuhr abzubauen.

„Gary!", versuchte es nun Gabriella. Näherte sich ihm langsam Schritt für Schritt bis sie den perfekten Moment erwischt ihn mit einem gekonnten Polizeigriff zu packen und festzuhalten.

„Shhhh, ganz ruhig, okay? Beruhige dich."

„Ich...ich...", schnappte er verzweifelt nach Luft. Heiße Tränen strömten erneut über seine Wangen. Mit einem stummen Nicken signalisierte Gabriella ihrer Freundin, dass sie ihn im Griff hatte. Ohne noch eine Sekunde länger zu zögern, rannte Jenna zu den beiden herüber.

„Hey, hey, hey. Aufstehen. Gabe, nicht", sagte Jenna.
Es dauerte nicht lange bis seine Beine schließlich nachließen und er in Gabriellas Griff zu Boden sackte. So gut
es ging versuchte Jenna die Scherben mit ihrem Fuß
zur Seite zu schieben als seine Knie nachgaben, damit
er sich nicht noch mehr verletzte. Die Augen vor
Schock geweitet als sein Blick über das Ausmaß seiner
Wut vor sich schweifte. Die zerstörten Holzkisten, der
kaputte Stuhl und das Glas der unzähligen Flaschen,
die er auf dem Dach hatte, stehen gelassen und welches
teilweise noch immer unter seinen Füßen kratzte als er
sich vergeblich versuchte ein wenig vom Boden abzu-
stoßen.
„Gaby, das Blut", stellte Jenna geschockt fest als sie
sah, dass der Schnitt an seiner Hand doch tiefer zu sein
schien als sie zunächst dachte.
„Ich hole den Verbandskasten, kommst du klar?"
„Ja, los geh und bring was zum Desinfizieren mit und
eine Jacke. Er zittert am ganzen Körper."
Noch immer strömten die stummen Tränen über sein
Gesicht. Vorsichtig um ihn nicht zu erschrecken, hob
Jenna ihre Hand. Näherte sich langsam seinem Gesicht, um ihm diese von der Wange zu wischen.
„Sie haben sie getötet", schluchzte er trocken.
„Gabe..."
„Sie haben Denise getötet. Seit über einem Jahr gebe
ich mir die Schuld an ihrem Tod, dabei war es nie
meine Schuld gewesen."
„War es nicht nein, aber du kannst nicht wissen, ob
deine Familie... hör zu, ich weiß, dass das alles einen
ziemlich überrumpeln und schockieren kann. Zutiefst
schockieren kann, aber du musst dich jetzt beruhigen
und dann..."
„Was dann? Rational denken? Meine Schwester wurde
ermordet, Jenna. Es war kein einfacher Unfall, kein
Überfall. Es war keine Panikreaktion, weil der Typ ihre

Marke gesehen hat, nein. Es war geplant von vorne bis hinten hin. Aber jetzt bin ich dran, ich werde das nicht einfach auf sich beruhen lassen."

„Tut mir leid, ich verstehe nicht ganz", blinzelte sie verwirrt.

Mit einem spöttischen Lachen schüttelte Gabriel seinen Kopf. Sein kalter Atem streifte ihr Gesicht.

„Ich werde ihren Fall nicht einfach so ab acta legen. Ich werde nicht zwei, drei vielleicht vier Wochen warten, bis die Polizei erneut versagt und ihren Fall wieder zur Seite räumt und mir sagt, dass sie privat ermittelt hat und sie nichts tun können, weil es nicht offiziell war. Dass es noch ihre Schuld ist, weil sie es nicht lassen, sein konnte. Nein, diesmal nicht. Diesmal bin ich am Zug und ich fange da an, wo die sie aufgehört hat."

Geschockt über die Worte, die Gabriel von sich gab ließ Jenna sich vorsichtig vor ihn auf den Boden sinken. Hielt jedoch weiterhin seine Hand als Gabriella schließlich mit dem ersten Hilfe Kasten zu ihnen kam. Es war keine Situation, in welche man sagte, dass die Wut, die Verzweiflung aus ihm sprach. Nein, ganz im Gegenteil. Wenn Gabriel sich etwas in den Kopf setzte und von etwas vollkommen überzeugt war, konnte man es ihm nicht einfach wieder ausreden. Das würde es noch schlimmer machen. Ihn umso mehr anspornen, wenn man ihm Gründe lieferte, warum er es sein lassen sollte. Und irgendwo musste Jenna ihm auch Recht geben. Ob sie wollte oder nicht, wusste sie, dass er recht hatte. Die Polizei würde nicht viel tun können. Inoffizielle Ermittlungen fanden auf eigene Gefahr statt. Waren größtenteils sogar verboten und nachdem was sie gesehen hatte, hatte Denise sich auf mehr als einfach nur dünnen Eis bewegt. Eine neue Identität deutete nicht mal eben auf einen kleinen Fall hin, sondern auf etwas viel Größeres. Etwas so Großes, dass es nötig war Undercover zu ermitteln. In seinen eigenen

Notizen von sich in der dritten Person zu sprechen und dabei seinen Decknamen zu benutzen. Denise hatte sich in etwas reingeritten. In etwas Großes, was so gefährlich zu sein schien, dass sie es noch nicht mal ihren besten Freundinnen anvertrauen konnte. Gabriella, ihrer besten Freundin seit dem ersten Tag an der Academy und gleichzeitig ihre Partnerin als sie das erste Mal gemeinsam mit ihrer Marke das Revier betraten. Sie konnte sich keinen rechtlichen Beistand mit Jennas Hilfe holen, der sie im schlimmsten Fall vielleicht raushauen würde. Das alles konnte sie nicht tun. Sie war komplett auf sich allein gestellt gewesen und wenn Gabriel wirklich Recht hatte, musste sie dafür mit ihrem eigenen Leben bezahlen. Das Grollen des Donners über ihnen wurde immer lauter und es würde nicht mehr lange dauern bis der Regen auf sie hinab prasseln würde. Gemeinsam versuchten Jenna und Gabriella ihn auf den Weg zurück in sein Appartement zu stützen. Gabriel konnte sich kaum allein aufrecht halten, ohne bei jedem Schritt aufs Neue zu Boden zu sacken. Der provisorische Verband stillte die Blutung an seiner Hand für einen Moment. Es war nicht perfekt, aber für den Moment würde es genügen. Gerade als es anfing zu regnen und die ersten Tropfen, durch das noch immer geöffnete Dachfenster in sein Schlafzimmer tropften, stolperten die beiden mit Gabriel im Arm ins Wohnzimmer.

„Ich mache schon", sagte Gabriella und stürmte die Treppen wieder nach oben, um das Fenster mit einem kräftigen Ruck zu schließen.

„Zeig her", murmelte Jenna als sie vorsichtig den Verband um Gabriels Hand löste, um einen Blick auf die Wunde zu werfen.

„Die Glas-Splitter müssen entfernt werden, ich mach das schon."

„Gabe, ich weiß nicht, ob du dich jetzt selbst verarzten solltest. Vielleicht sollten wir..."

„Ich fahre nicht ins Krankenhaus. Es gibt Menschen mit ernsthafteren Verletzungen, an denen ihr Leben hängt und nicht lausige Glas und Holzsplitter. Bringst du mir bitte die Schreibtischlampe und eine Pinzette und die Desinfektionstücher aus dem Badezimmer."

So verwandelte Gabriel innerhalb weniger Minuten mit Jennas Hilfe seinen Couchtisch zu einem halbwegs sterilen Arbeitsplatz mit dem er arbeiten konnte. In der zwischen Zeit hatte Gabriella sich in die Küche zurückgezogen, um ihnen allen zur Beruhigung einen Tee zu kochen und eine Kleinigkeit zu Essen zu machen. Dankbar dafür, dass Gabriels Kühlschrank mittlerweile mit vernünftigen Dingen als nur Bier und übrig gebliebenes Essen vom Lieferservice gefüllt war. Neugierig und auch ein wenig schockiert über die Tatsache, dass Gabriel sich gerade selbst an seinem eigenen Tisch verarzte, sah sie ihm von seinem Ledersessel aus zu.

„Danke", murmelte er als Gabriella ihm seinen Tee hinstellte, ohne den Blick von seiner Hand abzuwenden.

„Ich höre euch beide bis hier hindenken. Ihr wisst schon, dass ich für so etwas ausgebildet bin, ja?", seufzte er genervt.

„Mag sein, aber normalerweise hast du das im Krankenhaus getan. An einem deutlich sterileren Ort."

„Gaby, ist okay. Er weiß, was er tut", unterbrach Jenna ihre Freundin sanft und zog sie dabei an ihrer Schulter ein wenig zu sich zurück. Eine Weile lang saßen die drei still da. Keiner von ihnen sagte auch nur ein Wort was vielleicht daran lag, dass Gabriel seine ganze Konzentration auf seine Hand fokussierte und weder Jenna noch Gabriella ihn dabei stören wollten. Die Akten hatte Gabriella wieder sortiert und zusammengefaltet neben Denise Kalender auf den Tisch gelegt, damit man sich nicht bei jedem Gang in die Küche Denise toten Körper oder ihr neu entdecktes Alter Ego anschauen musste. Eine ganze Stunde hatte es beinahe gedauert, bis Gabriel guten Gewissens alle Glas- und Holzsplitter aus seiner Hand entfernen konnte und diese nach erneuter Desinfektion mit einem einfachen Druckverband verband. Das erste was er tat, nachdem er seinen Müll vom Wohnzimmer in der Küche entsorgt hatte, war sich an einer seiner gekühlten Bierflaschen im Kühlschrank zu bedienen. Den Kronkorken beim Öffnen dabei einfach auf den Boden fallen ließ, statt diesen ebenfalls im Müll zu entsorgen.

„Bist du dir sicher, dass das eine gute Idee ist?", fragte Gabriella ihn streng.

„Warum nicht? Ich habe keine Tabletten genommen und wenn ich ehrlich bin, ist das hier..."

Provozierend wedelte er mit der Flasche vor sich her.

„...gerade das bessere Schmerzmittel."

„Du hörst dich wie ein Alkoholiker an", konterte sie sofort. Mit einem frustrierten Seufzen schloss Jenna ihre Augen und ließ den Kopf nach vorne in ihre Hände fallen. Fing dabei an sanft ihre pochenden Schläfen zu massieren in der Hoffnung, dass einer der beiden einfach Ruhe geben würde, bevor das Ganze noch zu einem riesigen Streit ausarten würde.

„Und nun?", hackte Gabriella nach kurzem Schweigen nach. Den Blick zwischen Gabriel und Jenna hin und her schweifend. Sie zuckte mit den Schultern.

„Ich hoffe, dass du diesen Fall nicht neu aufrollen lassen wirst", antwortete Gabriel auf ihre Frage.

„Was? Warum nicht? Gary, wir..."

„Gabe. Die Tatsache, dass meine Schwester ermordet wurde, ändert nichts an meiner Entscheidung."

Fürs erste nahm Gabriella seinen Kommentar so hin. Irgendwo hatte er auch Recht. Er hatte eine Entscheidung diesbezüglich getroffen und so schwer es ihr auch manchmal fiel musste sie es akzeptieren.

„Sein wir doch mal ehrlich. Was können deine Kollegen schon ausrichten, hm? Sie haben beim letzten Mal schon so großartige Arbeit geleistet und ich bezweifle, dass es bei diesem Mal besser wird", zischte er über die Öffnung seiner Flasche hinweg.

„Du weißt ganz genau, dass das was anderes ist. Wir reden hier nicht mehr von einem einfachen Überfall, wir reden hier von...sie könnte..."

„Sie wurde ermordet, Gaby. Nenn es beim Wort. Denise wurde ermordet", fuhr er im harschen Ton erneut dazwischen, nahm dabei einen weiteren großen Schluck aus der Flasche und schüttelte erneut mit einem spöttischen Lachen seinen Kopf.

„Was könnt ihr schon ausrichten? Gibt es Beweise? Vielleicht. Ist es genug? Auf keinen Fall. Was willst du ihnen sagen? Sie hat inoffiziell ermittelt. Undercover und sich offensichtlich bewusst in Gefahr gebracht. Schalt dein Detective Hirn an, Gaby!"

„Gabe, hey. Rede nicht so", ermahnte ihn Jenna sofort. Warf ihm dabei einen mehr als wütenden Blick über seinen Umgangston gegenüber ihrer Freundin zu. Sie wusste wie schwer das Ganze für ihn war. Wie schlimm es sein müsste nach über einem Jahr endlich die Wahrheit zu erfahren was mit dem wohl wichtigsten Menschen seines Lebens passiert war, doch es war noch lange kein Grund sich Gabriella und ihr gegenüber wie ein Arsch zu verhalten.

„Sie hat sich die Fotos wohl kaum selbst zugeschickt, oder? Bedeutet also, dass jemand wusste, dass sie ermittelt. Sie wahrscheinlich Grenzen überschreitet, die sie ihre Reputation hätte kosten können und trotzdem hat sie es getan."

„Aber warum?", hackte nun Jenna nachdenklich nach.

„Weil es um *unsere* Familie ging. Inoffiziell zu ermitteln, wahrscheinlich beweise zu sammeln, dass sie jemand ernst nehmen würde, wenn sie ihren Verdacht schildern würde und meine Eltern nicht rechtzeitig mit einem ihrer Anwälte reagieren könnten. Also frage ich dich jetzt, Gaby: Wie stehen die Chancen, dass dieser Fall wirklich neu aufgerollt wird, wenn dein Vorgesetzter, deine Kollegen erfahren, dass Jenna inoffiziell ermittelt und sich somit bewusst in Gefahr gebracht hat."

Beinahe automatisch öffnete Gabriella ihren Mund. Wie sonst auch sofort zu einer Argumentation bereit mit dem Unterschied, dass ihr diesmal sämtliche Argumente fehlten.

„Dachte ich es mir doch", murmelte Gabriel. Drei weitere Züge später war seine Flasche leer und er machte sich auf den Weg in die Küche, um eine neue zu holen.

„Und das erlaubst du, ja?", fuhr Gabriella nun leise Jenna an, die stumm ihren Kopf schüttelte. Natürlich erlaubte sie es ihm nicht. Tolerierte seinen sich in Alkohol ertränkten Frust auch nicht wirklich, doch was sollte sie schon sagen? So lange es noch bei ein, zwei vielleicht drei Bieren blieb und nicht zum Scotch oder Vodka wechselte würde sie es irgendwie ertragen und versuchen keinen weiteren Streit zu provozieren.

„Du willst wissen, was wir machen, ja?", nahm Gabriel mit einem rauen Räuspern wieder auf dem Sofa Platz.

„Ich sage dir was wir machen. Wir machen es richtig. Du und ich. *Wir*. Wir haben die Chance das Richtige zu tun. Denise die Gerechtigkeit zu bescheren, welche sie bereits vor über einem Jahr verdient hätte und wenn ich es nicht so lange vor mir her geschoben hätte...", mit einem leisen Schluchzen brach Gabriel seinen Satz ab. Atmete wie zuvor bei seiner Panikattacke tief ein und aus in der Hoffnung seine Gefühle ein wenig kontrollieren zu können, bevor er fortfuhr.

„Hätte ich nicht so lange gebraucht, dann säße ihr Mörder vielleicht schon in dem Loch, wo er hingehört. Aber jetzt wissen wir es. Ich weiß es und ich werde alles dafür tun, damit sie gerächt wird."

Genau wie Jenna bereits auf dem Dach riss nun auch Gabriella sichtlich geschockt über Gabriels Worte ihre Augen auf und sah ihre Freundin neben sich völlig entgeistert an.

„Ist das dein Ernst? Hey, du kannst das nicht wieder tun, hörst du? Deine Selbstjustiz, dein Heldenkomplex…"

Gabriella wusste gar nicht wo sie anfangen sollte. Geschweigenden wie sie diesem starrköpfigen Idioten, der ihr gegenübersaß, davon zu überzeugen, dass seine Selbstjustiz ihn damals schon nichts weiter als Ärger eingebracht hatte.

„Ich rede nicht davon nachts auf die Straße zu gehen, sondern strategisch vorzugehen. Sich Denise Sachen gründlich anzuschauen. Ihren roten Faden wieder aufzunehmen und dort weiterzumachen, wo sie aufgehört hat. Hört zu, ich verstehe, wenn ihr in euren Positionen das nicht könnt. Wenn ihr Grenzen überschreitet, aber ich muss das tun. Verstehst du es nicht, Gaby? Wir haben hier eine Chance. Die wohlmöglich einzige Chance, welche wir uns immer gewünscht haben und wenn wir diese nicht ergreifen, dann könnte ich mir das niemals verzeihen."

Sein Blick schweifte automatisch zu Jenna herüber, die ihn bereits mit Tränen gefüllten Augen ansah und langsam ihren Kopf schüttelte.

„Und was ist mit dir? Du hast gesehen in was für eine Gefahr Denise sich gebracht hat und wenn du jetzt weitermachst…"

Sie traute sich gar nicht erst ihren Gedanken auszusprechen aus Angst, dass dieser sich noch bewahrheiten würde. Sie einen weiteren geliebten Menschen verlieren könnte und das würde sie beim besten Willen nicht ertragen. Wie oft konnte ein Mensch so etwas erleben? Wie viele Verluste kann man ertragen, bevor man selbst komplett daran zerbrechen würde. In der

Hoffnung das weder Gabriel noch Gabriella ihre übergelaufenen Tränen sehen würden, wischte sich Jenna diese möglichst unauffällig von der Wange. Vergeblich, denn auch Gabriella schloss mit einem erschöpften Seufzen ihre Augen. Gabriel hingegen nahm einen weiteren Schluck aus seiner Flasche. Stellte diese auf dem Tisch vor sich ab, um sich langsam aus den Kissen auf der Couch aufzurappeln und zu ihr herüberzugehen.

„Hey", hauchte Gabriel als er Jennas viel zu kalten Hände zwischen seine nahm. Ihr sanft ihre Tränen von der Wange wischte.

„Ich will, dass sie Gerechtigkeit bekommt, Gabe. Ich will es so sehr. Für sie, aber auch für dich, aber ich kann nicht leugnen, dass ich Angst habe."

„Das habe ich auch, aber ich muss es tun. Du weißt genau wie ich, dass das meine einzige Chance ist."

„Und du denkst dabei gar nicht an dich?"

Traurig senkte Gabriel seinen Blick. Sah auf ihre ineinander verschlungenen Hände herunter und ließ seinen Daumen in leichten Bewegungen über ihren Handrücken streichen.

„Ich verstehe", erwiderte Jenna. Sein Schweigen war Antwort genug. Mehr als jedes Wort was sie hören musste, um seinen Standpunkt zu verstehen.

„Entschuldigt mich bitte", schluchzte Jenna. Entzog Gabriel mit einem Ruck ihre Hand und hielt sich diese entschuldigend vor ihren Mund als sie nach ihrer Jacke griff und ohne ein weiteres Wort mit ihrer Handtasche verschwand. Sichtlich geschockt über ihre Entscheidung sah Gabriel panisch zu seiner Freundin herüber, welche nur ebenfalls stumm ihren Kopf schüttelte.

„Ich kann dich nicht aufhalten, weißt du. Ich kann dich aber auch nicht beschützen. Nicht offiziell zu mindestens. Wenn du erwischt wirst, kann ich dich nicht länger raushauen, ohne selbst Schwierigkeiten zu bekommen."

„Ich weiß."

„Wie kannst du ihr das antun, *Gary?* Und ja ich sage bewusst Gary, weil du ein Idiot bist. Du bist der größte Idiot, den ich kenne mit einem unglaublichen Drang zum Wahnsinn und Selbstzerstörung. Weißt du eigentlich was du ihr da zumutest? Du bist durch die Hölle gegangen, schon klar und ich verstehe auch, dass das deine Chance ist. Aber seien wir doch mal ehrlich. Du hast dir seit über einem Jahr jeden Tag aufs Neue selbst die Schuld gegeben, genau wie ich und jetzt siehst du diese Chance es richtig zu machen. Dein Gewissen zu bereinigen, aber hast du nur ein Funken Ahnung wie es uns geht? Glaubst du nicht, dass ich das will? Dass ich Gerechtigkeit will oder dass Jenna sie will? Sie hat ihre Schwester verloren bei einem Überfall und fünf Jahre später ihre Freundin. Freundin, Gary! Sie war nicht nur einfach die Frau, die den Mörder ihrer Schwester geschnappt hat. Sie war ihre Freundin und dann willst du..."

Gabriella ließ ihren Satz in der Luft hängen. Es war zwecklos, das wusste sie. Gary war stur und Gabriel anscheinend noch sturer. Wenn selbst Jenna ihn nicht zur Vernunft bringen konnte, wie konnte sie dann auch nur ansatzweise glauben, dass sie es könnte?

„Wo gehst du hin?", fragte Gabriel ängstlich als nun auch sie aufstand und sich in ihre Jacke schälte.

„Nach Jenna schauen. Soll ich dir Denise Sachen hierlassen?"

„Ja."

„Gut, viel Spaß damit, Sherlock."

Kapitel 3

Gabriel fegte den letzten Rest der Glasscherben mit dem Kehrblech auf dem Dach zusammen und warf sie in den großen schwarzen Sack aus welchem bereits die ersten Holzstücke herausstachen. Hätte er einen Kamin wäre es, um einiges einfacher das Holz zu mindestens loszuwerden. Er könnte es einfach verbrennen. So musste er sich irgendwie überlegen, wie er es am besten loswerden könnte. Vielleicht sollte er einfach sein Glück versuchen und den Sack am Mittwoch mit den anderen Mülltonnen an die Straße zu stellen. Statt alles in einen Beutel zu stecken es vielleicht auf zwei aufteilen, damit die Stücke nicht so hervorstachen und er die Säcke wenigstens ein wenig zusammenbinden könnte, um den Inhalt zu verstecken. Vor allem weil an einigen Holzstücken noch immer sein Blut klebte. Nachdem das Dach nun wieder aufgeräumt und dank seines Wutausbruchs beinahe so aussah wie an seinem ersten Tag als er hier eingezogen war, zog er seine Tagesdecke aus dem Schlafzimmer aufs Dach hinauf. Faltete diese so gut es ging einige Male zusammen, dass er nicht länger das Gefühl haben würde auf einem kalten Boden zu sitzen. Kurz nachdem auch Gabriella verschwunden war, hatte es aufgehört zu regnen. Viermal hatte Gabriel bereits versucht Jenna zu erreichen und jedes Mal hatte sie seine Anrufe aufs Neue blockiert. Er hoffte inständig, dass Gabriella sie gefunden hatte. Sie einfach nach Hause gefahren war, um einen klaren Kopf zu bekommen und Gabriella mit ihrem Wagen vielleicht vor Jenna an ihrem Appartement angekommen war.
Es gab viele Momente seit Denise Tod in denen er verzweifelt war. Überfordert und völlig überrumpelt von seinen Gefühlen. Allerdings konnte er sich an keinen einzigen Moment erinnern, in dem er so verzweifelt war. Verzweifelt und wohlmöglich wieder komplett auf

sich allein gestellt. Er hatte Jenna vergrault und auch Gabriella, derer Loyalität stets Jenna gehörte. Wenn er Pater Millstone davon erzählen würde, würde auch er ihn wahrscheinlich als waghalsigen Idioten hinstellen. Sein Bestes geben ihn umzustimmen und so wie Gabriel war, würde er letzten Endes auch ihn von sich stoßen und allein dastehen.

Nachdenklich betrachtete Gabriel den Sekundenzeiger seines Weckers auf dem Nachttisch. Zählte dabei jede einzelne verstrichene Sekunde in der Hoffnung, dass es ihn irgendwann langsam in den Schlaf wiegen würde. Und tatsächlich um 01:15 Uhr schienen seine Augen endlich so schwach zu sein, dass sie jeden Moment problemlos zufallen könnten und sich morgen hoffentlich nicht vor neun Uhr öffneten. Plötzlich hörte er das Schloss seiner Haustür knacken. Erst das Hauptschloss und dann der deutlich dumpfere Ton, der von dem Öffnen seiner zwei Sicherheitsschlösser kam. Das Knarren der Tür, wessen Scharniere er schon vor Wochen einölen wollte, um dieses lästige Geräusch loszuwerden, es jedoch immer wieder aufs Neue vor sich hergeschoben hatte. Er hörte wie ein Paar Schuhe auf den Boden polterten und die darauffolgenden schlürfenden Schritte, die sich ihm langsam näherten. Und irgendwann spürte er wie sich zwei Arme von hinten um ihn schlangen. Gabriel rührte sich nicht. Kein Stück. Er roch Jennas Parfum. Spürte ihre kalten Hände durch den Stoff seines Sweatshirts, machte jedoch keine Anstalten ihr zu vermitteln, dass er noch wach war. Stattdessen konzentrierte er sich darauf seine Atmung möglichst gleich zu halten. Sich nicht von seinen Gefühlen übermahnen zu lassen. Sie hatte vorhin ihr gutes Recht gehabt einfach zu verschwinden. Dafür konnte er ihr nicht böse sein, denn letzten Endes hatte er ihr das Gefühl gegeben sich gegen sie entschieden zu haben. Bei dem Gedanken schossen ihm erneut die Tränen in die

Augen und Gabriel wusste, dass er diese nicht mehr länger zurückhalten könnte. Vorsichtig hob er seine Hand, die neben ihm auf der Bettdecke lag und platzierte diese auf Jennas. Ein leises Schluchzen entrang seiner Kehle als er sich langsam traute sich in ihrer Umarmung umzudrehen und ihren wohlmöglich mehr als enttäuschten Blick zu begegnen. Als es jedoch so weit war, sich ihre Blicke endlich trafen sah er, dass es ihr nicht anders ging. Stumm rollten ihr die ersten Tränen über die Wange, während sie ihre Hand sanft an seine schmiegte und über seinen Bart strich.

„Es tut mir so leid", raunte Gabriel.

„Mir auch."

„Nein, du hast nichts falsch getan, ich war..."

„Ich verstehe es", schnitt sie ihm das Wort ab. Gabriel leckte sich über die Lippen. Schmeckte das Salz seiner Tränen, welche auf seinen aufgebissenen Lippen brannten.

„Du und ich, wir sind ein Team und auch wenn du manchmal ein starrköpfiger Idiot sein kannst, kannst du immer auf mich zählen. Es wäre nicht fair dir vorzuwerfen, dass du kein Recht hast Gerechtigkeit für deine Schwester zu verlangen. Ich denke für einen Moment habe ich das Vergessen, aber ich habe Angst um dich."

Er quittierte ihre Worte mit einem stummen Nicken. Verstärkte dabei automatisch seinen Griff um ihre Hand auf seiner Brust.

„Wenn wir das tun, dann tun wir es richtig. Ich weiß, dass du der Polizei nicht traust, nachdem sie ihren Fall nach einem Monat einfach abgestempelt haben, aber Gabriella ist nicht wie ihre Kollegen. Und wenn sie diesmal diejenige sein will, die Denise Fall bearbeitet, dann darf sie es nicht melden. Wir haben lange darüber geredet und Gaby will es dieses Mal richtig machen. Sie will diejenige sein, die den Mörder ihrer Partnerin verhaftet. Sie will Gerechtigkeit, das wollen wir alle. Aber damit das funktioniert musst du mir versprechen, dass wir gemeinsam dran arbeiten. Teamwork, Gabriel okay?"

„Ihr seid dabei, ihr lässt mich nicht allein?", fragte er erstaunt.

„Ein Team", wiederholte Jenna ihre Worte und hielt Gabriel ihren kleinen Finger für ein Versprechen hin.

„Ein Team", willigte er ein und verwob seinen kleinen Finger mit ihren, bevor er sie mit einem Ruck an sich zog und sein Gesicht mit einem erleichternden Seufzen in ihrem Haar versteckte.

„Ich bleibe morgen hier, okay?", flüsterte Jenna in sein Ohr. Kraulte mit ihrer freien Hand sanft über seine Locken und merkte sofort, wie Gabriel sich in ihren Armen entspannte und als Antwort stumm in ihre Schulter nickte. Bereits vor ihrer späten Ankunft hatte sie beschlossen sich morgen ausnahmsweise mal im Büro krank zu melden. Der wahrscheinlich erste Tag seit Beginn ihrer ihres Jobs in der Kanzlei an dem Jenna sich unter falschem Vorwand krankmeldete, doch das störte sie nicht. Ihre Anwesenheit war stets perfekt gewesen, da würde es auf einen Tag nicht ankommen. Dazu hatte sie zurzeit auch keinen aktuellen Fall. Keine Verhandlung auf, die sie sich vorbereiten musste und wenn sie ehrlich war, lagen ihre Prioritäten im Moment ganz woanders. Es dauerte nicht lange bis Gabriel schließlich vollkommen einschlief und auch Jenna endlich mit einem mehr als erschöpften Seufzen ihre Augen schloss in der Hoffnung endlich etwas Ruhe zu finden.

Kapitel 4

Es war einer dieser Tage, die Gabriel eigentlich so sehr liebte. Ein perfekt sonniger Tag nach einem heftigen Regenschauer. Als er sich heute Morgen auf den Weg zur Arbeit gemacht hatte, konnte er den Frühling förmlich riechen. Das nasse Gras, welches von den warmen Sonnenstrahlen erwärmt und getrocknet wurde und dabei seinen ganz eigenen Geruch mit sich brachte. Der leichte Morgenwind wehte und dabei die ein oder anderen Tropfen von den Bäumen abschüttelte und auf Gabriel herunter prasseln ließen, als er gerade dabei war auf sein Fahrrad zu steigen. Es war warm. Nicht gerade sommerlich warm, aber warm genug um seinen Wintermantel endlich zu Hause zu lassen. Der kühle Fahrtwind tat ihm gut. Half ein wenig gegen seine Kopfschmerzen im Gegensatz zu seiner ersten Tasse Kaffee, die auf ganzer Linie versagt hatte. Normalerweise würde er sich an der nächsten Ecke einen dieser Energy-Drinks oder Booster mit dem doppelten Koffeingehalt holen. Doch auch wenn sein Körper schwach und müde war, funktionierte wenigstens noch sein Verstand. In den letzten Tagen hatte er seinem Körper genug Gift in Form von Alkohol hinzugefügt, den er wieder jeden Abend so trank wie die meisten wahrscheinlich eine Tasse Tee, vor dem zu Bett gehen. So sehr er Jenna auch in den letzten Tagen vermisst hatte, war er froh, dass sie ihn nicht abends in seinem derzeitigen Zustand sehen konnte. Jeden Tag, ob am frühen Morgen, wenn sie aufstand oder zwischen ihren Meetings, ihrer Mittagspause bis hin zum Feierabend erkundigte sie sich immer wieder nach Gabriel. Kleine Textnachrichten, die anfingen wie: *Wie geht es dir? Gut geschlafen? Und weiter gingen zu: Was machst du heute so? Gehst du zu Dennis? Bist du zu Hause? Vielleicht schaff ich es heute vorbeizukommen.* Gabriel hingegen hatte sie schnell durchschaut und konnte ihr dabei ehrlich gesagt noch nicht mal böse sein, dass sie ihn indirekt kontrollierte. Dafür hatte er ihr in der letzten Woche mit seinem Verhalten allen guten Grund dazu gegeben. Nach Gabriellas schrecklicher Entdeckung, seinem ersten Streit mit Jenna und seinem eigenen inneren Kampf mit seinen Dämonen, war Gabriel mehr als froh darüber, dass weder Jenna noch Gabriella ihn sitzen gelassen haben. Sie würden es gemeinsam tun und Denise Mörder auf eigene Faust finden. Jedoch beschränkten sich ihre privaten Ermittlungen größtenteils aufs Wochenende. Zu mindestens für die beiden Frauen, denn Gabriel saß jeden Abend aufs Neue vor der Akte, die sie angelegt hatten. Bestens strukturiert und geordnet. Die Bilder mit den wenigen Fakten, die sie hatten und einem genaueren Zeitstempel beschriftet. Jeden Abend saß Gabriel an seinem Küchentisch und studierte immer wieder und wieder Denise Notizen in der Hoffnung endlich schlau aus ihr zu werden. Das große Geheimnis von Vivian Durrand zu lüften. Manchmal erwischte Gabriel sich dabei, wie sehr Denise Alter-Ego ihn beeindruckte. Die kleinen Details, die sie ihr verpasst hatte, um ganz sicher zu gehen nicht erkannt zu werden. Kontaktlinsen, falsche Tattoos, mehr Schmuck als sie jemals tragen würde und ein falsches Piercing am Ohr. Sie hatte alles aus sich herausgeholt. Auf der Arbeit hingegen tat er sein Bestes, um sich weder seine Anspannung noch sein ständiges Grübeln nicht anmerken zu lassen. Er funktionierte. Das musste er auch, bevor er irgendwann noch einen Fehler machen und die Gesundheit eines Patienten gefährden würde, indem er ihm noch die falsche Infusion oder Medikamente gab. Und wenn er mal doch in einem kleinen Moment der Schwäche in seinen Gedanken versank, sprach ihn niemand wirklich drauf an. Dafür kannten seine Kollegin ihn mittlerweile zu gut. Er funktionierte und letzten Endes war das alles was zählte.

Im stetigen Takt klopfte Gabriel mit seinen Fingern gegen den Kaffeebecher in seiner Hand. Die Augen geschlossen und geradewegs der Sonne zugerichtet. Die warmen Sonnenstrahlen, die sein Gesicht erwärmten und ihm dabei das Gefühl gaben ihn langsam wieder mit Kraft und Energie zu füllen. Seine Schicht war bereits seit einer guten Stunde beendet. Es war eine gute Schicht. Eine ruhige Schicht, in der er nicht viel vermasseln konnte, wenn es darauf angekommen wäre. Doch statt nach Hause zu fahren, hatte Gabriel es sich mit einem Sandwich, einer Cola, einen Muffin und einem extra starken Kaffee auf einer der Bänke am Queens Walk bequem gemacht. Außerdem wäre es eine Schande gewesen dieses Wetter nach den letzten unzähligen kalten und verregneten Tagen nicht zu nutzen. Ein kleines Stück Frühling tat auch ihm gut.

„Hey Fremder", riss ihn eine vertraute Stimme aus seinen Gedanken. Bevor Gabriel jedoch wirklich reagieren konnte, hatte Jenna sich neben ihm auf die Bank fallen gelassen und einen kleinen Kuss auf seine Wange aufgedrückt.

„Hey, was machst du denn hier?", hackte er mit einem kleinen Schmunzeln nach. Sie stimmte in sein Lachen mit ein. Es wirkte nicht ganz gezwungen, aber auch nicht ganz unbeschwert. Aber das war okay, denn es war Jenna. Wenn Gabriel eins gelernt hatte, dann war es nichts vor Jenna zu verstecken. Sie las ihn größtenteils so oder so wie ein offenes Buch und wusste, wenn ihn irgendetwas beschäftigte.

„Naja, ich dachte, ich schaue einfach mal vorbei, nachdem du mir geschrieben hast, dass du hier bist. Wie geht es dir?"

Da war sie wieder, die Frage alles Fragen: *Wie geht es dir?* Die Frage hatte ihn bereits kurz nach Denise Tod schon in den Wahnsinn getrieben und auch jetzt war er kurz davor sich seine Bemerkungen zu dieser Frage zu verkneifen.

„Du musst mich das nicht immer fragen, Jenna. Mir geht es nicht gut, aber mir geht es auch nicht schlecht. Ich boxe mich so durch."

„Ich weiß ja", seufzte sie. Lies dabei ihre Hand sanft über sein Haar, seinen Rücken streichen und spürte förmlich seine angespannten Muskeln unter ihren Fingern.

„Muffin?", bot Gabriel ihr in der Hoffnung das Thema zu wechseln an. Teilte dabei das Gebäck in seinen Händen bereits in Zwei auf, bevor sie überhaupt antworten konnte.

„Dankeschön. Also, was gibt es Neues? Du schaust müde aus."

Schüchtern senkte er seinen Blick. Da war es wieder wie ein offenes Buch. Vielleicht er sollte er mal damit anfangen an seinem Pokerface oder seinen Schauspielkünsten zu arbeiten.

„Du glaubst doch nicht wirklich, das Gaby und ich nicht wissen, dass du abends vor dieser Akte sitzt, oder?"

„Wirklich?", hackte er verwirrt nach.

„Natürlich, deshalb liegt sie auch bei dir. Wir wussten von Anfang an, dass es dich in den Wahnsinn treiben würde, wenn die Sachen bei einem von uns liegen würden. Also, Sherlock gibt es was neues?"

Und prompt zu seiner eigenen Überraschung fing Gabriel an zu lachen. Ein kleines, leichtes Lachen welches seinen Brustkorb verlies. Ihn dabei ein wenig mehr durchatmen lies als er es bereits die ganze Zeit versucht hatte mit der Hilfe der frischen Luft zu tun.

„Du überrascht mich immer wieder aufs Neue, Walker."

„Ich kann nichts dafür, dass du so einfach zu lesen bist. Vielleicht kenne ich dich mittlerweile auch einfach viel zu gut."

„Oder du bist einfach eine Top-Anwältin und wirst deinem Ruf einfach nur gerecht."

„Hach ja, wie sehr haben mir deine Komplimente die letzten Tage gefehlt. Wirklich du pushst mein Ego sehr", spielte sie völlig unbeschwert mit, legte Gabriel dabei einen Arm um die Schulter und brachte ihn erneut zum Lachen.

„Dein Ego, ja?", witzelte er, bevor sein Blick sich wieder auf den Fluss vor sich richtete. Die beiden einen Moment lang die Stille, welche sie umgab, genossen, bis Gabriel sein Schweigen brach.

„Mich lässt einfach nicht der Gedanke los wie viel Mühe sie sich bei ihrer Tarnung gegeben hat. Denise schien zu wissen, dass sie erkannt werden könnte. Ich meine sie hat das volle Programm rausgehauen und trotzdem kann ich mich nicht aufhören zu fragen, was so wichtig gewesen war, was so wichtig sein könnte, dass sie sich erst in diese Gefahr gebracht hat. Sie alles riskiert hat und sich dabei auch nachts an all diese Orte gewagt und herumgetrieben hat. Ich meine, versteh mich nicht falsch Denise war taff. Sie war hart und konnte sich wehren, aber auch sie wäre in der Unterzahl schwach gewesen."

„Ich weiß du meinst. Vielleicht hat sie darauf spekuliert nicht erkannt zu werden, weil sie in all den Jahren kaum in diesem Gebäude war. Du hast mir mal erzählt als du noch in den Staaten warst, das Denise allein auf die ein oder andere Veranstaltung deiner Eltern musste, oder?"

Gabriel nickte.

„Es war das einzige Mal, dass man sie wirklich in Verbindung mit eurer Familie gesehen hat, und wer merkt sich schon ein flüchtiges Gesicht auf irgendeiner Party mit unzähligen Leuten."

„Du wärst überrascht. Man merkt sich das Gesicht eines Rutherfords schnell, wenn man für dieses Unternehmen arbeitet."

„Naja vielleicht das Gesicht eines Jonathan Rutherford, der auch wirklich für die Firma arbeitet, aber doch nicht von jemanden, der damit nichts zu tun hat. Seien wir doch mal ehrlich, ich habe es selbst gesehen. Die Leute, die dort hinkommen, versuchen sich einen Vorteil zu verschaffen in der Hoffnung aufzufallen, weiter aufzusteigen in ihrer Karriere. Solche Leute reden nicht mit jemanden, der nicht für die Firma arbeitet, das glaube ich nicht. Und ich glaube das Denise gerade darauf spekuliert hat."

Verwirrt und doch nicht ganz abgeneigt von Jennas Theorie blinzelte er sie nachdenklich an. Und verfolgte dabei weiterhin *ihren* Gedankengang.

„Sie war ein Phantom."

Kapitel 5

Viel zu früh saßen Jenna und Gabriella am Samstagmorgen an Gabriels Frühstückstisch. Im Gegensatz zu Gabriel, der im Vergleich zu den beiden Frauen bereits Stunden wach war, hingen die beiden mit halb geschlossenen Augen über ihrer mittlerweile zweiten Tasse Kaffee.

„Ich bin ja kein Morgenmuffel, aber du kannst mir nicht sagen, dass er jedes Wochenende so früh aufsteht", brummte Gabriella und nahm dabei einen erneuten Schluck von ihrem Kaffee.

„Ich glaube, das ist das Adrenalin oder die Anspannung."

Es war nicht einfach gewesen Gabriel davon zu überzeugen sich erst am Samstag weiter mit Denise Fall zu beschäftigen und nicht bereits Freitagabend. Sonst hätten die beiden Frauen wohl möglich gar keinen Schlaf bekommen.

„Tassen hoch", sagte Gabriel als er bereits mit dem nassen Lappen über den Tisch wischte, um die letzten Spuren ihres Frühstückes zu entfernen.

„Dankeschön, die Damen", schmunzelte er und stupste bei dieser Gelegenheit auch gleich Gabriella an ihrer Schulter an.

„Was ist los Detective Pérez? Bist du auf dem Revier auch so mürrisch, wenn du an einem Wochenende arbeiten musst, hm?"

Genervt verdrehte Gabriella ihre Augen, während Jenna ihre Lippen aufeinanderpresste um nicht Lachen zu müssen. Wenn auch ein wenig mühsam stand sie auf, hob die Kiste mit sämtlichen Notizen, Bildern und Beweisen auf den Tisch und fing mit Gabriellas Hilfe an diese in ihre richtige Reihenfolge zu bringen. Die Vorarbeit, die Gabriel unter der Woche geleistet hatte war hingegen bemerkenswert. Sämtliche Bilder waren mit Klebezettel versehen. Nach Zeitstempel geordnet, sowie die einzelnen, losen Notizen welche aus Denise Kalender gefallen waren. Vom Lageplan des Rutherford Buildings hatte er zwei Kopien machen gelassen, auf welche sie fürs erste problemlos herumkritzelten, wenn ihnen eine Idee oder ein Gedanke durch den Kopf schoss.

„Okay, wir wären so weit. Lust deine Gedanken mit uns zu teilen?", fragte Gabriella als nun auch Gabriel sich mit einer weiteren Tasse Kaffee zu ihnen an den Tisch setzte. Stumm nickte er ihnen zu und zog ohne ein weiteres Wort zwei der Bilder aus der Überwachungskamera und seinen eigenen Notizblock zu sich herüber.

„Das hier", sagte er kurz und tippte mit seinem Finger auf das Bild, welches Denise auch *wirklich* als Denise und nicht Vivian zeigte.

„Wieso geht sie auf diesem normal ins Gebäude, wenn sie kurz darauf 4 Wochen später als Vivian nochmal rein geht? Was ist dazwischen passiert? Ich glaube, dass das der Grund dafür war, warum sie sich dazu entschlossen hat Undercover zu gehen und als Vivian weiterzumachen", fuhr er fort.

„Vier Wochen sind eine lange Zeit. Vielleicht wollte sie einfach ein wenig Gras über die Sache wachsen lassen", warf Jenna direkt in die Runde und sah sich die Bilder ebenfalls an. Im Gegensatz zu Jenna und Gabriel zog Gabriella, die das wohl möglich geschulteste Augen von allen in diesem Fall besaß, ihr Handy aus der Tasche.

„Ich glaube, ich weiß, worum es ging. Wie lautet das Datum?", hackte sie auf einmal mit ihrer viel tieferen Stimme nach.

„8. Juni, warum?"

Neugierig lehnte Gabriel sich ein kleines Stück weiter zu ihr herüber, um ebenfalls einen Blick auf ihr Handy zu werfen. In Windeseile scrollte Gabriella die vergangenen Monate durch. Erschrocken darüber wie viel

Zeit seit Denise Tod vergangen war und wie lange sie dafür gebraucht hatte erst zu merken, dass etwas ganz und gar nichts stimmte.

„Wusste ich es doch. Denise hatte mich gebeten in diesem Jahr im Juni mit ihr auf eine von euren Familienveranstaltungen zu gehen und diese war...“

„13. Juni“, beendete Jenna den Satz ihrer Freundin.

„Ganz genau. Vielleicht war sie deshalb im Büro. Du meintest doch das Jonathan sich darum gekümmert hat, dass ihr eure Einladungen bekommt, zusagt und auftaucht, oder?“

„Ja.“

Verwirrt hob Jenna eine Braue und zog nachdenklich das Bild zu sich herüber als ihr plötzlich ein kleines Detail auffiel.

„Hey, sie trägt ihre Waffe“, stellte sie fest.

„Würde ich auch, wenn ich da rein gehe“, murmelte Gabriel leise vor sich her. Vorsichtig zeichnete Jenna mit ihren Fingern die Ausbeulung des Holsters, welches Denise auf dem Bild trug nach als auch Gabriella bestätige, dass es sich definitiv um ihr Holster handeln musste.

„Wenn Denise im Dienst da war, dann hat sich nichts allzu Privates geklärt. Das hätte zu lange gedauert.“

Gabriel zog seinen Block und einen Stuft zu sich herüber, um ihre Theorie fürs erste so festzuhalten, bevor er diese ebenfalls in Stichwörter auf einen Klebezettel notierte und an den Rand des Bildes befestige.

„Ist auf der Veranstaltung irgendwas passiert? Irgendetwas vorgefallen wie ein Streit, eine Diskussion?“, erkundigte Jenna sich mit bereits dem zweiten Bild in der Hand.

„Nein, nicht wirklich. Es waren schlichtweg nur die blöden Kommentare ihres Bruders.“

„Was hat er gesagt?“

„Oh du weißt es nicht? Jonathan dachte, dass Gabriella Denise heimliche Geliebte ist", schmunzelte Gabriel ein wenig.

„Geliebte? Hattest du damals nicht diesen einen Freund?", stimmte Jenna in sein Lachen mit ein und sah ihre Freundin neugierig an.

„Hatte ich, deshalb war es ja auch so lustig und naja kann sein, dass Denise und ich uns den ein oder anderen Scherz erlaubt hatten, in dem ich mich einfach bei ihr eingehakt hatte. Wir uns einen Drink geteilt haben und sowas."

„Und darauf ist keiner angesprungen?", staunte Gabriel erneut.

„Nicht wirklich, nein. Dein Bruder hat nur hin und wieder mit den Augen gerollt. Aber zurück zum Thema: Meiner Meinung nach ist auf dieser Party nichts vorgefallen, was Denise dazu hätte bringen können einen Monat später Undercover zu gehen."

„Heißt sie scheint davor schon ermittelt zu haben und gehofft auf der Feier irgendetwas zu finden?"

„Bist du sicher?", lenkte Jenna mit ein. Den Blick zwischen beiden Bildern vor sich hin und her schweifend.

„Vielleicht ging es auch darum, dass sie als Denise keine Antworten bekommen hat. Zu mindestens nicht diese, welche sie gebraucht hat."

„Aber als Vivian? Tut mir leid, man vertraut doch keiner Fremden mehr Geheimnisse an als der eigenen Tochter, Schwester oder sonst einem Familienmitglied mehr oder weniger."

Mit einem frustrierten Seufzen ließ Gabriel seinen Kopf in die Hände fallen. Massierte dabei seine bereits pochenden Schläfen und fragte sich wie Gabriella das Tag ein Tag aus in ihrem Job ertragen konnte. Das Spekulieren, die Rätsel und die ständigen Sackgassen, die man dabei erreichte. Der Frust, der einem das Gefühl gab, einfach nicht weiterzukommen und auf ganzer Linie zu versagen.

„Ich glaube, ich habe was!", meldete sich Jenna. Während Jenna die anderen Bilder, welche entweder von einem Privatdetektiv oder sonst einem Schnüffler, Stalker oder welche Bezeichnung auch immer dem gerecht wurde, sich anschaute, blätterte Gabriel durch Denise alten Kalender und Gabriella recherchierte nach möglichen Skandalen oder Anschuldigungen, welche die Firma in diesem Jahr hätten, belasten können. Irgendetwas, was Denise auf sie aufmerksam gemacht hätte.

„Schaut euch das an", fuhr sie fort, sortierte die Bilder vor sich in eine ganz andere Reihenfolge und tippte mit ihrem Finger zwischen ihnen hin und her.

„Ich glaube nicht, dass es ihr erster und einziger Besuch in der Firma war. Hier, schaut mal. Das Bild in der Lobby entstand am 7. Juli, einen Monat nach der Veranstaltung. Das Bild hier draußen ebenfalls vom 7. Juli, sowie das hier aus dem Auto. Aber dieses Bild hier, entstand drei Tage später und dieses 8 Tage später."

Beinahe gleichzeitig beugten Gabriel und Gabriella sich zu ihr herüber. Folgten immer wieder aufs Neue ihren Fingern, die stetig den Zeitstempel umkreisten.

„Aber was nur auf einem Bild zu sehen ist, wenn auch ziemlich unscharf ist das hier. Sie trägt eine Karte im Inneren ihrer Jacke. Auf den anderen Bildern hatte sie den Mantel immer geschlossen, nur hier nicht."

„Eine Karte?", hackte Gabriella sofort nach und riss das Bild förmlich an sich.

„Was für eine Karte?"

Eine Karte wieder holte Gabriel in seinen Gedanken.

„Eine Zugangskarte, das war es. Das ist es!", brachte er Jennas Gedanken zu Ende. Etwas umständlich rappelte er sich von seinem Stuhl auf und durch forschte die Kiste nach einem der Lagepläne vom gesamten Gebäude.

„Es gibt einen gravierenden Unterschied, wenn du ins Gebäude gehst. Hast du einen Termin, bekommst du einen Besucherausweis. Er ist gelb, glaube ich. Gelb mit einer schwarzen Schrift, wenn ich mich richtig erinnere. Nichts Besonderes, einfach nur ein Stück laminiertes Papier mit einem Clip dran. Aber, wenn du fürs Unternehmen arbeitest, bekommst du eine Chip-Karte."

Gabriel zog mit Jennas Hilfe die Gummibänder herunter, welche den Lageplan fest zusammengerollt hielten, ehe er diesen über den ganzen Esstisch und sämtlichen Bildern und Notizen ausbreitete.

„Der Bereich hier, ist nur für Mitarbeiter", erklärte er, griff dabei nach dem knallgelben Textmarker und kreiste die ganze obere Etage ein.

„Da ist die Geschäftsleitung, sprich das Büro meines Bruders. Als Besucher wirst du von irgendeiner Assistentin, die davor am Schreibtisch sitzt, empfangen oder mit einer Art Türöffner durchgelassen."

„Gut, aber Denise oder eher Vivian ist wohl kaum zu eurem Bruder gegangen", wand Gabriella verwirrt ein. Gabriel schüttelte erneut seinen Kopf.

„Das heißt wir haben somit unseren Grund gefunden warum Vivian rein musste. Die Kameras hätten Denise sofort erkannt und ein Rutherford zieht, wie du sagst in dieser Firma direkt jegliche Aufmerksamkeit auf sich. Vivian musste rein, um in die Bereiche zu kommen, welche für einen Besucher oder in ihrem Fall auch Nicht-Angestellten trotz ihres Namens tabu sind."

Gabriels Augen weiteten sich ein wenig mehr als er Jenna zustimmend zu nickte. Sein Blick jedoch weiterhin über den Lagerplan schweifte und immer mehr Bereiche mit dem Textmarker markierte.

„Sicher, dass das die richtigen Orte sind?", hackte Jenna nach.

„Ich hoffe es. Es ist verdammt lange her, dass ich da war und das hier ist jetzt nur eine Vermutung. Denise muss die Bilder aus der Lobby und vor dem Gebäude als Warnung zu geschickt bekommen haben. Natürlich behalten sie die anderen Aufnahmen für sich auf welchen Etagen sie sich befunden hatte oder vor welchem Raum sie stand."

Während Gabriel weiterhin seiner eigenen Spekulation nachging, warf Gabriella mit Hilfe ihres Laptops und einiger Bildbearbeitungsprogramme einen genaueren Blick auf die Chip-Karte. Da sie das Bild nicht in der Original-Datei besaß, sondern eher viel mehr ein Abzug, war, um einiges schwerer es analysieren zu lassen oder gar an besagten Stellen zu verschärfen.

„Verdammt", zischte sie und zog somit die Aufmerksamkeit der beiden auf sich.

„Ich kriege es nicht scharf gestellt. Die Datei ist für die Tonne in der Version, wie ich sie habe. Hat jeder mit solch einer Chipkarte Zugang zu allen Räumen oder muss er eine bestimmte Position in der Firma haben?", beantwortete Gabriella bereits die unausgesprochene Frage, welche den Raum mehr als laut und deutlich füllte.

„Gute Frage, aber ich denke jeder, oder? Wenn dein Vorgesetzter dich als Assistent bittet für ihn was zu holen, musst du ja den Zugang dazu haben."

„Bei uns kommt auch jeder ins Archiv mit seiner Chip-Karte. Sogar die Assistenten und Praktikanten. Allein, um das Ganze auch zu nachzuverfolgen, wenn mal etwas fehlen sollte, zum Beispiel", bestätigte Jenna.

„Ich denke...", setzte Gabriel nachdenklich an. Umkreiste dabei den letzten möglichen Raum, den er sich vorstellen könnte. In der Regel waren die wichtigsten Räume im Gebäude meistens am Ende des Ganges.

„Die Frage ist wie Denise in Besitz dieser Karte gekommen ist oder viel mehr von wem. Sie muss definitiv von einem registrierten Mitarbeiter sein."

„Vielleicht war sie auch deshalb unter falschem Vorwand Wochen zu vor da. Sie hat sich die Karte besorgt, genug Zeit vergehen lassen und ist wieder gekommen."

„Was ich aber nicht verstehe sind diese Bilder hier", wechselte Gabriella wieder das Thema und tippte auf die Bilder, welche einige Tage später entstanden waren.

„Sie geht anscheinend dran vorbei, warum?"

Einen Blick, mehr brauchte es nicht für Gabriel, um zu verstehen, warum sie weiter gegangen war. Er schnalzte mit der Zunge und tippte diesmal mit seinem Finger auf die schwarze Limousine vor dem Gebäude.

„Das ist der Wagen meiner Eltern. Sie waren an diesen Tagen im Gebäude und deshalb ist sie weitergegangen, denn im Gegensatz zu Jonathan hätte meine Mutter sie definitiv erkannt. Es war zu riskant."

Während Gabriel und Gabriella sich weiterhin den Bildern und dem Lageplan widmeten, kam Jenna hingegen ein ganz anderer Gedanke in den Sinn. Eine Idee, die das Ganze um einiges beschleunigen würde. Keine Spekulationen, sondern gezielt gerichtete Fragen um was für Räume es sich handelte, die Gabriel auf dem Lageplan markiert hatte. Sie konnten so viel spekulieren, nachdenken, rätseln wie sie wollten, denn letzten Endes mussten sie nur eins tun: Sie müssten selbst ins Gebäude rein und *Vivians* Weg verfolgen.

Kapitel 6

„Guten Tag, mein Name ist Jenna Walker. Ich habe um 15 Uhr einen Termin bei Mr. Rutherford", begrüßte Jenna die junge Dame auf der anderen Seite des Empfangs

Es war eine bescheuerte Idee. Ein viel zu bescheuerte und vor allem viel zu riskante Idee. Das wusste Gabriel in dem Moment als Jenna am Samstag Jonathans Visitenkarte aus ihrer Manteltasche gezogen hatte und aus heiterem Himmel beschloss selbst Undercover zu gehen. Vielleicht nicht so wie ihre Freundin unter einem anderen Namen, sondern als sie selbst. Sie einfach sein charmantes Angebot, welches er ihr auf dem Empfang gemacht hatte, annahm und zu einem wie hatte er es gesagt? Zu einem völlig zwanglosen Gespräch vorbeischauen könnte. Nach ewiglangen Diskussionen und ständigen Widerworten Gabriels mit der Betonung darauf wie waghalsig das Ganze war, hatte Jenna am darauffolgenden Montag Jonathan angerufen. Der Termin kam zu ihrer Überraschung schnell. Äußerst schnell, denn bereits am nächsten Tag würde sie um Punkt 15 Uhr in seinem Büro sitzen. Unterm Strich bedeutete das Ganze nur, dass sie keine 24 Stunden Zeit hatte sich auf dieses Gespräch vorzubereiten. Mit Gabriellas Hilfe, welche sich deutlich später zu Gabriel und ihr gesellt hatte, gingen sie gemeinsam die wichtigsten Fragen durch.

Am darauffolgenden Tag stand Jenna um kurz vor drei schließlich in der großen Empfangshalle des Rutherford Buildings. Lies ihren Blick dabei mit großen Augen über die gläsernen und vor allem schalldichten Wände schweifen, die einen vom sämtlichen Lärm draußen abschirmten.

„Du schaffst das, okay. Du bekommst das hin", flüsterte sie sich auf dem Weg zum Empfang selbst zu.

Schritt für Schritt und darauf bedacht nichts von ihrer inneren Anspannung, ihrer Nervosität nach außen zu tragen. Sie war Anwältin. Als Anwältin war man nicht nervös. Man ließ sich nichts anmerken, denn in ihrem Job war ein perfektes Pokerface genauso wichtig wie die Schlagfertigkeit im Gerichtssaal.

„Walker war der Name?", hackte die Frau nach uns riss Jenna somit auf den Boden der Tatsachen zurück

„Genau. Jenna Walker."

„Nun, dann habe ich hier einmal den Besucherausweis für sie. Ich gebe Bescheid, dass Sie da sind und Mr. Ruhterfords Assistentin wird sie oben empfangen. Letzter Stock, erste Tür links."

Dankend nahm Jenna ihr den Ausweis ab und befestigte diesen gut sichtbar am Revers ihres Blazers. *Schritt 1 geschafft.* Kaum hatten die Aufzugstüren sich hinter ihr geschlossen atmete sie erleichtert aus. Tief ein und aus, um das Rauchen ihres pulsierenden Blutes in den Ohren zu dämmen und Jonathan nicht gleich bitten zu müssen seine Worte ständig zu wiederholen. *Seine Assistentin wird sie oben empfangen,* genau wie Gabriel es vorhergesagt hatte. Schneller als gedacht öffneten die Türen sich vor ihr wieder und Jenna trat heraus.

„Erste Tür links", wiederholte sie die Worte der jungen Frau und stellte fest, dass die Türen zum Wartebereich für Jonathans Büro bereits geöffnet waren. Statt seiner Assistentin jedoch empfing er Jenna höchstpersönlich.

„Miss Walker", begrüßte er sie wie auf der Feier vor einigen Wochen mit einem übertrieben charmanten Lächeln.

„Mr. Rutherford", erwiderte sie höflich und schüttelte seine Hand.

„Jonathan bitte. Ich habe mich sehr über Ihren Anruf gestern gefreut und hoffe es ist Ihnen nicht allzu spontan."

„Nun, sonst wäre ich nicht hier, oder?", schmunzelte sie. Ein kleines, dezentes Augenklimpern hier und ein verschmitztes Lächeln da.

„In der Tat. Bitte, lassen Sie uns doch in mein Büro gehen. Den Umständen gegeben dachte ich, ich empfange Sie heute lieber persönlich. Möchten Sie einen Kaffee? Tee oder Wasser?"

„Nein, vielen Dank.", lehnte sie mit einem weiteren Lächeln ab und folgte ihm geradewegs in sein Büro.

„Nun, was hält den mein Bruder von ihrem Besuch hier?", hackte Jonathan vorsichtig nach, kaum hatte er die Doppeltür hinter sich geschlossen.

„Er weiß nichts davon. Wir trennen berufliches und privates, wenn Sie verstehen, was ich meine und ich wäre Ihnen sehr verbunden, wenn wir das auch könnten. Immerhin bin ich in einer beruflichen Angelegenheit hier und keiner privaten."

„Selbstverständlich. Wir wollen doch nicht, dass *Gary* sich unnötig aufregt."

„Wobei mich es doch schon interessieren würde, warum sowohl ihr Bruder als auch ihre Schwester nicht in diesem Unternehmen arbeiten wollten."

Mit einem kleinen Räuspern öffnete Jonathan den Knopf seines Jacketts und nahm in seinem Ledersessel Platz.

„Haben Sie nicht gerade noch gesagt Sie wollen berufliches und privates trennen?", schmunzelte er.

„Schon, aber ich bin auch ein sehr neugieriger Mensch und naja, wenn eine Firma mein Interesse geweckt hat, aber gleich zwei meiner Freunde ihre Bedenken hatten, würde ich gerne den Grund dafür wissen."

Stumm nickte ihr Gegenüber vor sich her, ehe er leise anfing zu Lachen.

„Ich glaube nicht, dass man ihre wohlmöglich zukünftige Position in dieser Firma, mit der von Denise und Gary vergleichen könnte, Miss Walker."

„Eine Position bestimmt aber nicht über die Mitarbeiterführung des Unternehmens zum Beispiel", konterte Jenna, was Jonathan sichtlich amüsierte.

„Ich kann Ihnen garantieren, dass die Führung meiner Mitarbeiter in jeglicher Abteilung Einwand frei ist. Wir bieten eine großzügige Anzahl an Urlaubstagen, Fitness – und Yogakurse, Firmenwagen, um zu unseren Grundstücken zu kommen, die ein wenig außerhalb der Stadt liegen und vieles mehr, Miss Walker."

Weiter konnte Jonathan ihren Fragen nicht ausweichen und ihren Ansatzpunkt für einen Themenwechsel zu nutzen, dem Ihm und natürlich der Firma bestens in die Karten spielte. *Pokerface, Jenna!*, ermahnte sie sich selbst und fing an beeindruckt vor sich her zu nicken.

„Ich habe meine Hausaufgaben gemacht, *Mr. Rutherford.*"

„Jonathan, ich bitte Sie."

„Sie siezten mich und bieten mir ihren Vornamen an", tadelte sie ihn sanft.

„Ist Ihnen das unangenehm? Überschreitet das etwa ihre Grenze, die Sie so konstant zwischen ihrem privaten und beruflichen Leben ziehen? Nun, Sie sollten sich daran gewöhnen. Jeder Mitarbeiter wird gesiezt und trotz alledem mit Vornamen angesprochen. Es bietet sowohl ein lockeres Verhältnis auf der einen Seite, machte auf der anderen Seite jedoch noch immer deutlich, dass hier eine gewisse Hierarchie herrscht, *Jenna.*"

Er schnalzte mit der Zunge als die Worte über seine Lippen rollten und er nach seiner Tasse Kaffee griff, um kurz daran zu nippen. Ein Moment des Schweigens, den Jenna direkt nutzte.

„Sie sind Marktführer in der gesamten Immobilen Branche des vereinigten Königreichs. Haben dazu mehrere Tochterfirmen. Unteranderem in Frankreich,

Italien und Deutschland. Der Name Rutherford ist in dieser Branche mehr als bekannt, daher ist die Messlatte mehr als hoch in dieses Unternehmen reinzukommen. Aktuell arbeiten knapp 1000 Leute hier, davon circa ein gutes Viertel im Außendienst. Ich habe meine Hausaufgaben gemacht, Jonathan. Mal davon abgesehen, dass es in jedem Beruf fatal ist, wenn man sich nicht bestens vorbereitet, spielt es im Bereich der Rechtsjustiz nochmal eine ganz andere Rolle.

Genau wie zu erwarten reagierte Jonathan mit einem als mehr beeindruckten und durch aus spöttischen Lachen und klatschte dabei im leisen Ton in seine Hände.

„Finden Sie das etwa witzig?", zischte Jenna. Sie wusste, dass er arrogant war. Arrogant, Eitel und mehr als protzig, was allein die Inneneinrichtung seines Büros widerspiegelte.

„Ganz und gar nicht. Ich bin beeindruckt und unter uns ein kleiner Fan von guter Planung und Vorbereitung. Allerdings finden Sie all die Infos im Internet. Erzählen Sie mir stattdessen doch etwas, was mein Unternehmen Ihnen bieten kann, was Sie sich nicht aus dem Netz fischen können, hm?"

Seufzend lies Jenna sich ein klein wenig mehr in den gigantischen Sessel auf welchem sie saß sinken. Sie spürte wie die Hitze ihren Körper durchfuhr. Ihre Hände bereits leicht anfingen zu Schwitzen. Gabriel hatte versucht sie so gut es geht auf dieses Treffen vorzubereiten. Hatte ihr gemeinsam mit Gabriella alles erzählt, was die beiden wussten. Fakten mit denen sie Punkten konnte. Verhaltensweisen, die Jonathans Interesse wecken würden wie zum Beispiel Schlagfertigkeit. Sich nicht mit irgendwelchen Worten oder strengen, stechenden Blicken einschüchtern zulassen. Jenna war auf vieles vorbereitet worden, doch nicht auf das.

Was versprach Sie sich von diesem Unternehmen? Ein besseres Gehalt? Aufstiegschancen? Bessere und vor allem angenehmere Arbeitszeiten als sie es jetzt als Strafverteidigerin hatte?

„Jenna?", riss Jonathan sie aus ihren Gedanken. Erschrocken zuckte sie einen Moment zusammen, fing sich jedoch wieder schnell und bat mit einem kleinen Räuspern um Entschuldigung.

„Sicherheit. Ich erhoffe mir Sicherheit."

Das war sie. Die einzige Antwort, die ihr in den Sinn gekommen war. Sicherheit, nicht bezogen auf einen sicheren Job. Vielmehr ging es bei ihr um die *körperliche* Sicherheit. Die Idee kam spontan. Genauso wie ihre Idee erst Undercover zu gehen. Ein wenig verwirrt über ihre Antwort hob er eine Braue. Eine stumme Aufforderung sich zu erklären. Vielleicht war es eine Kurzschlussreaktion gewesen oder vielleicht war es auch die perfekte Vorlage, die Jenna sich selbst geben konnte, um wieder zu ihrem Hauptthema zurückzukommen.

„Meine Schwester wurde vor fünf Jahren ermordet. Fünf Jahre und ich frage mich jedes Mal aufs Neue, ob man es hätte ändern können. Sie hatte keinen gefährlichen Job. Sie war nur zur falschen Zeit am falschen Ort. Ich weiß nicht, ob Sie wissen, wie ich ihren Bruder kennengelernt habe, aber letztes Jahr wurde ich auf dem Rückweg von der Arbeit angegriffen und mit einem Messer schwer verletzt. Der Fall konnte nicht gelöst werden. Ein *Überfall* hatte die Polizei gesagt."

Jennas verstummte für einen Moment. Ließ ihren Blick von ihren ineinander verschlungenen Händen vorsichtig zu Jonathan herüber schweifen, der sie noch immer neugierig musterte.

„Seit her kann ich nicht aufhören daran zu denken, was passiert wäre, wenn ich nicht rechtzeitig ins Krankenhaus gekommen wäre. Wenn ich in dieser Gasse einfach verblutet wäre. Ihr Bruder war in der

Notaufnahme an jenem Abend und hat dabei geholfen mich zu retten. Er hat sich um mich gekümmert."

Vorsichtig gab sie langsam und doch bestimmt einen kleinen Teil ihres Privatlebens frei. *Kleine Schritte, Jenna. So ist es gut.*

„Wenn ich ehrlich bin, denke ich, dass das kein einfacher Überfall war. Ich treffe in meinem Job auf viele Leute. Auf gute Menschen und auf schlechte Menschen. Ich kämpfe für die Gerechtigkeit, was bedeutet, dass der ein oder andere im Gefängnis landet. Wissen Sie, eigentlich ist es lächerlich, wenn nicht sogar paranoid, aber ich vermute, dass ich einfach jemanden zu oft auf die Füße getreten bin und irgendein Familienmitglied oder ein Freund, Bekannter der Gegenseite mich verfolgt hat und sich rächen wollte. Es war nicht lange her, dass ich einen Fall gewonnen hatte wegen Fahrlässigkeit am Steuer."

„Haben Sie es der Polizei gesagt? Ihre Vermutung meine ich", unterbrach Jonathan sie sanft.

„Nein, habe ich nicht. Wie auch? Ich bin Anwältin und weiß, wann etwas Sinn macht und wann nicht. Es ist reine Spekulation. *Meine* Spekulation und ich habe keinen einzigen Beweis dafür. Wie dem auch sei: Sie bieten mir eine Chance, Jonathan. Eine Chance aus meinem jetzigen Umfeld herauszukommen. Ihr Unternehmen auf meinem Lebenslauf würde kein Schaden anrichten. Keine Fragen aufwerfen oder ihn auf einmal schlecht aussehen lassen. Ist es eine Herausforderung? Ja, das ist es. Verstehen Sie mich nicht falsch, ich liebe meinen Job, aber ich kann dieses Risiko nicht nochmal eingehen und meinen Eltern zumuten ein zweites Kind zu verlieren. Daher brauch ich diese Sicherheit. Ich will mich auf dem Heimweg nicht ständig umdrehen müssen oder jeden Morgen aufs Neue meine Tasche durchsuchen, um sicherzugehen, dass ich mein Pfefferspray eingepackt habe."

Jonathan leckte sich nachdenklich über seine Lippen, während seine Finger ein wenig an seinem drei Tage Bart herumzupften und sich dabei ihre Worte durch den Kopf gehen ließ. Manipulation, darum ging es hier. Jenna appellierte an seine Menschlichkeit. Sein Verständnis und auch wenn es vielleicht mehr als unter der Gürtellinie war, hoffte sie ihn mit ihrer kleinen Geschichte sich an Denises Überfall zu erinnern und somit ein klein wenig Mitleid zu wecken. Sein Blick wurde immer leerer. Verlor sich in der Distanz des Ausblicks seines Fensters. Als ob man ohne jegliche Gedanken in den Himmel blickte in der Hoffnung in die unendlichen Weiten über einen zu schauen und sich ein klein wenig zu verlieren.

„Tut mir leid, das war mehr als unprofessionell", fing Jenna plötzlich an zu stottern und wedelte sich ein wenig Luft zu als sie spürte, wie ihr die ersten Tränen in die Augen schossen.

„Nein, war es nicht, Immerhin habe ich gefragt, oder?" Es war das erste Mal das Jonathan nach ihrer kleinen Erzählung, ihrer notgedrungenen Erklärung etwas sagte. Ohne ein weiteres Wort stand er auf und schlenderte zu der kleinen Sitzecke herüber, wo er ein Glas Wasser einschenkte, und dieses stumm Jenna reichte. Dankend nahm sie es entgegen und nippte daran.

„Ihr Verlust tut mir leid, aber das können Sie sich bestimmt denken."

„Dankeschön", murmelte Jenna und nahm dabei einen weiteren Schluck. Und plötzlich mit einem Mal änderte sich etwas in Jonathans Ausdruck. Sein Blick wurde wieder leer, kalt für einen Moment und äußerst steif. Fast so als ob er einen inneren Kampf mit sich führte. Sein bestes gab sein Temperament zu zügeln, welches in ihn aufkochte als sein Blick mit einem Mal zu ihr aufschoss.

„Warum hat er es getan?"

„Ich weiß nicht, ich denke der Mann, also ich bin mir ziemlich sicher, dass es ein Mann war, wollte meine Handtasche."

„Das meine ich nicht, Jenna. Ich rede nicht von ihrem Überfall, sondern von meinem Bruder. Warum hat er so respektlos der Familie gegenüber seinen Namen geändert."

Kapitel 7

Nur schwer schluckte Jenna den Kloß herunter, der sich in ihrem Hals gebildet hatte. In der Hoffnung, dass es ihr ein wenig helfen würde, nippte sie unter Jonathans strengem Blick immer wieder an ihrem Glas. Kein Mitleid, kein Mitgefühl, kein Anstand. Als ob es ihre Erklärung nie gegeben hätte. Er hatte vielleicht kondoliert, wenn man das überhaupt als dieses bezeichnen konnte, doch wenn Jenna nur eine Sekunde ehrlich zu sich selbst war, dann sah sie, dass es ihm völlig egal war. Es war ihm egal, dass ihre Geschichte einen Teil von Denise Tod mit sich gebracht hatte. Es war ihm schlicht weg egal, denn alles was ihn interessierte waren der katastrophale Abend und der gebrochene Stolz der Familie Rutherford, denn Gabriel an jenem Abend, wenn auch unfreiwillig verursacht hatte. Jenna gab ihr bestes, sich den Schock über seine Reaktion nicht anmerken zu lassen. Ihre Mimik zu kontrollieren, auch wenn sie ihm in diesem Moment am liebten eine Ohrfeige verpassen würde angesichts seines Verhaltens.

„Ich weiß es nicht", erwiderte sie schließlich. Das Glas Wasser in ihren Händen war mittlerweile ausgetrunken und sie stellte es zwischen ihnen auf dem Tisch ab.

„Fühlen Sie sich nicht belogen? Hintergangen?"

Jenna schüttelte ihren Kopf.

„Nein. Ich respektiere ihn und seine Entscheidungen. Was auch immer ihn dazu gebracht hat seinen Namen zu ändern, ist seine Sache. Er hat sich mir gegenüber nie verstellt, ich habe ihn so kennengelernt und wenn es das ist, was Gabriel braucht, dann ist es so."

„*Garett* braucht ganz andere Dinge, glauben Sie mir", preschte er durch seine zusammen gebissenen Zähne hervor.

„Ich glaube, dass keiner von uns weiß, was *Gabriel* gerade braucht. Vielleicht sollten Sie sich mal selbst fragen, warum er es getan hat oder welche Gründe es haben könnte. Alles, was ich weiß ist das als er mir von ihrer Einladung zu diesem Empfang erzählt hatte, er alles andere als begeistert war."

„Dann sollte er verdammt nochmal erwachsen werden. Für jemanden, der berufliches und privates trennt, scheinen sie ihre Grenzen ganz schön zu überschreiten, *Miss Walker*."

Miss Walker hieß es auf einmal wieder, nicht Jenna. Langsam schweifte ihr Blick über ihn. Sein Kiefer war sichtlich angespannt und er knirschte erneut mit den Zähnen. Seine Hand fuhr dabei immer wieder aufs Neue über seine Krawatte und innerhalb weniger Sekunden hatte er diese bereits dreimal versucht zu richten. Er war nervös. Sehr nervös und aufgebracht. Jennas Antworten schienen ihn alles andere als Gefallen zu haben. So langsam schien sie auch seine Absichten hinter dem Gespräch zu durchschauen, denn genau wie sie wollte auch er nur eins: Antworten.

„Sie haben Recht", gestand sie und hob dabei entschuldigend ihre Hände.

„Tut mir leid, aber mir ist keine bessere Antwort in den Sinn gekommen auf ihre Frage vorhin. Wie dem auch sei, hier haben Sie sie. Sicherheit, das erhoffe ich mir."

„Wir sind keine Securityfirma."

„Das ist mir bewusst, aber ihre Rechtsabteilung beschäftigt sich wohl kaum mit Kriminellen, oder? Es wird auf jeden Fall nicht wieder vorkommen, Sir. Wie wäre es, wenn Sie mir einfach ein Angebot machen?"

Darauf sprang Jonathan nur allzu gerne an. Seine Lippen verzogen sich zu einem breiten Grinsen als er sich in seinem Stuhl nach hinten lehnte und einen dunkelgrünen Ordner von seinem Stapel zog und dabei die üblichen Fakten herunterleierte. Versicherungen,

Zuschüsse, Weihnachtsgeld, eine erneute Erwähnung der Urlaubstage und die Vergünstigungen für das Deli, welches gegenüber des Firmengebäudes lag wo sich anscheinend die meisten Mitarbeitet ihr Mittagessen holten.

„Und das wäre ihr Gehalt", beendete er seine kleine protzige Rede darüber, was die Firma alles zu bieten hatte und schob ihr die Mappe mit einem bereits fertigen Vertrag herüber. Wenn auch etwas zögerlich öffnete Jenna das Deckblatt im dem eingeprägten Firmenlogo vor sich und warf einen neugierigen Blick auf das Dokument als ihre Augen sich wenige Sekunde später vor Schock weiteten.

„Das ist sehr großzügig", räusperte sie sich.

„Durch aus ja. Auch ich habe meine Hausaufgaben gemacht, Jenna und mich ein wenig über Sie informiert. Ihre Qualifikationen sprechen für sich. Ihre Gewinn-Rate spricht für sich und ich denke, dass wir beide schnell auf einen Nenner kommen werden. Zu diesem äußerst attraktivem Gehalt gibt es ein eigenes Büro mit einer wunderschönen Aussicht auf die Londoner Skyline."

„Ist, dass ihr Standardgehalt, welches sie ihren Anwälten anbieten oder ein kleiner Bonus, weil ich die Freundin ihres Bruders bin?", hackte Jenna misstrauisch nach. So viel zum Thema Berufliches und Privates trennen. Diesmal schien das Thema Jonathan wieder zum Amüsieren als in die Weißglut zu treiben.

„Nein, das hat rein gar nichts mit ihrem Verhältnis zu meinem Bruder zu tun. Warum auch? Ich dachte wir hätten uns darauf geeinigt ihn außen vor zu lassen. Sie sind gut, Jenna. Ich vertraue Zahlen und ihre Zahlen sind beeindruckend. Aber um nochmal auf ihren Wunsch zurückzukommen: Ich kann Ihnen Sicherheit bieten ja."

„Sagten Sie nicht, dass das hier ein völlig zwangloses Gespräch wäre? Sie müssen sehr von sich überzeugt sein, dass Sie sich die Mühe machen und bereits einen Vertrag aufsetzen lassen."

„Die wenigsten Leute lehnen ein Angebot von uns ab."

Um ein wenig mehr auf Zeit zu spielen, blätterte Jenna nachdenklich ein wenig in dem Vertrag herum und gab vor sich diesen allen erstens genau durchzulesen. Sie war Anwältin, daher waren Verträge ihr tägliches Brot, weshalb Jonathan einfach nur geduldig in seinem Stuhl saß und sie mit einem kleinen Lächeln beobachtete. Immer wieder hob Jenna kurz eine Braue, nickte erstaunt oder beeindruckt vor sich her, um ihr vorgespieltes Interesse wenigstens etwas glaubwürdig aussehen zu lassen.

„Wissen Sie...", lachte Jenna als sie die Mappe wieder zuklappte und vor Jonathan auf den Schreibtisch warf. „Ich liebe meinen Job, trotz der Gefahren, die er mit sich bringt, aber ich kann nicht verneinen, dass ihr großzügiges Angebot gut ist. Sehr gut sogar, aber irgendwas...", erneut ließ sie ihren Satz in der Luft hängen und schnippte kurz mit ihren Fingern.

„Es war mein Ernst als ich sagte, dass das ein zwangloses Gespräch ist, Jenna. Sie müssen nicht heute unterschreiben, aber gibt es denn irgendwas, was ich tun kann, um Ihnen bei ihrer Entscheidung zu helfen?"

Und da war sie. Ihre Chance. Jetzt hatte sie Jonathan genau dort, wo sie ihn haben wollte. Ihre Lippen verzogen sich zu einem kleinen, jedoch äußerst charmanten Lächeln als sie sich selbstbewusst ein wenig vorbeugte und sagte:

„Wie wäre es mit einer Tour? Dann kann ich mir selbst ein Bild von ihren Unternehmen machen."

Kapitel 8

Jonathan biss schneller an als Jenna es anfangs vermutet hatte. Ohne zu zögern war er auf ihre Bitte eingegangen und führte sie geradewegs mit der Mappe unter seinem Arm geklemmt nach draußen in Richtung Fahrstuhl. Dabei erklärte er ihr, dass die Rechtsabteilung nur zwei Etagen unter seinem Büro lag, während ihr Blick bereits an dem Lesegerät unterhalb der Knöpfe mit den abgebildeten Nummern hing.

„Und was liegt zwischen der Rechtsabteilung und ihrem Büro?"

„Unsere Personalabteilung samt Finanzwesen und einigen Räumlichkeiten."

Sie quittierte seine Antwort mit einem stummen Nicken, doch bevor sie ihre Frage überhaupt weiter ausbreiten konnte, öffnete sich bereits vor ihnen die Tür. Die Etage der Rechtabteilung war deutlich heller. Die Wände weiß statt in dem dunklen grün, welches sie in der Chefetage gesehen hatte. Kaum traten die beide nur wenige Schritte in das Großraumbüro rein, wurden sie prompt von einem durchaus überraschend jungen Mann begrüßt, der Jenna dazu äußerst bekannt vorkam.

„Darf ich Ihnen ihren zukünftigen Chef vorstellen? Das ist Dominic Maison, der Leiter unserer Rechtsabteilung."

„Sehr erfreut", erwiderte Dominic seriös, wenn auch ein wenig unbeholfen als sein mehr als vertrautes Gesicht Jenna ansah.

„Jenna Walker, freut mich sehr", erwiderte Jenna und griff nach seiner ausgestreckten Hand, um diese zu schütteln.

„Sie sind Garys Freundin, oder? Ich glaube wir sind uns bereit auf dem Empfang vor einigen Wochen begegnet."

Gerade als Jenna ihren Mund öffnen wollte, um Dominics Frage zu beantworten, zog Jonathan mit einem tiefen Räuspern ihre Aufmerksamkeit wieder auf sich.

„*Miss Walker*", betonte er extra streng und warf seinem Mitarbeiter einen warnenden Blick zu, ehe er fortfuhr:

„Miss Walker hat berufliches Interesse an unserer Firma geäußert und ist mehr als qualifiziert. Leider noch ein wenig unentschlossen in ihrer Entscheidung. Vielleicht können Sie sie ein wenig herumführen, Dominic."

Dabei drückte Jonathan ihm eine weitere Akte in die Hand, in welcher er Jennas Lebenslauf fand. Sein Blick schweifte kurz über das Dokument und auch Dominic konnte es sich nicht nehmen ihr beeindruckt zu zunicken.

„Wie du siehst ist sie mehr als qualifiziert", bestätigte Jonathan.

„Das sehe ich ja. Ist Ihnen ihr alter Job zu langweilig?"

„Ich bin jung und immer offen für neue Herausforderungen", erwiderte Jenna wie bei Jonathan zu vor mit einem kleinen Lächeln.

„Die können wir Ihnen bestimmt bieten! Wollen wir in mein Büro?"

„Sehr gerne, Mr. Maison."

„Nun, ich befürchte, dass ihr auf mich verzichten müsst. Der nächste Termin ruft bereits und das Ganze ging doch länger als erwartet."

„Tut mir leid, ich wollte Sie nicht aufhalten", sagte Jenna sofort. Lachend schüttelte Jonathan seinen Kopf.

„Keine Sorge, es ist schön zu sehen, dass wir auf dem Empfang ihr Interesse wecken konnten, wenn nicht schon das meines Bruders."

„Nun, ich bin mir sicher, dass Denise und er ihre Gründe hatten. Ihr Bruder ist ein großartiger Pfleger."

Wie zu erwarten, ließ Jonathan das Ganze unkommentiert, schüttelte stattdessen Jenna die Hand und verabschiedete sich von ihr, was Dominic hingegen neugierig beobachtete. Mit einer einfachen Handbewegung deutete er ihr ihm zu folgen und öffnete ihr kurzerhand die Tür zu seinem Büro.

„Möchten Sie was trinken? Ein Glas Wasser oder einen Kaffee?"

„Ein Wasser, danke."

Stumm griff Dominic nach einer der kleinen Wasserflaschen und einem Glas auf dem Schrank neben seinen Tisch und schenkte Jenna direkt etwas ein.

„Wie geht es ihm?", versuchte er sich möglichst beiläufig zu erkundigen. Ein wenig verwundert über seine Frage nahm Jenna ihm das Glas ab.

„Er sah ziemlich übel aus damals. Ich wollte anrufen. Fragen wie es ihm geht, aber wusste nicht, ob seine Nummer noch aktuell ist oder er nicht schon lange eine Neue hat."

„Ich bin mir sicher, dass selbst wenn seine Nummer aktuell gewesen wäre, Sie einen Weg gefunden hätten diese zu bekommen. So wie sein Bruder diese Informationen über mich. Ich kann mich nämlich nicht dran erinnern jemals einen Lebenslauf eingereicht oder gar online gestellt zu haben."

Nachdenklich nahm Dominic seinen Platz hintern Schreibtisch ein und strich dabei, wie es Jonathan vor ihm getan hatte nervös seine Krawatte zu Recht.

„Sie hätten aber auch im Krankenhaus anrufen können, in dem er arbeitet. Soweit ich mich erinnern kann, waren Sie dabei als *ihr* Boss ihn an jenem Abend bloßgestellt hat."

„Also ist es wahr, ja? Er hat Garett Rutherford sterben gelassen?"

Seufzend schüttelte Jenna ihren Kopf und schenkte ihm dabei ein kleines Lächeln. Sie hatte das Gefühl, das man sich mit Dominic über diese Sache besser unterhalten konnte als mit Jonathan. Er schien immerhin ansatzweise Mitleid und Sorge zu zeigen.

„Nicht so wie er es gerne hätte offensichtlich. Sagen wir mal so: Er hat bis vor kurzem nur bei verschiedenen Anlässen existiert."

Dominic nickte. Ein langes, nachdenkliches Nicken. Ihm lagen deutlich mehr Fragen auf der Zunge, das sah Jenna. Unzählige Fragen, die Garys einstigen Freund durch den Kopf gingen mit dem Versuch das Ganze zu verstehen.

„Ihm geht es gut. Er hatte eine Gehirnerschütterung und eine gebrochene Nase, aber es geht ihm sehr gut, wenn ich ehrlich bin."

„Das freut mich zu hören. Was sagt er dazu, dass Sie hier sind?"

Die Frage schien heute nie langweilig zu werden. Warum alle so erpicht darauf waren zu wissen, ob Jenna hinter seinem Rücken hergekommen war oder nicht verstand sie noch immer nicht. Es schien so, als ob sie nur darauf warteten etwas, was sie sagen würde gegen ihn zu verwenden.

„Er unterstützt meine beruflichen Entscheidungen, so wie ich seine. Wir trennen unser berufliches vom Privatem."

„Trennen?", spottete Dominic auf einmal und schüttelte dabei lachend seinen Kopf.

„Tut mir leid, aber Gary ist der letzte, der es schafft gerade seine familiären Probleme von egal etwas zu trennen ohne es persönlich werden zu lassen. Er ist wie eine tickende Zeitbombe, wenn es darum geht, wie Sie gemerkt haben."

„Gabriel", fuhr Jenna wütend dazwischen und ließ Dominic über ihren überrascht harschen Ton zusammenzucken.

„Er heißt Gabriel und nicht Gary oder Garett, verdammt nochmal! Wieso tut sich jeder von ihnen so schwer, dass zu akzeptieren, hm? Er hat eine Entscheidung getroffen und diese sollte respektiert werden!"

Bevor sich das Thema und vor allem Jennas Wut hochstauchen konnte, fing ihr Handy an zu klingeln. Verwirrt fischte sie es heraus. Eigentlich hatte sie es auf stumm geschaltet, was jedoch nicht für ihre Terminänderung galt.

„Tut mir leid, ich habe ebenfalls einen Termin und sollte mich auf den Weg machen", entschuldigte sie sich, griff nach ihrer Tasche und stand bereits auf als Dominic ebenfalls hochschoss.

„Warten Sie! Wir haben noch gar nicht über ihre Konditionen gesprochen und ich könnte Ihnen ihr zukünftiges Büro zeigen!"

„Ich denke, ich habe genug gehört, Mr. Maison. Danke für ihre Zeit, ich bin mir sicher, wir hören voneinander."

Genau wie bei ihrer Begrüßung nur deutlich verwirrter streckte Dominic ihr seine Hand aus, die Jenna mit einem Lächeln ergriff. Es war kein nettes Lächeln. Vielmehr ein professionelles Lachen, das niemals die Augen erreichte, wenn man sich endlich von einem anstrengenden Kunden oder Mandanten verabschieden konnte.

„Natürlich ja. Ich wünsche Ihnen noch einen schönen Tag und richten sie Gary...richten Sie ihm einfach meine Grüße aus, okay?"

„Mach ich."

Schnellen Schrittes drehte Jenna sich auf ihrem Pfennigabsatz um und huschte zum Aufzug herüber. Nicht ahnend, dass Dominic ihr erneut folgte als er plötzlich durch den kleinen Spalt zu ihr reinhuschte.

„Was soll denn...“, war Jenna gerade dabei anzusetzen als Dominic seine Hand hob und sie zum Schweigen brachte.

„Hören Sie, ich weiß, dass ich vielleicht nicht den besten Eindruck gemacht habe, schon klar. Aber Denise hat mir eine Menge bedeutet, also kann ich Ihnen als ihre Freundin nur einen Tipp geben.“

Neugierig hob Jenna eine Braue und nickte ihm verwirrt zu, während Dominic seinen Blick durch den kleinen Aufzug schweifen ließ. Als ob er sich vergewissern wollen würde, dass sie wirklich allein waren. Jedoch nicht ganz davon überzeugt trat er einen Schritt näher an sie heran. Von persönlichem Freiraum konnte man in diesem Moment nicht sprechen und wenn Jenna es nicht besser wusste, würde sie denken, dass er versuchte sie in die Ecke zu drängen.

„Passen Sie auf, was Sie in diesem Gebäude über die Familie Rutherford sagen. Egal über welchen. Vor allem nicht, wenn Sie *wirklich* daran denken hier arbeiten zu wollen. Ich bin nicht auf den Kopf gefallen, *Jenna*. Man weiß nie, wer hier zuhört.“

Jenna öffnete instinktiv ihren Mund, doch bevor sie überhaupt ihre Gedanken ordnen und seine Worte verarbeiten konnte öffnete sich die Aufzugtür vor ihnen erneut und Dominic trat mit einem stummen, jedoch strengen Nicken heraus.

„Auf Wiedersehen, Miss Walker.“

Und somit hatte Jenna ihre Antwort bekommen.

Kapitel 9

Nervös ging Gabriel bereits in seiner Wohnung auf und ab. Seine Hand fuhr dabei immer wieder aufs Neue durch sein zerzaustes Haar oder massierte seinen steifen Nacken, während Gabriella in der Küche stand und gerade dabei war eine Flasche Rotwein zu öffnen.

„Flaschenöffner?", fragte Sie und riss ihn für einen Moment aus seinen Gedanken. Stumm zeigte er mit dem Finger auf eine der Schubladen links neben ihr.

In genau diesem Moment öffnete sich die Haustür hinter ihnen und Jenna trat mit einem mehr als erschöpften Seufzen ein.

„Gut, du hast voraus gedacht", murmelte sie und nahm im gleichen Zug Gabriella das mehr als großzügig gefüllte Glas Wein ab.

Während Jenna die Ruhe in Person zu sein schien, hoben die beiden sichtlich verwirrt eine Augenbraue. Wagten sich wenn auch ein wenig zögerlich Schritt für Schritt zu ihr ins Wohnzimmer. Weiterhin nippte Jenna nur an ihrem Glas Wein.

„Jenna", sagte Gabriella sanft. Keine Reaktion. Jennas Lippen formten sich ein weiteres Mal um den Rand des Glases und nahmen einen großen Schluck der dunkelroten Flüssigkeit. Diesmal versuchte Gabriel sein Glück mit dem Unterschied, dass er im Gegensatz zu Gabriella direkt in die Offensive ging.

„Hat er was geahnt?"

Erneut sagte Jenna kein Wort. Schüttelte jedoch ihren Kopf. Die Stille, die die Drei umgab, zerrte mit jeder weiter verstrichenen Sekunden an ihren Nerven. Sekunden zogen sich wie ganze Minuten und zwei Minuten fühlten sich auf einmal wie eine ganze Stunde an. Nervös fing Gabriella an im Wohnzimmer auf und ab zu tigern, während Gabriel beschloss Jenna einfach ihre Zeit zugeben und sich sein Glas Wein

nachschenkte. Und mit einem Mal nach guten 10 Minuten Stille brach Jenna endlich ihr Schweigen:
„Ich glaube, ich weiß wie Denise reingekommen ist."
Prompt schossen ihre Köpfe nach oben. Lösten sich langsam aus ihrer Starre, doch bevor sie irgendetwas erwidern konnten, fuhr Jenna bereits fort;
„Jonathan war neugierig. Sehr neugierig und es hat etwas gedauert ihn dorthin zu lenken, wo ich ihn haben wollte. Er hat mich auf meinen Wunsch durch die Firma geführt und wir waren bei Dominic, welcher genauso interessiert an deinem Leben war wie Jonathan, Gabe."
Verwirrt nickte er ihr zu.
„Wie dem auch sei, Dominic hat mir nichts neues erzählt, doch als ich gegangen bin, hat er mir den Rat gegeben aufzupassen was ich über die Familie Ruhterford oder viel mehr einzelne Mitglieder der Familie sage. Vor allem in dem Gebäude und ich zitiere: *Man weiß nie wer zuhört.*"
Als sich die bereits allzu vertraute Stille wieder im Raum ausbreitete und die Luft förmlich zu ersticken drohte, stand Jenna auf und ging geradewegs zu den ausgebreiteten Bildern und dem Bauplan des Rutherford Firmengebäude herüber.
„Ich glaube, dass das Dominics Ausweis ist, denn Denise als Vivian benutzt hat und dass er es herausgefunden hat oder es zu mindestens wusste."
„Glaubst du er hat ihr geholfen?"
„Nein", fuhr Gabriel direkt dazwischen und schüttelte dabei mit einem spöttischen Lachen seinen Kopf.
„Nein, er hat es herausgefunden und sie wahrscheinlich zur Rede gestellt. In Dominics Position würde keiner seine Aktivitäten in Frage stellen und das wusste Denise. So war sie auf der sicheren Seite."
„Sie *dachte*, dass sie auf der sicheren wäre", korrigierte Gabriella ihn.

Jennas Blick hingegen schweifte weiter über die Fotos, während sie sämtliche Bilder, auf denen man Dominics Ausweis samt Zeitstempel sehen konnte, markierte. Sie bezweifelte, dass Dominic am selben Tag wie Denise in der Firma gewesen sein musste, als sie hörte wie die zwei hinter ihrem Rücken bereits über diese Möglichkeit oder vielmehr dieses Risiko diskutierten.

„Wie loyal ist Dominic denn der Firma gegenüber?"

„Naja, normalerweise würde ich sagen, dass er Richtig und Falsch voneinander unterscheiden kann und weiß, wofür man einstehen sollte, aber seitdem ich weiß, dass er Denise um Hilfe gebeten hat, um diesen Job zu bekommen, stelle ich mittlerweile auch das in Frage."

„Vielleicht ist es genau das. Er hat einen Ruf zu verlieren und wenn nur der kleinste Verdacht ans Licht kommt, dass er ihr geholfen haben könnte, die Firma auffliegen zu lassen, wäre er dran gewesen."

„So schaut es aus", bestätigte Gabriels Jennas Vermutung. Ein weiteres Mal gingen die Drei sämtliche Bilder durch. Spekulierten dabei darüber, ob es eine Möglichkeit gab herauszufinden an welchen Tagen und zu welchen Zeiten Dominic im Büro gewesen sein könnte, um die Zeitfenster noch ein wenig mehr einengen zu können. Einen Gedanken, den Gabriel ganz schnell vernichtete, denn von außerhalb war es so ziemlich unmöglich an irgendwelche Informationen zu kommen, es sei denn man war ausgebildeter IT-Spezialist oder gar ein Hacker. So sehr die Drei auch spekulierten, die Sache aus jedem möglichen Blickwinkel zu betrachten versuchten, so häuften sich die Fragen immer mehr, anstatt nur ansatzweise eine beantworten zu können. Nachdem Jenna ihnen so detailliert wie sie konnte von ihrem Gespräch mit Jonathan und Dominic erzählt hatte, in der Hoffnung das Gabriella mit ihren empfindlichen Polizeifühlern einen noch so kleinen Beweis oder Ansatzpunkt herausfiltern konnte, kamen die drei an einem Entschluss einfach nicht vorbei.

„Also sind wir uns einig, ja?", seufzte Gabriella. Mittlerweile hatten die drei die vierte Flasche Wein und somit Gabriels ungewöhnlichen Wein-Vorrat geleert, der sich seit ihrer gemeinsamen Ermittlung bei ihm angesammelt hatte. Wenn auch etwas widerwillig nickte Gabriel den beiden Frauen zu.

„Hey", sagte Jenna sanft und strich mit ihren Händen über Gabriels verspannte Schultern auf und ab.

„Ich weiß, dass du den Rahmen für unsere Ermittlung klein halten willst und dass du dir Sorgen machst, dass er das Ganze auffliegen lassen könnte, aber wir brauchen Dominics Hilfe bei der Sache."

„Hilfe", zischte Gabriel zwischen seinen zusammengebissenen Zähnen hervor und schüttelte dabei seinen Kopf.

„Wir brauchen einfach seine Sicht der Dinge, Gabriel. Kommst du damit klar?"

Da war er. Gabriellas besonderer Polizei-Tonfall, der nicht nur ansatzweise Widerworte erlaubte.

„Du meinst, ob ich ihm nicht direkt eine reinhaue und wieder verklagt werde? Keine Ahnung, Gaby! Das hängt alles von ihm ab. Er war einer meiner besten Freunde damals und seitdem ich wieder da bin erfahre ich all diese Sachen über jeden! Über Denise und ihr Alter-Ego und über Dominic, der meinen Eltern förmlich in den Arsch kriecht, obwohl wir uns immer über *solche Leute* lustig gemacht haben, statt dazu zu gehören."

„Du weißt wir würden das nicht tun, wenn es nicht absolut notwendig wäre, hm?", flüsterte Jenna in sein Ohr. Stumm nickte Gabriel ihr zu. Den Blick jedoch weiterhin auf Gabriella gerichtet. Sie war müde. Ihre Augen klein und schwach. Erschöpft von ihrem Job beim Scotland Yard und ihrem Zweitjob als

Privatdetektivin. Alle von ihnen waren mit ihren Nerven und Kräften am Ende. Es war nur noch eine Frage der Zeit, wann der oder die erste von ihnen aufgeben und unter dem Druck zusammenbrechen würde, gegen den sie so sehr ankämpften. Die Zeit stets in ihrem Nacken und dem vom Tag zu Tag wachsenden Risiko vielleicht doch entdeckt zu werden.

Kapitel 10

„Sir, das macht 12,99 Pfund bitte. Sie halten den Verkehr auf!", riss die junge Kassiererin Gabriel unsanft aus seinen Gedanken. Erschrocken zuckte er zusammen und sah mit weit aufgerissenen Augen auf die Schlange, die sich hinter ihm gebildet hatte und in die genervten Gesichter der anderen Kunden.

„Stimmt so", murmelte Gabriel, drückte der Frau einen 20 Pfund Schein in die Hand, ehe er das Six-Pack Bier und die Snacks umständlich auf seine Arme packte und geradewegs aus dem Laden stürmte. Erst als Gabriel in der U-Bahn-Station ankam und sich durch den kleinen Türspalt in letzter Sekunde noch in den Wagon quetschte schien er ein wenig durchatmen zu können. Beinahe instinktiv fischte er wieder sein Handy aus der Innentasche seiner Lederjacke und ging ein weiteres Mal seinen Chat durch.

Gabriel: Hey, ich habe gehört, dass meine Freundin heute bei dir war.

Dominic: Wow, das hat jetzt aber länger gedauert als gedacht. Eigentlich hätte ich schon viel früher mit einer Nachricht gerechnet.

Gabriel: Warum?

Dominic: Deine Freundin ist ziemlich schnell verschwunden und wirkte ein wenig aufgelöst? Nervös?

Genauso hatte Gabriel sein Gespräch mit Dominik auf Gabriellas Anweisung angefangen und baute zu seiner eigenen Überraschung doch eine ziemlich gute Grundlage auf. Er erklärte ihm, dass Jennas Verhalten nichts mit ihm zu tun hatte, sondern. viel mehr damit, dass sie sich Sorgen gemacht hatte, dass ihre jetzige Kanzlei viel zu früh von ihrem Gespräch im Rutherford Building erfahren würde, wenn sie noch länger wegblieb. Genauso lange ließ auch nicht die Frage auf sich warten, ob nun auch Dominic ihn *Gary oder Gabriel* nennen sollte. Er nahm es mit Humor. Antwortete ihm auf dieselbe Art wie Gabriella damals auf dem Revier und beantwortete ihm sogar, wenn auch ein wenig distanziert die ein oder andere Frage. Mit der Zeit spielte Gabriel sich immer besser ein. Seine Antworten an Dominic kamen natürlicher. Weniger gezwungen, sondern ehrlicher. Selbst, wenn Gabriels Vorwand für diese kurzen Gespräche nicht gerade aus den ehrlichsten Gründen entstand, musste er zugeben, dass er es ein wenig genoss, wieder Kontakt zu seinem alten Freund zu haben. Und manchmal erwischte er sich selbst sogar dabei, wie er sich wünschte falsch zu liegen. So sehr er es sich auch wünschte den Mord an Denise aufzuklären, hoffte ein kleiner Teil von ihm inständig, dass es nicht sein alter Freund und vor allem Denise Ex-Partner war, der ihr das Messer in den Rücken gerahmt hatte. Das Ganze lag bereits drei Tage zurück. Erst gestern hatte er so spontan es ging - wenn man den Gedanken beiseiteschob, dass er eigentlich nur darauf hingearbeitet hatte – gefragt, ob er nicht mal auf ein Bier vorbeikommen würde.

Dominic: Wie wäre es mit morgen? Mein Terminkalender ist morgen ausnahmsweise mal nicht so voll, dass ich früher verschwinden kann, Passt es dir?

Das Angebot kam schneller als gedacht und wenn auch ein wenig überrascht, über Dominics Offenheit auf das vorgespielte Friedensangebot, sagte auch Gabriel zu. In seinem Appartement angekommen, stellte Gabriel zunächst das Six-Pack Bier kalt und warf die zwei Tüten

Chips, welche er aus dem Angebot mitgehen gelassen hatte auf den Tisch neben sich, ehe er sich aus seinen Klamotten schälte und kurz unter die Dusche sprang. In der Hoffnung seine verspannten und schmerzenden Muskeln ein wenig zu lockern, ließ er das heiße Wasser geradewegs auf sich herunter prasseln. Und tatsächlich gelang es ihm für einen Moment seinen Kopf auszuschalten. Sich auf das heiße Wasser auf seinem Körper und das stetige Heben und Senken seiner Brust zu konzentrieren. Viel zu früh zog ihn irgendwann das Klacken des Haustürschlosses wieder in die Realität zurück. Noch bevor er den Mund öffnen könnte, um die schwachsinnige Frage stellen zu können wer da sei, hörte er bereits Gabriellas und Jennas Stimmen. Mit einem erschöpften Seufzen drehte er das Wasser ab, griff nach dem Handtuch auf dem kleinen Schrank neben der Dusche und schlank es sich um die Hüften, bevor er einen Blick ins Wohnzimmer warf.

„Woah, okay!", zuckte Gabriella bei seinem halbnackten Anblick zusammen und drehte sich sofort um.

„Warum zur Hölle bist du nackt?!", maulte sie, während Jenna nur lachend ihren Kopf schüttelte und zu Gabriel herüber ging.

„Vielleicht weil ich duschen war? Glaub mir, ich habe es vor 10 Sekunden bereut euch einen Schlüssel zu meiner Wohnung gegeben zu haben."

„Hey, der Deal war sich heute hier zu treffen und auf Dominic zu warten und dir nicht beim Duschen zu zusehen."

„Er ist doch noch nicht mal nackt, Gaby", seufzte Jenna und rollte dabei mit ihren Augen. Lächelnd drückte Gabriel ihr einen kleinen Begrüßungs-Kuss auf.

„Aber, wenn du eine kleine Show willst...", witzelte er. Den Griff am Rand seines Handtuches bereits ein wenig gelockert als Gabriella sich mit einem Mal umdrehte und ihn warnend ansah.

„Haben wir heute nichts Besseres zu tun als Möchtegern-Stripper zuspielen, Gabe?"

„Wow, wusste gar nicht, dass du so prüde sein kannst. Gibt mir fünf Minuten."

Lachend drehte Gabriel sich auf seinem Absatz um, griff nach den Sachen, die er sich bereits aus seinem Kleiderschrank herausgelegt hatte und verschwand wieder im Bad. In der zwischen Zeit kochte Jenna ihnen einen Kaffee. Gabriella hingegen ging zum gefühlt tausendsten Mal die Bilder und Denise Notizen durch.

„Meinst du wir kommen heute wenigstens ein Stück weiter?", fragte sie ihre Freundin mit einem frustrierten Seufzen.

„Ich hoffe es", erwiderte Jenna, stellte die drei Kaffeetassen nacheinander auf den Tisch und nahm schließlich neben ihrer besten Freundin Platz.

„Ansonsten muss ich gestehen, dass ich langsam nicht weiterweiß."

Frisch geduscht und nun auch endlich angezogen nahm Gabriel am Tisch Platz. Dankend griff er nach dem einzigen schwarzen Kaffee auf dem Tisch. Ein letztes Mal gingen die drei schließlich ihren Plan durch. Es war einfach. Wenn nicht sogar schon zu einfach. Während Jenna und Gabriella sich auf dem Dach verstecken würden, um unbeachtet zuhören zu können, würde Gabriel dem Gespräch mit Dominic seinen Lauf lassen. Er war sich sicher, dass es nicht lange dauern würde, bis Dominic ihn auf sein Geheimnis oder auf die Ereignisse auf dem Empfang ansprechen würde. Dafür war er viel zu neugierig.

„Er ist gleich da", sagte Gabriel als er einen Blick auf sein Handy warf. Mit einem stummen Nicken zogen Gabriella und Jenna sich mit einer weiteren Tasse Kaffee in ihr Versteck zurück. Überprüften dabei ein weiteres Mal, ob sie sämtliche Beweise versteckt hatten, um mit ihrem Plan nicht aufzufliegen. Nervös tigerte Gabriel in seinem Wohnzimmer auf und ab. Fuhr mit seinen Händen immer wieder durch sein Haar, so dass es erst gar nicht an Haar-Gel gebraucht hätte, um sie wie gewohnt aufzustellen als ein lautes Klopfen an der Tür seine Aufmerksamkeit auf sich zog. Gabriel atmete ein letztes Mal durch, rollte seine mehr als verspannten Schulter nach hinten und öffnete die Tür.

„Hey!", begrüßte Dominic ihn mit einem Grinsen.

„Hey, komm rein", erwiderte Gabriel mit einem halbwegs überzeugenden Lächeln als sein Blick auf dem Six-Pack in Dominics Händen hängen blieb.

„Ich wollte nicht mit leeren Händen kommen und naja, du weißt schon: Freitag!"

„Klar ja, kein Problem. Ich habe bereits einige Flaschen kaltgestellt, willst du eins?"

„Gerne. Übrigens steht eure Haustür unten offen, ich weiß ja nicht genau wie die Gegend hier so ist, aber..."

„Das ist die Nachbarin von unten. Sie lässt die Tür gerne hin und wieder offen, um ihre Einkäufe rein zutragen", erklärte Gabriel sofort. Stumm folgte Dominic ihm in die Küche und beobachtete seinen ehemaligen besten Freund dabei, wie er zwei Flaschen Bier öffnete.

„Schöne Wohnung. Gefällt mir. Vor allem dieses schwebende Bett, hast du keine Angst da nachts runterzufallen?"

„Nicht wirklich nein."

Ein wenig unbeholfen trat Gabriel von einem Fuß auf den anderen. Immer wieder nippten Dominic und er abwechselnd an ihrem Bier. Beide auf der Suche nach den richtigen Worten oder überhaupt einem Thema, um ein halbwegs vernünftiges Gespräch aufzubauen, welches nicht nach zwei Sätzen beendet war. Irgendwann machte Gabriel den Vorschlag sich ins Wohnzimmer zu setzen, um nicht ganz hilflos in der Küche zu stehen. Doch auch die vier Schritte weiter in den Raum hinein, machten es ihnen nicht gerade leichter. Nachdenklich schweifte Dominics Blick durch das Wohnzimmer. Es dauerte nicht lange bis auch er an den wenigen Fotos hängen blieb. Lachend stellte er sein Bier auf dem kleinen Couchtisch ab und schlenderte zu der besagten Wand herüber.

„New York, huh? Davon hat sie mir erzählt", lachte Dominic als er auf das Foto von Gabriel und Denise vor dem Rockafeller Center deutete.

„Ach ja?"

„Ja, sie hat mir viel erzählt. Viel über dich meine ich."

„Ah okay", erwiderte Gabriel und beendete somit das Thema auf subtile Art. Dominic hingegen zeigte bereits auf das nächste Bild und schnipste gegen die Quaste der ehemaligen Absolventenmütze.

„Sieh einer an, Herr Doktor", witzelte er.

„Ehemaliger Doktor", korrigierte Gabriel ihn sofort als Dominic bereits realisierte, was er gerade gesagt hatte. Stumm nickte er ihm zu und senkte dabei entschuldigend seinen Blick. Und so breitete sich wieder die erdrückende Stille zwischen ihnen aus. Die Stille, welches jede noch so kleine Wort im Hals des anderen stecken lies und zum Schweigen zwang. Dominics Blick schweifte kurz über die restlichen Bilder von Denise und Gabriel aber auch über das gemeinsame Bild mit Jenna und Gabriella, welches Pater Millstone auf dem Weihnachtsmarkt von ihnen geschossen hatte und an Silvester. Aus Angst den gerade gestarteten Abend bereits vor die Wand gefahren zu haben, zog Dominic sich wieder zu Gabriel auf die Couch zurück. Griff stumm nach seiner halbleeren Bierflasche und leerte diese in wenigen Zügen.

„Noch eins?", bot Gabriel direkt an. Dankend lehnte Dominic vorerst ab. Seine Finger fingen an nervös gegen das Sitzpolster der Couch zu trommeln. Sein Fuß unter dem Tisch hin und her zu wackeln. Vorsichtig lies

Gabriel seinen Blick zu dem Dachfenster herüber schweifen in der Hoffnung, dass Jenna und Gabriella ihm irgendwie helfen konnten, ohne dabei ihre Tarnung auffliegen zu lassen als Dominic plötzlich wieder sein Schweigen brach und geradewegs fragte:

„Du hast es also wirklich getan."

Sichtlich verwirrt sah Gabriel seinen Freund an und zuckte nichtsahnend mit den Schultern.

„Komm schon", fuhr Dominic mit einem spöttischen Lachen fort.

„Wie oft hast du damals schon gesagt, dass es einfacher und schöner wäre, nicht Garett Rutherford zu sein, hm? Ganz ehrlich, ich habe nicht die geringste Ahnung wie ich dich nennen soll, Gary oder Gabriel."

Geschockt riss Gabriel seine Augen auf. Das war sie. Das war die perfekte Vorlage, worauf Gabriel so lange gewartet und gehofft hatte diese zu bekommen. Genau wie Dominic leere auch er den letzten Rest seines Bieres in wenigen Zügen. Ohne ein weiteres Wort stand Gabriel auf, schlenderte zum Kühlschrank herüber und öffnete zwei weitere Flaschen Bier.

„Wie hast du denn Denise genannt?", fragte Gabriel locker und reichte seinem Gegenüber die nächste Flasche.

„Was meinst du?"

Nachdenklich spitzte Gabriel seine Lippen. Nickte immer wieder stumm vor sich her, während er anfing Dominic zu umkreisen.

„Naja, hast du sie Denise genannt oder Vivian?"

„Vivian?", fragte Dominic amüsiert und schüttelte ein weiteres Mal lachend seinen Kopf.

„Warum sollte ich sie Vivian nennen?"

Statt zu antworten huschte Gabriel schnellen Schrittes zu seinem Schreibtisch herüber. Riss die oberste Schublade förmlich auf, ehe er wieder zu ihm herüber stürmte und voller Wut eins der Überwachungsbilder auf den Tisch knallte.

„Verkauf mich nicht für blöd, Dominic," brüllte Gabriel „Woher hast du..."

„Das spielt keine Rolle", unterbrach er ihn sofort.

„Und wie es das tut. Sag mal hast du ihr hinterher spioniert, Gary? Sie hat mir erzählt, dass du Probleme hast, aber das geht echt zu weit."

Wütend schlug Gabriel ihm nicht nur das Bild, sondern auch die Flasche Bier aus der Hand, die auf dem Boden direkt zersplitterte.

„Ich habe gar nichts getan, aber du. Dank deiner kleinen Warnung an meine Freundin frage ich dich jetzt nur einmal: Hast du damit was zu tun?", brüllte Gabriel drauf los. Und mit einem Mal wich Dominic sämtliche Farbe aus dem Gesicht. Seine Lippe fing an zu zittern. Nach Worten ringend ließ er seinen Blick panisch durch den Raum schweifen als Gabriel ihn am Kragen seines Hemdes packte und hochhob.

„Antworte mir! Wusstest du, dass Denise gegen die Firma ermittelt hat, oder nicht! Wusstest du es?!"

„Nein!", schrie Dominic laut auf. Seine Hände klammerten und zerrten an Gabriels Handgelenken, ein lausiger Versuch sich aus seinem Griff zu befreien.

„Das ist doch lächerlich! Lass mich los, Gary! Du bist doch irre."

Gabriel schrie ein weiteres Mal wütend auf als er Dominic über den nassen Boden in Richtung Küche rutschen ließ.

„Sie hat dir vertraut, Dominic! Warum um Gottes Willen hast du..."

„Gabe!", schrie Jenna laut auf als sie mit Gabriella die wenigen Stufen von der Dachterrasse herunter stürmte. Während sie zwischen Gabriel und Dominic trat, versperrte Gabriella bereits die Tür, um jeden möglichen Fluchtversuch verhindern zu können.

„Antworte endlich!", brüllte Gabriel über Jennas Kopf hinweg.

„Beruhige dich. Hey, schau mich an", sprach sie ihm sanft zu. Nahm sein Gesicht dabei vorsichtig in ihre Hände und strich mit ihren Fingern über seine Wange. Wenn auch etwas widerwillig schloss Gabriel seine Augen und atmete einige Male tief durch. Eine Gelegenheit, die Dominic dafür nutzte sich endlich aufzurappeln.

„Was ist los mit dir? Verhafte ihn, Gaby!"

„Weswegen?", hackte sie völlig unbeeindruckt nach.

„Körperliche Gewalt."

„Ich sehe nicht, dass er dich geschlagen hat. Jetzt setzt dich und halt die Klappe."

„Nein, auf gar keinen Fall. Ich habe keine Ahnung was euer Problem ist, aber das ist krank!", stammelte Dominic vor sich her. Nicht ahnend auf wen er sich mehr konzentrieren sollte.

„Setz dich verdammt nochmal hin, Dominic oder ich kette dich gleich mit meinen Handschellen an den Tisch!", zischte Gabriella. Im Normalfall wäre sie wahrscheinlich schon ausgerastet. Hätte ihre mehr als autoritäre Seite hervorgeholt, die keine Widerworte erlaubte oder direkt kurzen Prozess gemacht und ihn im aktiven Dienst direkt die Handschellen angelegt hätte, statt nur damit zu drohen.

„Wir haben Beweise dafür, dass Denise Undercover gegen die Firma ermittelt hat. Auf den Fotos hat sie sich als eine Mademoiselle Vivian Durrand ausgegeben."

„Und ihr denkt ich habe damit was zu tun?", hackte Dominic geschockt nach. Statt zu antworten sah Gabriella ein weiteres Mal zu Gabe herüber, der sich dank Jennas Hilfe langsam beruhigt hatte.

„Setzen", wiederholte Gabriella sich ein weiteres Mal als Gabriel einen der Stühle nach hinten schob. Dominic schluckte den Kloß in seinem Hals herunter und nahm ohne jegliche Widerworte Platz. Diesmal war es jedoch Jenna, die sämtliche Überwachungsbilder von Denise hervorholte und sie vor Dominic ausbreitete.

„Ach du Scheiße", murmelte er leise vor sich her als Jenna mit ihrem Finger auf eins der Bilder tippte.

„Wir wissen zwar noch nicht gegen was oder wen sie ermittelt hat, aber sie hat sich laut Gabe in Bereichen, Gängen aufgehalten, für welche sie eine Zugangskarte benötigt hat. Wir konnten bisher nicht herausfinden, um welche Karte es sich genau handelt, aber nach deiner kleinen Warnung am Ende unseres Gespräches wurde mir so einiges klar. Du bist wahrscheinlich der Einzige, dem sie in dieser Firma vertrauen würde."

Erneut riss Dominic geschockt seine Augen auf und sah die drei fassungslos an.

„Ihr denkt ich war das? Ich soll sie umgebracht haben?"

„Nicht ganz", fuhr Gabriel nach minutenlangem Schweigen dazwischen. Auch er fischte einiges an Beweismaterial heraus. Unteranderem ein Gefälschter Ausweis und weitere Fotos, welche sie jedoch als Denise zeigten. Keine Perücken, keine Tattoos.

„Vielleicht hast du sie nicht umgebracht, aber warst derjenige, der ihr die Zielscheibe auf den Rücken geklebt hat. Wie hast du so schön gesagt: Man sollte aufpassen, wie man über die Rutherfords redet. Vielleicht warst du nur ein stiller Beobachter. Dachtest du tust das richtige und..."

„Ich wusste nichts davon, ich schwöre. Ich..."

Mit einem frustrierten Seufzen lies Dominic seinen Satz in der Luft hängen und seinen Kopf in die Hände fallen als ein leises Schluchzen seiner Kehle entrang.

„Ich habe sie nicht umgebracht, ich habe sie geliebt."

„Warte was?", hackte Gabriella sofort nach. Vorsichtig, um ihn nicht zu erschrecken zog nun auch sie sich einen Stuhl herüber und nahm behutsam gegenüber von Dominic Platz.

„Ich wusste nicht, dass ihr wieder zusammen seid."

„Waren wir auch nicht. Wir hatten uns letztes Jahr zufällig getroffen und ich habe sie als Dankeschön für den Job zum Essen eingeladen. Und naja dann haben wir uns angefangen wieder öfters zu sehen und es ist einfach passiert."

Mit einem genervten Seufzen schüttelte Gabriel seinen Kopf. Unbeeindruckt über die Worte, die er gerade aus Dominics Mund gehört hatte.

„Und dir ist nie aufgefallen...", setzte Jenna an als Gabriel sich schroff zwischen die beiden schob.

„Du hättest auf sie aufpassen sollen, verdammt nochmal! Du hättest auf sie aufpassen sollen, Dominic und sie nicht in die scheiße reiten!", brüllte er laut auf.

„Typisch Gary! Sobald dir irgendetwas nicht passt, schiebst du anderen die Schuld in die Schuhe, hm? Du hast dich anscheinend doch nicht geändert. Deinen Namen kannst du zwar ändern, aber nicht wer du bist, Garett! Und wenn du wem die Schuld in die Schuhe schieben willst, dann schau gefälligst in den Spiegel. Du hast sie verlassen! Du bist nach unserem Abschluss einfach verschwunden, ohne zu wissen was du zurücklässt!"

Wütend verpasste Gabriel ihm einen weiteren Schubs den Dominic gegen die Tischkante stolpern lies als dieser sich nun wehrte und ihm ebenfalls einen überraschend ordentlichen Schubs verpasste.

„Hey, hey lasst das", mischte Gabriella dazwischen. Vergeblich, den in diesem Moment gab es nichts, was Gabriel beruhigen konnte. Weder Jennas Stimme, die viel zu nah an seinem Ohr war während des Gerangels oder Gabriellas Warnungen die beiden mit ihren Handschellen in verschiedene Ecken der Wohnung zu ketten. Denn in diesem Moment kam alles hoch, was

Gabriel jemals verdrängt hatte. Die Angst, die Schuldgefühle. Die ewigen Vorwürfe, die er sich selbst machte. Er war schuld an ihrem Tod. Er war derjenige, der sie in diesen Supermarkt gebracht hatte, doch wenn er genau über Dominics Worte nachdachte, wusste er: Dominic hatte Recht. Er hatte Denise nicht an jenem Abend in stichgelassen. Er hatte es wieder getan. Genauso wie damals als er seine Sachen gepackt hatte und ohne einen Blick zurückzuwerfen verschwunden war.

Kapitel 11

Seit einer geschlagenen halben Stunde saß Gabriel bereits in seinem Lesesessel im Wohnzimmer. Die Packung tiefgekühlter Erbsen fest an seine Wange gedrückt, die noch immer sichtlich gerötet vom Kinnhaken war, denn er kassiert hatte. Direkt gegenüber saß Dominic wieder am Küchentisch und hielt sich ebenfalls eine Packung Tiefkühlgemüse ins Gesicht. Ihn hatte es um einiges schlimmer getroffen. Während Gabriel wahrscheinlich mit einem leichten Veilchen davonkommen würde, war Dominics Unterlippe ein wenig aufgeplatzt und auch unter seinem Auge machten sich trotz der Kälte die ersten Züge eins Veilchens bemerkbar. Jenna und Gabriella tigerten im Wohnzimmer hingegen immer wieder auf und ab. Den Blick dabei stets auf die beiden Streithähne gerichtet. Es grenzte an ein Wunder, dass die beiden sie voneinander wegzerren konnte und um ehrlich zu sein, war selbst der Erfolg nur Gabriellas Polizeigriffen und das Anlegen ihrer Handschellen für gute 5 Minuten zu verdanken.

„Wie kannst du nach all den Jahren mit so etwas vorwerfen, Gary, hm?", brach Dominic nun mit gesenkter Stimme sein Schweigen.

„Hast du nur die geringste Ahnung, wie viel es mir bedeutet hat, dass du mich schon damals als einziger als ihren Freund akzeptiert hast? Und dass, obwohl wir beide beste Freunde waren? Hätte ich gewusst was sie...ich meine..."

Sichtlich erschöpft ließ Dominic seinen Satz in der Luft hängen. Die glasigen Augen geradewegs auf Gabriel gerichtet, der beschämt über sein Verhalten, welches ausgerechnet Jenna wieder einmal mitbekommen hatte seinen Blick senkte.

„Du hast sie auch am besten behandelt", erwiderte er leise.

„Ich meine, das alles hier ist so verrückt und so leid es mir auch tut, ist das Einzige was ich mich gerade fragen kann: Hat sie es geplant? Sie hat mir diesen Job besorgt, aber warum? War das Teil ihres Planes? Wollte sie mich etwa in der Firma haben?"

„Ich weiß es nicht."

Langsam gaben auch die beiden Frauen zwischen ihnen nach. Während Gabriella sich um zwei weitere Kühlpacks kümmerte, half Jenna Gabriel langsam wieder auf.

„Haben wir uns jetzt beruhigt?", hackte sie nach. Stumm nickten die beiden Männer ihr zu. Am Tisch angekommen hielt Gabriel seinem Gegenüber die Hand hin. Eine stumme Entschuldigung, die Dominic gerne annahm und einschlug.

„Ich hätte nie gedacht, dass sie so etwas machen würde."

„Nun offensichtlich hat Denise einiges getan, womit keiner von uns gerechnet hätte", mischte Gabriella sich erneut dazwischen. Dankend nahm Gabriel Jenna das neue Kühlpack ab und presste es erneut gegen seine Wange.

„Du hast Recht", durchbrach nun Gabriels Stimme die neuerstandene Stille. Zupfte dabei mit seiner freien Hand an einer der Ecke der Akten herum.

„Ich habe sie in Stich gelassen damals. Ich hätte nicht einfach gehen soll. Zu mindestens nicht so weit. Wer weiß, vielleicht hätte sie mich dann um Hilfe gebeten."

„Seien wir doch mal ehrlich. Denise war ein Sturkopf und die letzte Person, die freiwillig nach Hilfe gefragt hätte."

Wenn auch ein wenig widerwillig fingen die vier an zu lachen. Oh, wie Recht Dominic mit seinen Worten hatte. Das Gelächter verstummte jedoch so schnell es auch gekommen war und er griff erneut nach einem der Fotos auf dem Tisch. Den Blick immer wieder über das Gesicht von Denise Alter-Ego schweifend. So vertraut und doch so fremd. Genau wie Gabriel, Jenna und Gabriella es bereits unzählige Mal getan hatten, suchte auch Dominic vergeblich nach jedem noch so kleinen Hinweis.

„Moment", sagte er ein wenig zu laut. Die Augen ein wenig geweitet als sein Blick an dem Datum in der unteren rechten Ecke hängen blieb. Mit einem Ruck stand er von seinem Stuhl auf und stolperte etwas unbeholfen zu den anderen Fotos herüber.

„Was ist?", hackte Gabriella direkt nach, doch Dominic schüttelte nur seinen Kopf. Sortierte stattdessen weiter die Bilder mit den hektischen Bewegungen seiner zittrigen Finger in eine zunächst mehr als Konfusen Reihenfolge. Jennas Hände wanderten Gabriels Rücken vorsichtig auf und ab. Drückten dabei sanft seine Schultern und fing an diese zu massieren als sie spürte wie verspannt er wirklich war.

„Dominic", forderte Gabriel ein wenig harscher als sein Freund mit erhobenen Händen vom Tisch zurücktrat.

„Verdammt", zischte er. Schüttelte erneut immer wieder seinen Kopf während seine Hände beinahe verzweifelt durch seine Haare fuhren. Erst als Gabriella neben ihn trat, um sich seine Anordnung der Fotos anzuschauen, riss er sich ein weiteres Mal zusammen und tippte auf die verschiedenen Daten.

„Das alles sind Tage, an denen ich im Urlaub war. Und Tage, an denen ich weiß, dass wir die Nacht zusammen verbracht haben. Ich glaube, ich weiß, wie sie reingekommen ist."

Schnellen Schrittes huschte Dominic zu seiner Jacke auf dem Sofa herüber. Wühlte durch die Innentaschen und kehrte mit einer Karte zu ihnen an den Tisch zurück.

„Sie hat meine Karte benutzt."

„Wow, okay. Das ist...", staunte sogar selbst Gabriella als sie langsam die Schritte ihrer ehemaligen Partnerin verstand und dessen zusammenhänge.

„Sie hat mich benutzt. Denise hat mich benutzt, um an meine Karte zu kommen", zischte er. Spürte dabei, wie sich die Tränen der Wut in seinen Augen sammelten als sein Blick zwischen den Bildern und Gabriels Gesicht hin und her huschten.

„Das ist nicht die Denise, die ich kannte, Garry. Das ist nicht *unsere* Denise. Unsere Denise hätte uns niemals so hintergangen. Sie...sie hat...", fing er an zu stammeln.

„Sie hatte ihre Gründe", unterbrach Jenna ihn, ohne den Blick von den Bildern zu nehmen.

„Sie war noch *immer* Denise", bestätigte auch Gabriella. Überwältigt von seinen Gefühlen zog Dominic sich einen Moment auf die Dachterrasse zurück. Einen Moment, den die drei für sich nutzten. Immer wieder und wieder ging Gabriella die Bilder durch und verglich die Daten mit möglichen Einträgen in Denise Kalender und siehe da: Sie stimmten überein. Zwar beantworteten sie nicht alle Fragen oder erklärten die verschiedenen Stadtteile, in denen sie sich nachts herumtrieb, doch immerhin konnten sie dank Dominic einen Teil ihrer Termine herausfiltern und ausschließen, dass diese nichts damit zu tun hätten.

„Schau dir das an.", sagte Gabriel und tippte mit seinem Finger zwischen vier verschiedene Termine hin und her, die beide in einem Abstand von zwei Wochen zueinander lagen.

„Die Abstände sind immer dieselben. Lambeth, dann ein Treffen mit Dominic. Hackney, Dominic und so weiter."

„Ein Muster?", fragte Jenna. Gabriella schüttelte den Kopf.

„Ich habe nicht die geringste Ahnung."

Mit einem kleinen Räuspern kehrte Dominic zu ihnen zurück, nahm dabei eins der Bilder in die Hand und schaute es sich mit einem weiteren Kopfschütteln an.

„Hey, ich weiß, dass es viel ist. Zu viel sogar, das weiß ich wirklich. Wir alle haben uns diese Frage gestellt, aber auch wenn ich meine Schwester im Moment nicht verstehe, weiß ich, dass sie dich niemals so benutzen würde", sagte Gabriel sanft. Die Hand tröstend auf Dominics Schulter gelegt, der noch immer tief in seinen Gedanken zu versunken schien.

„Ich will helfen", beschloss er plötzlich.

Verwirrt, jedoch nicht gerade überrascht tauschten Gabriel, Jenna und Gabriella vorsichtig einen Blick aus. Dominic war verletzt. Wütend und aufgebracht und entsetzt, die Liste war endlos. Sein Geisteszustand machte Gabriella vor allem am meisten Sorgen. Sie wusste was Denise ihm bedeutet hatte und auch wenn sie es vor Denise nie zugegeben hatte, so war Dominic von all ihren Freunden Gabriellas Favorit gewesen. Keiner hätte sich wahrscheinlich mehr als sie darüber gefreut, wenn die beiden wieder zueinander gefunden hätten. Und genau wie ihr, ihre beste Freundin von einem Moment auf den anderen genommen wurde, so wurde es auch Dominic.

„Ich habe damit nichts zu tun, das schwöre ich euch. Aber ihr braucht jemanden in diesem Gebäude, oder? Ihr braucht das, was Denise auch gebraucht und niemals gehabt hatte. Ihr braucht jemanden in dem Gebäude, ihr braucht mich", fuhr er fort als er ihre Zweifel über sein Angebot in ihren Blicken sah.

„Und was ist mit deinem Job? Deiner Position?", fragte Gabriel.

„Spricht das nicht für sich? Keiner würde mich verdächtigen, keiner würde mich in meiner Position in Frage stellen. Ich müsste mich nie rechtfertigen, wenn es darum geht, warum ich mich in welchem Raum aufhalte. Außerdem bringt meine Karte mich überall rein, unbeschränkter Zutritt."

„Dominic, ich weiß, wie schwer das für dich ist. Wir alle waren an diesem Punkt und wir wissen zu schätzen was du gerade tust, aber...", wagte Gabriella einen Versuch als Dominics Lachen sie unterbrach. Stumm liefen ihm die ersten Tränen über die Wange als er sich in den Nasenrücken kniff und einige tiefe Atemzüge nahm.

„Ich habe sie geliebt, Gaby. Ich habe sie immer geliebt und nie aufgehört, das weißt du von allen am besten."

Sein Blick wanderte zu Gabriel herüber.

„Und du solltest es auch wissen. Ich werde bestimmt nicht weiterhin für eine Firma arbeiten, die offensichtlich schuld am Tod der Frau ist, die ich liebe. Meine Loyalität gehört Denise und nicht eurer Familie, Gabe."

Überrascht seinen neuen Namen aus dem Mund seines ehemaligen Freundes zu hören, hob Gabriel eine Braue und sah die beiden Frauen an.

„Du kannst ihn nicht einfach so wieder da rein schicken, Gabe. Du setzt ihm praktisch das Fadenkreuz auf den Rücken, wenn er das tut", warnte Gabriella streng als sie seinen Blick sah. Gabriel hingegen quittierte ihre Warnung mit einem einfachen Schulterzucken.

„Erstens schicke ich ihn nirgendwo einfach so rein und zweitens: Er hat Recht. Wir haben einen Vorteil. Wenn auch nur einen kleinen. Glaubst du wirklich, dass er nach der ganzen Sache die Finger stillhalten wird? Besser wir geben ihm eine Richtung vor als das er von allein anfängt zu ermitteln und sich selbst in die Scheiße reitet."

„Ich will helfen, Gaby", betonte Dominic jedes einzelne Wort erneut. Sein Tonfall deutete bereits darauf hin, dass er keine Ausrede, keine Ablehnung diesbezüglich dulden würde. Ganz im Gegenteil, denn wenn Gabriella eins nicht mochte war es Waghalsigkeit.

„Ich kann natürlich auch selbst anfangen zu ermitteln, wie Gabe es vorgeschlagen hat. Ich habe eine Menge CSI Miami und Law & Order gesehen."

„Fein! Fein, fein, fein!", fuhr Gabriella direkt genervt dazwischen. Gabriel und Dominic pressten die Lippen aufeinander, um nicht lachen zu müssen, denn genau das war typisch Gabriella. Auch Jenna fiel es schwer sich ihr Lachen zu verkneifen, weswegen sie sich einfach umdrehte, und anfing sich um den Kaffee zu kümmern. Der Tag und besonders der Abend und die Nacht waren noch lange nicht vorbei. Vielmehr ging es gerade erst los, denn mit Dominic auf ihrer Seite, gab es eine Menge was sie ihm erzählen und genau erklären mussten. Damit angefangen, was er tun konnte.

„Du kannst die Benutzung deiner Karte nachverfolgen lassen, oder?", hackte Gabriella, bevor ihre Lippen die Kaffeetassen in ihren Händen berührte nach.

„Kann ich ja."

„So würden wir wissen in welchen Räumen sie genau war und somit auch wonach sie gesucht hatte", fügte Jenna hinzu, während Gabriel erneut durch Denise alten Terminkalender blätterte in der Hoffnung weitere Termine mit demselben Muster zu finden.

„Ich werde mich direkt am Montag darum kümmern. Und wenn es okay wäre, würde ich mir gerne diesen Kalender anschauen von dem Gary...ich meine Gabriel so besessen ist. Was steht da noch neben meinen Terminen drinnen?"

„Bist du dir sicher, dass du ihr einziger Termin warst?"

„Ja, wir waren an den Tagen, den ganzen Abend und definitiv die Nacht zusammen. Mein Schlaf ist nicht gerade tief und sie muss sich meine Karte geschnappt haben als ich unter der Dusche stand."

„Woher wusste sie, wo du deine Karte aufbewahrst?", erkundigte sich Jenna.

„Naja die Karte hat das Firmenlogo drauf und sie muss das Ding irgendwann mal gesehen haben als ich die Taschen im Jackett geleert habe oder mir morgens eingesteckt habe."

„Gib ihm den Kalender, Gabe. Wenn Dominic und Denise sich so oft getroffen haben und das nicht immer am Wochenende, fallen ihm vielleicht noch weitere Termine auf."

Zwischen Wein und Pizza, welche bereits kalt war, weil sie genau wie alles andere in ihren Gesprächen zur Nebensache wurde, führten sie Dominic in ihre Ermittlung ein. Trotz ihrer immer schwerer werdenden Augenlidern und dem herzhaften Gähnen wollte keiner diesen Abend beenden. Dafür gab es viel zu viel, was die vier nicht locker lies. Unzählige neuentdeckte Beweise und Theorien, welche sie in ihrer Ermittlung voranbringen könnte, wenn sie es nur geschickt anstellen würden. Es war ein Abend an dem nicht nur eine neue Allianz entstand, sondern viel mehr. Es war eine Gruppe. Bestehend aus alten Bekanntschaften, welche niemals gedacht hätten, dass ihre Wege sich auf diese Art jemals kreuzen würden. Neue Freundschaften und Beziehungen welche sich durch dieses Ereignis gefunden und hatten. Vergangenheit und Gegenwart verschmolzen, um die Zukunft zu ändern. Ein Zeichen wie Gabriel oft zu sagen, pflegte und vielleicht war es genau das. Etwas, was Denise durch ihren Tod zusammengebracht hatte. Eine Gruppe, die entstanden war, um letzten Endes nur einem Ziel zu folgen: Das große Geheimnis, um Denise Rutherfords Tod zu lüften.

Kapitel 12

Das ganze rechtliche Wochenende über, hatten die Vier damit verbracht Denise Termine ein weiteres Mal durchzugehen und mit Dominics Hilfe, so mögliche Zeitfenster zu erschaffen, in denen sie seine Karte benutzt haben könnte. Und dank seiner unzähligen Geschäftsreisen in diesem Jahr schien es einige Chancen gegeben zu haben. Zusätzlich zu ihren bereits protokollierten.

Am kommenden Montag war Gabriel selbst im Krankenhaus die ganze Zeit über angespannt. Aus Angst einen Fehler bei den Tabletten und der Medikation zu machen, kostete es ihn beinahe doppelt so viel Zeit wie er sonst benötigte, um sich wenigstens hier einigermaßen konzentrieren zu können. Während Jenna halbwegs ein wenig mehr ausschlafen konnte, so hatte Gabriel sich um Halb 6 bereits aus dem Bett geschlichen, um sich für seinen heutigen Arbeitstag fertig zu machen. Wie gewohnt kochte er auch Jenna ihren Kaffee vor und füllte diesen in einen ihrer Thermobecher, die sie mittlerweile auch bei ihm lagerte. Dazu machte er ihr ein kleines Sandwich und schnitt ihr einen Obstsalat mit Joghurt zu Recht, den er so lange im Kühlschrank verstaute. Gähnend griff er nun auch zu dem kleinen Block neben dem Kühlschrank und einem Stift, um ihr eine kleine Nachricht zu hinterlassen, bevor er sich auf den Weg zur Arbeit machte.

Zu mindestens schien die Arbeit nicht wie ein typischer Montag zu sein. Es war zwar nicht gerade ruhig, aber im Stress versanken seine Kollegen und er auch nicht. Trotz alledem beschloss er seine Mittagspause heute im Büro der Stationsleitung zu machen, um sich nebenbei auch endlich um die nächsten Dienstpläne zu kümmern. Die Zeit schien nur so an Gabriel vorbeizurasen. Nachdem sein Sandwich gegessen, die Cola gegen einen Kaffee eingetauscht wurde und er sich einen der übrig gebliebenen Desserts aus der Küche stahl, erkundigte Gabriel sich ein letztes Mal bei seinen Kollegen nach dem aktuellen Stand, bevor er sich guten Gewissens wieder im Büro zurückzog. Mit müden Augen schweifte sein Blick zwischen den beiden halbfertigen Dienstplänen auf dem Bildschirm hin und her.

„Ja?", zuckte Gabriel erschrocken zusammen als ein lautes Klopfen an der Tür seine Aufmerksamkeit weckte.

„Da ist jemand der mit dir sprechen will", antwortete Jessica.

„Ach ja? Wer denn?"

„Er meint, er ist ein Freund von dir."

Verwirrt hob Gabriel eine Braue. Er hievte sich von seinem Stuhl und folgte Jessica schließlich wieder zurück auf den Flur als zu seiner Überraschung Dominic ihn bereits mit einem breiten Grinsen begrüßte.

„*Gabriel,* hi", begrüßte er ihn. Sichtlich überrascht über den Klang seines neuen Namens aus Dominics Mund schlug Gabriel in seine Hand ein.

„Was machst du hier?"

Jessica verabschiedete sich mit einem kleinen Nicken von den beiden und verschwand wieder ins Schwesternzimmer. Einen Moment, den Gabriel dafür nutzte, um Dominic ein wenig zur Seite zu ziehen.

„Was machst du hier?", zischte Gabriel zwischen zusammengebissenen Zähnen hervor.

„Ach, ich habe heute früher Feierabend gemacht und dachte, ich schaue mal vorbei. Kann man sagen, dass eine Station schön aussieht? Ist das angebracht?"

„Ist dass dein Ernst? Dominic, das hier ist *mein* Job. Ein Krankenhaus ist nicht dafür da um..."

„Seine Freundin kennenzulernen?", konterte Dominic mit einem frechen Grinsen.

„Hör zu, ich würde nie etwas tun, was deinen Job oder ich sag jetzt mal einfach deine Existenz in Gefahr bringt. Wie gesagt, ich habe heute ein wenig früher Schluss gemacht, habe mit der IT geredet, die sich morgen um mein „kleines" Problem kümmert und dachte ich schaue einfach mal vorbei."

Noch immer fehlten Gabriel die Worte. Dafür schweifte sein Blick immer wieder über die Station in der Hoffnung, dass seine Kollegen nichts von ihrem Gespräch mitbekommen hatten.

„Wann hast du Feierabend?"

***

Gemeinsam schlenderten Gabriel und Dominic mit einem Kaffee am Queens Walk entlang. Nicht wissend worüber die beiden sich überhaupt unterhalten sollten, starrten sie einfach stumm vor sich her. Den Blick auf den Gehweg gerichtet oder auf eines der unzähligen Sehenswürdigkeiten um sie herum.

„Also...", brach Dominic mit einem kleinen Räuspern sein Schweigen.

„Stört es dich, wenn man dich auf der Arbeit besucht?"

„Während meiner Schicht? Schon ja. Ich habe keine Zeit für ein Pläuschen zwischendurch. Außerdem trenne ich berufliches und privat strikt."

Gerade als Dominic seinen Mund öffnete, fing Gabriel an zu Lachen und schüttelte seinen Kopf.

„Jenna ist die Ausnahme."

„Sie ist für vieles die Ausnahme, hm?", schmunzelte Dominic. Der Becher in seinen Händen war schon lange leer. Genauso wie Gabriels und doch weigerten beide sich, ihn in den Müll zu werfen, in der Hoffnung so eine kleine Ablenkung bei sich zu haben.

„Kanntest du Jenna? Also hat Denise von ihr erzählt als ihr zusammenwart?"

Stumm schüttelte Dominic seinen Kopf. Man sah ihm deutlich an, wie schnell er in seinen Gedanken versank, sobald er Denise Namen hörte.

„Hat sie nicht nein. Und wenn ich genau drüber nachdenke, hat sie nie wirklich was erzählt. Zu mindestens nichts von Bedeutung. Sie war dauernd beschäftigt. Hüpfte von Fall zu Fall und ich tat dasselbe. Wir trafen uns zwischen Terminen. Ein schnelles Mittagessen hier und einmal hatte ich ihr einen Kaffee vorbeigebracht, aber das schien ihr unangenehm gewesen zu sein. Anscheinend wollte sie wirklich nicht, dass jemand von uns weiß."

„Du dachtest sie erzählt es Gaby?", schmunzelte Gabriel, wenn auch ein wenig widerwillig.

„Wenn ich ehrlich bin, ja. Es gab doch nichts was die beiden sich nicht erzählt haben, oder? Wir wollten es anfangs einfach nur für uns behalten, weil...du weißt schon, wir haben es oft probiert und ständig kam was dazwischen. Ich dachte diesmal wirklich, dass wir eine Chance hätten."

Plötzlich blieb Gabriel abrupt stehen. Blinzelte verwirrt vor sich her als auch Dominic stehen blieb und sich ihm langsam näherte.

„Bist du deswegen zu mir gekommen? Um über Denise zu reden?"

Dominic zuckte mit den Schultern.

„Keine Ahnung, wenn ich ehrlich bin. Vielleicht? Wir drei kennen uns seit wir Kinder sind und ja vielleicht wollte ich sie über sie reden. Und vielleicht wollte ich das mit meinem alten besten Freund."

„Dominic...", ermahnte Gabriel ihn direkt.

„Ich weiß, dass bist du nicht mehr. Aber denkst du, ich weiß nicht, wer du wirklich bist? Ein neuer Name macht aus dir nicht einen neuen Menschen. Du bist noch immer du und ja selbst nach alldem Jahren schein ich dich wiederzuerkennen. Es ist eine Menge passiert."

Mit einem mehr als verzweifelten Seufzen ließ Gabriel sich völlig erschöpft auf einer der Parkbänke sinken.

„Was ich damit sagen will ist, dass ich an diesem Wochenende über einiges nachgedacht habe. Du bist gegangen und hast so viele Geheimnisse und jetzt erfahre ich, dass Denise genauso viele Geheimisse hatte. Aus Gary wurde Gabriel und Denise war auf einmal Vivian? Ich versteh es einfach nicht."

In diesem Moment ließ auch Gabriel sich die letzten Jahre immer wieder durch den Kopf gehen. *Seine* Vergangenheit. *Ihre* Vergangenheit.

„Ich dachte wir beide könnten einfach von vorne anfangen. Mal was zusammmen trinken gehen oder was essen?"

„Fragst du mich nach einem Date?", witzelte Gabriel und steckte seinen Freund direkt zum Lachen an.

„Ich baggere keine vergebenen Männer an, nein."

„War das ein Outing?"

Und auf einmal, innerhalb weniger Sekunden schien es für einen Moment wie früher zu sein. Die kleinen Sticheleien, die unter Freunden so üblich waren. Anspielungen und Anmerkungen auf die vergangenen Tage, die sich sogar jetzt noch im *hier und jetzt* wiederfanden.

„So wie ich dich kenne, scheinst du nicht viele Freunde zu haben, Gabriel."

„Du nennst mich wirklich Gabriel? Kein Gary?"

Dominic schüttelte seinen Kopf und dachte dabei einen kurzen Moment über seine nächsten Worte nach. Bedacht und vorsichtig gewählt, um nicht das sensible Thema bei Gabriel anzukratzen.

„Es ist deine Entscheidung. Und ich finde Entscheidungen sollte man respektieren. Ich will nicht lügen, ich muss mich manchmal echt beherrschen und ich verspreche dir jetzt nicht, dass mir nicht hin und wieder dein alter Name über die Lippen rollt, aber ich werde es versuchen ja. Vielleicht war ich nicht immer achtsam, weißt du. Vielleicht, wenn ich es gewesen wäre, hätte ich Denise durchschaut und hätte ihr helfen können in was auch immer sie sich da reingeritten hat. Wie gesagt, ich müsste morgen eine Antwort von der IT kriegen und werde mir das Bildmaterial möglichst unauffällig anschauen."

„Meinst du das ist eine gute Idee im Büro?"

„Ich bin nicht auf den Kopf gefallen, ich ziehe mir sie rüber und mache das zu Hause. Oder wir machen es zusammen mit Gaby und Jenna."

Eine Weile lang saßen die beiden einfach nur da. Besprachen ihre nächsten Schritte und schwelgten dabei immer wieder in ihren Erinnerungen an eine deutlich unbeschwerte Zeit, in der es wirklich nur die drei gab. Gary, Denise und Dominic. Langsam schien nun auch Gabriel seinen alten Freund besser zu verstehen. Seine Taten und Entscheidungen, die ihn die letzten Jahre über in diese Position gebracht hatten, nachvollziehen zu können.

„Hey, wir beide wissen, das Denise schon immer ihren eigenen Kopf hatte. Sie war schon immer ein kleines Rätsel, also gib dir nicht die Schuld für Dinge, die du nicht kontrollieren kannst. Ich habe mir eine verdammt lange Zeit vorgeworfen an ihrem Tod schuld zu sein, aber jetzt glaube ich, dass ich es vielleicht gar nicht mehr bin. Zu mindestens war es nicht nur meine Schuld. Wer weiß, ich bin gerade dabei es herauszufinden."

Mit einem aufmunternden Klopfen auf Dominics Schulter stand Gabriel von der kleinen Bank auf und richtete dabei den Kragen seiner Jacke, ehe er seinen Freund ansah.

„Also mir wäre nach einem Burger. Kennst du einen guten Pub oder muss ich einen vorschlagen?"

Diesmal war es Dominic der problemlos in das Lachen seines Gegenübers mit einstimmte.

„Ich kenne da was ja", erwiderte er. Dominic streckte seinen Arm nach Gabriel aus, der diesen mit einem breiten Grinsen ergriff und ihn mit einem Ruck auf die Beine zog.

„Da lang", kommandierte Dominic sofort und deutete in dieselbe Richtung, aus welcher die beiden kurz zuvor gekommen waren. Trotz der mittlerweile entspannten Stimmung zwischen den Beiden trat recht schnell die allvertraute Stille wieder ein.

„Weißt du...", räusperte Dominic sich und zog erneut Gabriels verwirrten Blick auf sich.

„Es ist eine Sache, sich einzugestehen, dass man nicht die Schuld an allem trägt. Aber es ist genauso wichtig sich selbst vergeben zu können, *Gary*."

Und Dominic wusste gar nicht wie Recht er in diesem Moment hatte. Denn letzten Endes war es nicht Gabriel, der sich selbst vergeben musste, sondern Gary.

Kapitel 13

Mit schwerem Kopf sah Gabriel auf den leuchtenden Bildschirm seines Handys neben sich. Spürte dabei nur allzu deutlich Pater Millstones Blick auf sich liegen, der ihn bereits den ganzen Tag schon zu verfolgen schien. Gleich drei Tage in Folge hatte Gabriel frei. Ruhige Zeiten – wenn es diese überhaupt in einem Krankenhaus gab – und ein Haufen Überstunden ermöglichten es ihm sich einige Tage zurückzuziehen und sich in seinen Augen den zurzeit deutlich wichtigeren Dingen zu widmen.

.Auch Jenna und Gabriella schienen in dieser Woche abgelenkter den je zu sein. In der Hoffnung endlich einen kleinen Schritt nach vorne zu machen und ein noch so kleines Licht in Denise großes Geheimnis zu bringen, kämpften sie in ihrem Berufsalltag förmlich gegen die Zeit, bis sie sich wieder Denise Fall widmen konnten. Allerdings wurden ihre Pläne und Hoffnungen bereits in derselben Woche zerschlagen. Nach Gabriels und Dominics überraschenden Nachmittag zusammen und dem gefolgten Abendessen, welches nicht nur Jenna, sondern auch Gabriella beeindruckte, kümmerte Dominic sich wie versprochen am nächsten Tag um die Beschaffung der Aufnahmen. Der Schock kam jedoch schnell, denn bevor sein Termin mit dem Leiter der IT-Abteilung überhaupt wirklich anfangen konnte, erfuhr er, dass es überhaupt keine Aufnahmen gab. Keine einzige, weder für einen seiner notierten Tage an denen Denise im Büro war, sonst noch für irgendeinen anderen an dem sie es nicht war. Es gab natürlich unzählige Theorien, die sein Angestellter ihm breitgefächert erklärte, doch so ein Laie war Dominic auch nicht. Er konnte es sich einfach nicht erklären. Die plausibelste Erklärung, die ihm schließlich geschildert wurde, war das anscheinend sämtliche Daten durch

einen Computervirus letztes Jahr gelöscht werden mussten. Und es war unmöglich gewesen diese wieder zurückzuholen. Angeblich. Eine banale Ausrede, welche Dominic direkt zum Zweifeln gebracht hatte. Nach einem viel zu langen und irgendwann auch viel zu verdächtig werdenden Gespräch mit den Informatikern beschloss Dominic den Kloß in seinem Hals einfach nur herunterzuschlucken. Frustriert über die Tatsache nicht in der Lage gewesen zu sein, keinen einzigen Beweis für den Anschlag auf seine Freundin gefunden zu haben, traf er sich noch am selben Abend mit den anderen im Sawyers. In der hintersten Sitzecke, die der Pub zu bieten hatte versteckt, berichtete er ihnen ausführlich von seinem Gespräch mit der IT- Leitung. Dabei hatte Dominic vorhin auf jede noch so kleine Reaktion, die ihm dabei im Gesicht des Mannes vor ihm aufgefallen war, geachtet. Genau wie Jenna, besaß er das Talent als Anwalt Leute durch ihr Verhalten lesen zu können. Gestik, Mimik, jede Kleinigkeit, die ihn verraten würde, dass es kein banaler Computervirus war, sondern dass es sich auch hier um eine Anweisung der Geschäftsleitung gehandelt hatte. Somit standen die vier wieder am Anfang ihrer Ermittlung. Seither schienen Gabriels Gedanken umso mehr um die verschiedenen Stadtteile, die Denise als Termine in ihrem Kalender deklariert hatte zu drehen. Fragen, die seinen Verstand bis an die äußersten Grenzen trieben und einen Teil in ihm weckten, welchen er sich geschworen hatte für immer versteckt zu halten. Denn letzten Endes war genau, dass der Grund gewesen, wieso Denise und er in jener Nacht überhaupt in diesem Supermarkt waren. *Wenn du willst, dass es richtig gemacht wird, mach es selbst, richtig, oder?* dachte Gabriel, bis Pater Millstones Hand ihn wieder in das Hier und Jetzt zog.
„Alles okay, mein Junge?"

Stumm nickte Gabriel vor sich her und rieb sich dabei seine müden Augen.

„Alles in Ordnung."

Mit einem frustrierten Seufzen ließ Pater Millstone sich wieder in seinen Stuhl sinken und schüttelte seinen Kopf. Gabriels Verhalten war auch ihm nicht entgangen. Ganz im Gegenteil, denn auch wenn er nicht Teil ihrer Ermittlung war, wusste Dennis über alles Bescheid. Über jede noch so kleine Sackgasse, jeden Verdacht und auch über jeden fehlenden Beweis, der dem Fall überhaupt eine Ernsthaftigkeit beim Scotland Yard geben konnte und nicht als private waghalsige Ermittlung ein weiteres Mal zu den Akten gelegt wird und somit für immer verschlossen.

„Rede mit mir", flehte der Pater schon förmlich.

„Ich bin einfach nur so wütend", zischte Gabriel. Die Hände so sehr zu Fäusten zusammengeballt, dass das Weiß seiner Knöchel bereits hervortrat.

„Egal was wir tun, sie scheinen immer einen Schritt voraus zu sein und ich kann mich einfach nicht aufzuhören zu fragen, ob es bei ihr auch so war. Steckte Denise auch fest? Wusste sie nicht mehr weiter? Wie verzweifelt war sie? Hatte sie Angst und...", seine Stimme brach ab und Gabriel spürte wie die Tränen in seine Augen schossen. In der Hoffnung sie irgendwie verstecken zu können schloss er seine Augen. Fuhr sich dabei immer wieder verzweifelt übers Gesicht. Darauf bedacht gleichzeitig tief ein und auszuatmen, um nicht eine weitere Panikattacke zu bekommen.

„Wieso ist sie nicht zu mir gekommen, Dennis? Ich hätte ihr helfen können."

„Und wie hättest du ihr geholfen?"

„Ich wäre für sie da gewesen!", brüllte er laut auf und presste instinktiv die Faust gegen seinen Mund, um sich selbst wieder zum Schweigen zu bringen. Sein

Schrei hingegen echote noch immer durch die Gänge der Kirche.

„Tut mir leid", entrang ihm ein kleines Schluchzen. Tröstend schlang er seinen Arm um Gabriels Schulter und zog ihn mit überraschend viel Kraft an sich.

„Es tut mir so leid, es tut mir leid", wiederholte Gabriel immer wieder. Es dauerte zwar ein wenig, doch irgendwann lies auch das stetige Beben in Gabriels Brust nach. Seine Tränen verstummten, genauso wie sein Schluchzen. Seine Hand war jedoch noch immer an Pater Millstones gekrallt, der wohlmögliche der einzige Grund war, der Gabriel daran hinderte komplett zusammen zu brechen. Stattdessen nahm er mit der Zeit die kleinen, viel wichtigen Berührungen war. Der Daumen seines Freundes, der beruhigend über seinen Handrücken strich. Wahrscheinlich um den Krampf in Gabriels Hand zu lösen, der seine Hand langsam taub werden ließ. Er nahm wahr wie seine andere Hand ihm beruhigend über den Rücken strich. Der warme Atem, der sein Ohr beim Ausatmen immer wieder streifte und ihm gleichzeitig einen Rhythmus vorgab zu dem Gabriel mit atmen konnte. Irgendwann löste er sich schließlich aus seiner Starre. Sein Griff entspannte sich und lies die Hand seines Freundes los. Seine Tränen, die man nur noch durch die hinterlassenen Spuren und seinen roten, geschwollenen Augen erkennen konnte und ebenfalls mit dem Schluchzen verstummt waren.

„Ich mache mir Sorgen um dich", brach Pater Millstone schließlich sein Schweigen. Es war nicht mehr länger, der Gabriel, den er einst kannte, der neben ihm saß. Nein, denn was sein Freund sah und ihn dabei zu tief verängstigte war *Gary*. Der Mann, den er einst in einem ähnlichen Zustand vom Fußgängerweg vor der Kirche aufgegabelt hatte. Der Mann, der sich das Leben jeden Tag erträglich getrunken hatte und keine Grenzen kannte. Der Mann, der sogar jede mögliche Grenze überschritten hatte als Pater Millstone ihn mit einer Überdosis im Pfarrheim gefunden hatte.

„Das bist nicht du, Gabriel und ich habe Angst, dass du wieder zu jemanden wirst der…"

„Der was?", fuhr er harsch dazwischen. Pater Millstone beschloss seinen Satz nicht zu wiederholen, denn offensichtlich wusste Gabriel bereits, was er ihm sagen wollte. Worüber er sich am meisten Sorgen machte, denn sonst hätte er ihn nicht so harsch unterbrochen. Das Thema war noch immer mehr als tabu für ihn. Ein Thema, eine Zeit, wenn nicht sogar eine Phase an die Gabriel sich nur ungern erinnerte. Und dabei waren es noch nicht mal seine Erinnerungen, denn diese wurden ihm in jener Nacht genommen. So beschloss der Geistliche einen anderen Weg einzuschlagen. Einen Weg, der den meisten seiner Sorgenkinder weiterhalf.

„Gabriel", setzte er erneut an, stand auf und ging vor Gabriel auf die Knie, um ihm geradewegs in die Augen zu schauen.

„Wir haben immer das Gefühl nie genug getan zu haben. Die Menschen, die uns so viel zu bedeuten immer wieder aufs Neue zu enttäuschen oder enttäuscht zu haben. Denise hatte ihre Gründe dir es nicht zu sagen. Genauso wie du deine Gründe hast, warum du das hier tust. Haben wir das Gefühl nicht genug getan zu haben? Vielleicht. Hätten wir mehr anrufen sollen? Mehr nachhaken, wenn wir das Gefühl haben, dass etwas nicht stimmt, oder entscheiden wir uns bewusst dafür das zu Glauben was uns gesagt wird. Vielleicht hättest du mehr tun können ja, aber vielleicht wollte sie dich auch einfach nur beschützen."

„Das ist aber nicht fair."

„Ist es nie, aber vielleicht liegt es an dir nun zu glauben, dass sie das richtige tun wollte, auch wenn ihre Wege nicht ganz ersichtlich sind."

Nachdenklich kniff Gabriel seine Augenbrauen zusammen und nickte ein weiteres Mal stumm vor sich her.

„Also willst du mir sagen, dass es nicht verkehrt ist alles zu tun, um die Menschen, die man liebt zu beschützen?"

„Solange es man richtig macht."

„Auch wenn man wie Denise das Gesetz bricht?"

„Hat sie das denn?"

Instinktiv öffnete Gabriel seinen Mund, um zu widersprechen als er merkte, dass er gar keine wirkliche Antwort auf diese Frage hatte.

„Manchmal können wir nichts anderes tun, als die Entscheidung zu akzeptieren, ob es uns gefällt oder nicht. Wir müssen Vertrauen in diese Person haben und einfach nur hoffen, dass es das richtige war. Ich kannte deine Schwester zwar nicht, aber von dem, was ich gehört habe, schien sie eine recht verantwortungsbewusste Person zu sein und wusste was sie tat."

Erneut quittierte Gabriel seine Aussage mit einem stummen Nicken und traf gleichzeitig auch somit seine Entscheidung in der Hoffnung, dass Pater Millstone sich an seine Worte erinnern würde. Seine Entscheidung akzeptieren würde, so wie er ihm riet Denise Entscheidung zu akzeptieren, egal was es für ihn bedeutete.

Kapitel 14

Schnellen Schrittes folgte Gabriel den zwei Männern
vor sich und zog sich dabei so gut er konnte die Sturmhaube über seinen Kopf. Seine Hände waren mittlerweile eiskalt und er spürte wie seine durch den Regen
durchnässte Klamotten an seinem Körper immer
schwerer wurden. Heute war es wieder Hackney. Lange
hatte Gabriel darüber nachgedacht was er tun könnte,
um in den Ermittlungen weiterzukommen. Egal welche
Idee ihm in den Sinn gekommen war, war keine von
ihnen wirklich legal oder sowohl für Jenna als auch
Gabriella oder Dominic vertretbar. Jeder von ihnen
könnte durch ihn in die Bredouille gebracht werden.
Den Job verlieren, wenn nicht sogar schlimmeres.
Doch Gabriel hatte nichts zu verlieren. Er hatte bisher
alles verloren was ihm wichtig war und trotzdem war
er hier. Er war genau hier, um alles richtig zu machen.
Natürlich würde auch er vielleicht nicht ganz ohne
Konsequenzen aus der Sache herauskommen, doch es
war ein Opfer zu welchem er bereit. Er musste bereit
sein und wie Pater Millstone ihm gesagt hatte, darauf
vertrauen, dass seine Freunde es akzeptieren würden.
Egal wie die ganze Sache ausgehen würde. Als einer der
beiden Männer sich umdrehte, blieb Gabriel abrupt
stehen und ließ sich hinter eine der demolierten Mülltonnen fallen. Dass selbst die Mülltonnen Schusslöcher
hatten, sprach wohl bereits für die Gegend, in der er
sich aufhielt. Wie gesagt es war nicht ganz ohne. Eine
Weile lang lauschte er den Gesprächen der beiden
Männer und schüttelte seinen Kopf als er die üblichen
Themen hörte. Irgendwelche Frauengeschichten aus
zwielichtigen Strip-Clubs mit Hinterzimmern und viel
zu hohe Summen, welche sich bereits alles andere als
legal anhörten. Der Schutt unter den Schuhen der
Männer verriet Gabriel irgendwann, dass sie

weitergingen. Gefolgt von einer quietschenden Tür und einem Dumpfen Schlag. In diesem Moment merkte Gabriel wie lange er seinen Atem angehalten hatte. Wie groß auch seine Angst war, erwischt zu werden bei was auch immer er hier tat. Die ersten Besuche in Hackney waren einfacher gewesen. Es fing damit an, dass er zunächst tagsüber nach seiner Schicht mit dem Fahrrad immer wieder aufs Neue durch die Straßen fuhr. In den Nächten, die er nicht bei Jenna verbrachte, schlenderte er ebenfalls durch die Straßen. Stets schwarz gekleidet und das Springmesser immer einsatzbereit im Ärmel seines Pullovers versteckt. Genau dasselbe hatte er auch in Lambeth getan. Er lernte die Gegend kennen, studierte die Gesichter, die er zu den unterschiedlichsten Tageszeiten hier sah und jedes Mal, wenn Jenna und er den Fernseher laufen hatten, während sie in der Küche standen und zusammen kochten, horchte er auf als diese bestimmten Stadtviertel in den Nachrichten genannt wurden. Kleine Ausreden wie, dass er den Tisch schon mal eindecken würde oder kurz ins Badezimmer ging, halfen ihm dabei einen genauen Blick auf die Nachrichtenmeldung zu werfen. Es ging sogar so weit, dass er während seines Dienstes im Krankenhaus sich für einige Minuten in das Büro der Stationsleitung zurückzog und sich auf seinem Handy die aktuellen Nachrichtenmeldungen durchlas. Auch wenn es komisch klingen mag, hoffte er auf eine noch so kleine Meldung wie zum Beispiel eine Schlägerei in einer bestimmten Kneipe oder eine mögliche Razzia. Er wäre für alles dankbar, was ihm nur den kleinsten Tipp geben würde, wo er einen genaueren Blick drauf werfen konnte.

Gabriel wartet noch einige Minuten, bis er sich vom nassen Boden aufrappelte und sein Knie aus der tiefen Pfütze zog als ihn plötzlich zweikräftige Arme von hinten packten und gegen die Wand drückten. Bevor er überhaupt reagieren konnte, traf ihn bereits der erste Schlag in den Bauch. Hustend sank er an der Wand herunter wieder in die Pfütze.

„Steh auf, du Penner!", hörte er einen der Männer von eben sagen als ihn der nächste Schlag traf und ihm jemand die Sturmhaube vom Kopf zog.

„Das ist er! Johnny hat neulich schon gesehen, wie er sich hier herumgetrieben hat."

Immerhin hatte er einen Namen, wer auch immer Johnny sein mag.

„Ich habe gesagt, du sollst aufstehen!", brüllte der etwas bulligere Mann ihn erneut an und zog ihn an seiner Kapuze hoch. Einen Moment, den Gabriel dafür nutze mit nur einem Griff sein Messer hervorzuziehen. Mit einem Knopfdruck ließ er es rausspringen und richtete es geradewegs auf die beiden Männer.

„Ganz ruhig, okay?", hustet er. Der stechende Schmerz in seiner Seite ließ ihn kaum eine Chance sich gerade hinzustellen.

„Ich bin kein Cop!", stellte Gabriel direkt klar als er aus dem Augenwinkel sah, wie einer von ihnen einen Schritt nach vorne zuckte. Wahrscheinlich ein Ablenkmanöver, dass sein Freund ihm eins überziehen konnte.

„Ach ja? Nun, dann hast du ein ganz schönes Problem, dass du dich traust, nachts hier in Sturmhaube herumzuschnüffeln."

„Ich bin nur auf der Suche nach etwas. Mir ist egal mit was ihr hier dealt, ich suche nur nach antworten."

„Komisch, kann mich gar nicht dran erinnern die Frage gehört zu haben", spottete der bullige Mann. Der Regen peitschte Gabriel förmlich ins Gesicht und nahm ihm die Sicht, um einen genauen Blick auf die beiden Männer zu werfen. Sein Stand gab ihm geradewegs ein wenig halt, damit er stehen und den Anschein machen konnte sich irgendwie zu verteidigen als in einem unbeobachteten Moment ihm mit einem Schlag das Messer aus der Hand geschlagen wurde und er einen Kinnhaken kassierte. Mit einem lauten Aufschrei sackte Gabriel zu Boden.

„Vivian schickt mich!"

Abrupt blieben die beiden Männer stehen und sahen ihn mit großen Augen an.

„Vivian Durrand schickt mich", hustete Gabriel schwach. Seine Hand noch immer gegen seine Rippen gepresst. Eine Ewigkeit schien zu vergehen, bis die Männer sich schließlich wieder bewegten. Kurz miteinander tuschelten, während Gabriel einen weiteren Versuch startete und sich langsam wieder aufrappelte. Der Geschmack von Blut breitete sich bereits in seinem Mund aus als der Mann Gabriels Sturmhaube zückte und ihm diese geradewegs über den Kopf zog.

„Halt bloß deine Klappe", zischte der bulligere Typ hervor. Wie ein Tier schleiften sie ihn förmlich mit sich in eins der Gebäude herüber. Die Sturmhaube fest im Griff damit er nicht mitbekam in welches der Häuser sie ihn hinbrachten. Ein Gewirr aus Stimmen begrüßten ihn und sein Bauchgefühl ließ bereits vermuten, dass diese Männer bewaffnet waren. Es war pures Glück, dass die beiden Männer von draußen keine Waffe gezückt hatten und er wie Denise noch auf offener Straße erschossen wurde durch seine eigene Dummheit. *Was hast du dir bloß gedacht?*, fragte Gabriel sich immer wieder selbst. Mit einem Ruck wurde ihm auf einmal die Sturmhaube vom Kopf gezogen und er blinzelte gegen ein viel zu grelles Licht an. Vermutlich ein Scheinwerfer, so einer wie er in den meisten Fotostudios zu finden war mit dem Unterschied, dass dieser nicht perfekt ausgerichtet war, um einen in Szene zu setzen. Man kann sagen es war schon förmlich wie ein Spotlight. Alle Aufmerksamkeit lag auf Gabriel und er war sich sicher, dass mehr als zwei oder drei

Paar Augen ihn gerade ansahen. Das Licht war weich. Es nahm ihm zwar die Sicht, brannte ihm jedoch nicht in den Augen. Er zuckte kurz zusammen als er das Einrasten von Handschellen hörte und dabei spürte wie das kalte Metall in seine Armgelenke schnitt.

„Das hatte er bei sich", erklärte einer der Männer und Gabriel erkannte die Stimme des bulligeren Mannes wieder. Er musste sie nicht sehen, um zu wissen, dass das spöttische Lachen seinem lächerlichen Messer galt, welches sie ihm abgenommen hatten. So langsam gewöhnten Gabriels Augen sich an das Licht und nahmen wenigstens halbwegs die Silhouetten vor sich wahr. Es waren vier Männer. Von ihren Staturen her, erkannte er, dass die zwei linken seine Angreifer sein mussten. Die zwei anderen blieben ihm fremd.

„Er sagt er kennt Vivian", brach einer von ihnen das Schweigen. In diesem Moment trat nun endlich jemand aus dem Schatten. Er war alt. Zu mindestens älter als Gabriel es gedacht hatte. Die Haare waren mit viel zu viel Haar-Gel nach hinten gekämmt, der Anzug hingegen saß perfekt.

„Woher kennen Sie...", setzte Gabriel gerade an als sein Gegenüber die Klinge von Gabriels Messer rausspringen lies und ihn dieses an die Kehle hielt.

„Erste Regel: In meinem Haus stelle ich die Fragen, nicht du, hast du verstanden? Sonst wird das hier eine knappe und äußerst schmerzvolle Geschichte für dich."

Panisch nickte Gabriel ihm zu.

„Tut mir leid."

Das war es. Du steckst so tief in der Scheiße wie noch nie und keiner weiß, wo du bist, bis sie dich irgendwann aus der Themse fischen. Wirklich, was hatte er sich bloß dabei gedacht? Er wollte Antworten? Nun näher konnte er seinen Antworten nicht kommen, doch ob er diese jemals hören würde, war im Moment eine ganz andere Sache.

„Woher kennst du Vivian?", fragte der Mann. *Franzose*, stellte Gabriel überrascht fest als das Blut in seinen Ohren aufgehört hatte zu rauschen. *Franzosen?* War vielleicht das der Grund wieso Denise sich als Französin ausgegeben hatte, weil sie welche waren?

„Sie ist meine Schwester gewesen und ich glaube sie wissen auch, dass Vivian nicht ihr echter Name war", antwortete Gabriel zwischen zusammen gebissenen Zähnen aus Angst den Mund zu weit zu öffnen und das Messer in seine Kehle schneiden zu lassen. Außerdem hatte er die Erfahrung gemacht, dass man mit Ehrlichkeit in solchen Fällen am weitesten kam. Er hatte nichts zu verstecken. Und abgesehen davon was hatte er noch zu verlieren? Sie konnten ihn umbringen ja, doch würde das wirklich das schlimmste für ihn sein? Gerade solche Typen wussten letzten Endes immer mehr als man dachte und erkannten Lügen schon beinahe fast so gut wie ein Lügendetektor. Überrascht über Gabriels Worte löste er das Messer langsam von seinem Hals und trat einen Schritt zurück. Wechselte erneut einige Worte mit seinen Dienstleuten und diesmal auch in ihrer Landessprache. Französisch war nie seine Stärke gewesen. Vielleicht würde er mit ein wenig Mühe noch die wichtigsten Förmlichkeiten hinbekommen, aber selbst dann war er mit seinem Latein am Ende. Diese Sprache hatte Denise immer besser beherrscht.

„Denise. Ihr Name war Detective-Inspector Denise Rutherford", fuhr Gabriel vorsichtig fort als plötzlich einer der Männer beim Klang ihres Dienstgrades seine Waffe zog und auf Gabriel richtete.

„Stopp, Stopp, Stopp!", schrie er panisch auf und fing wie wild an auf dem Stuhl herum zu zappeln.

„Ich bin kein Cop. Ich arbeite nicht für die Polizei, bitte. Ich versuche ihr nur zu helfen, ich…"

„Helfen?", hackte der Mann nach und hob dabei seine Hand. Ein einfaches Zeichen, welches seinem Handlanger reichte, um die Waffe wieder runterzunehmen. Sichtlich erschöpft schloss Gabriel seine Augen. Atmete einige Male tief ein und aus in der Hoffnung nicht noch vor der französischen Mafia eine Panikattacke zu bekommen. Der Schweiß floss langsam an seiner Schläfe herunter. Er schmeckte das Salz in seinem Mund zusammen mit dem Blut. Wie gern würde er es einfach ausspucken, doch selbst das konnten diese Leute als Zeichen mangelnden Respekts werten, also schluckte er es runter. Immer wieder und wieder und hoffe inständig, sich nicht noch übergeben zu müssen.

„Sie müssen mir glauben", startete Gabriel einen neuen Versuch.

„Ich bin kein Cop, mir ist es egal, was sie hier machen. Was mir aber nicht egal ist, dass meine Schwester umgebracht wurde und alles was ich habe irgendwelche geheime Notizen sind, dass sie sich hier aufgehalten hat. Ich will doch nur Antworten."

Die Augen des Mannes weiteten sich ein klein wenig und ehe Gabriel sich versah fingen sämtliche Männer an im Gesenkten Ton erneut auf französisch zu diskutieren, bis ein lauter Pfiff ihres Bosses sie wieder zum Schweigen brachte.

„Bindet ihn los", befahl er.

Erschrocken zuckte Gabriel zusammen als sich zwei Hände von hinten an den Handschellen zu schaffen machten und problemlos öffneten. Gabriel fragte sich wie viele Leute in diesem Raum waren als plötzlich das Licht über ihnen anging. Mit einem Mal fand er sich in einem mit unzähligen Kisten zugestellten Raum wieder. Umkreist von unzähligen Leuten, von denen jeder eine Waffe trug oder mit etwas banalem wie einem Brecheisen oder einen Vorschlaghammer bewaffnet war.

„Dankeschön", murmelte Gabriel als sein Blick langsam durch den Raum schweifte.

„Ihr Name war?"

„Gabriel."

„Éric", erwiderte der Mann kurz und signalisierte Gabriel mit einer Handbewegung ihm zu folgen.

Kapitel 15

Gabriel hatte sich schon immer gefragt, ob ein echtes Mafia-Büro denen aus den Filmen ähnelte. Das er selbst irgendwann in solch einem Büro landen würde, hätte er jedoch nie gedacht.

„Setzen Sie sich", befahl der Mann, der sich als Éric vorgestellt hatte ihm. Stumm befolgte er seine Anweisung.

„Möchten Sie was trinken? Wasser? Einen Kaffee oder lieber etwas stärkeres?"

„Ein Wasser wäre nett ja."

Sein Blick folgte Éric ans andere Ende des Zimmers, wo er eine kleine Flasche Wasser aus dem Regal der kleinen Bar zog und ihm dieses in ein Glas einschenkte. Wenn auch ein wenig verwirrt über die plötzliche Gastfreundschaft nahm Gabriel das Glas dankend an. Seine Kehle brannte. Sehnte sich förmlich nach Wasser oder irgendeiner anderen Flüssigkeit, die das Brennen ein wenig stillen würde. Den Geschmack von Blut und Salz ihm endlich aus dem Mund nahm. Während Gabriel einen Schluck nach dem anderen trank, schenkte Éric sich ein mehr als großzügiges Glas Scotch ein und ließ sich in seinen Sessel hinter dem Schreibtisch sinken.

„Denise ist Tod?", fragte Éric nachdenklich. Seine Finger zupften an seinem perfekt zugeschnittenen Bart herum. Den Blick hingegen noch immer auf das halb volle Glas in seiner Hand gerichtet.

„Ja", antwortete Gabriel trocken. Eine Weile lang saßen die beiden nur still da. Jeder mit seinen eigenen Gedanken beschäftigt. Während Gabriel jedoch noch immer versuchte, das Ganze hier zu verstehen und wie Denise in diese ganze Mafia-Geschichte reinrutschen konnte, schien Éric mit seinen Gedanken bereits weit entfernt zu sein.

„Mein Beileid", brach er irgendwann sein Schweigen, fischte dabei ein zweites Glas heraus und schenkte nun auch Gabriel einen Scotch ein.

„Woher kannten Sie meine Schwester? Sie wussten wer Vivian war, aber Sie wissen auch wer Denise ist, also war sie nicht Undercover bei ihnen eingeschleust?"

„Nein."

„Aber sie hat für Sie gearbeitet?"

„Nein."

Seufzend nippte Gabriel an seinem Drink als Éric das Wort nun wieder an sich nahm und beschloss endlich auf Gabriels Fragen einzugehen.

„Ihre Schwester hat nicht für uns gearbeitet, sondern wir für sie."

„Tut mir leid, aber ich bezweifle, dass meine Schwester als Cop mit der...was ist das hier überhaupt? Ist das hier die Mafia? Die französische Mafia, oder was?"

Lachend schüttelte Éric seinen Kopf. Dabei leerte er den Rest seines Glases in einem Zug und schenkte sich direkt nach. Er hielt Gabriel ebenfalls die Flasche hin, der zu seiner eigenen Überraschung jedoch dankend ablehnte und auf sein halb volles Glas deutete. Er musste jetzt einen klaren Kopf bewahren.

„Wieso stellen Sie nicht die viel wichtigeren Fragen als sich darüber Gedanken zu machen was für eine Organisation wir sind, hm?", wechselte Éric das Thema zu Gabriels bedauern. Egal was sie waren, es war nicht legal.

„Für mich ist es aber eine wichtige Frage, weil ich mir nicht vorstellen kann, dass meine Schwester zu einer korrupten Polizistin wurde."

„Haben Sie sich ihre Frage nicht gerade selbst beantwortet? Ich bin mir sicher, dass ihre Schwester eine Menge Dinge getan hat, von denen Sie jetzt erst erfahren haben und die Sie sich nie hätten vorstellen können. Sonst wären Sie doch kaum hier, oder?"

Instinktiv öffnete Gabriel seinen Mund, um ihn zu widersprechen. Denise zu verteidigen, wie er es immer getan hatte und es bis heute tat, als er merkte, wie Recht er eigentlich hatte. Kannte Gabriel Denise eigentlich? All diese Dinge, die er in den letzten Wochen über sie erfahren hatte oder noch immer erfuhr sahen ihr nicht ähnlich. Mit einem kräftigen Räuspern zog Éric Gabriels Aufmerksamkeit wieder auf sich.

„Ich habe Denise bei einem ihrer Fälle kennen gelernt. Mein Cousin wurde ermordet und hat ihre Schwester hierhergeführt. Sie wusste sofort, dass das Ganze hier alles andere als legal war, konnte es aber weder beweisen noch den Mord in Verbindung mit unserer Organisation bringen. Ihre Schwester war hartnäckig und hat Undercover einen unserer Clubs besucht in der Hoffnung irgendetwas zu finden. Blonde, kurze Haare, viele Tattoos, kommt Ihnen bekannt vor, oder?"

„Vivian", stimmte Gabriel ihm nickend zu.

„Ganz genau. Wie dem auch sei, ich habe Denise geraten aufzuhören in einer Sache herumzuwühlen, von der ich wusste, dass sie nichts mit dem Mord meines Cousins zu tun hatte. Immerhin bin ich auch nur ein einfacher Unternehmer und..."

Es war Gabriels Lachen, welches Éric schließlich verstummen lies als er nun auch seinen Drink mit einem Zug herunter kippte, nach der Flasche griff und sich eigenhändig etwas einschenkte.

„Sie wissen schon was Sie mir hier erzählen, ja? Sie sind ein einfacher Unternehmer, der seinen Nachtclub wahrscheinlich als Vorwand nutzt, um irgendwelche illegalen Geschäfte zu machen, schon klar. Aber es beantwortet nicht meine Frage wie meine Schwester Teil von dem wurde."

„Wurde sie nicht", fuhr Éric direkt dazwischen und entriss Gabriel die Flasche.

„Dann springen Sie doch bitte zum Ende."

„Sie wissen schon, dass ich Sie von einer Sekunde auf die andere umbringen kann, oder?", erinnerte sein Gegenüber Gabriel mit fester Stimme. Gleichgültig zuckte Gabriel mit den Schultern.

„Denise war alles was ich noch hatte. Ich gehe für sie über meine persönlichen und bestimmt auch über gesetzliche Grenzen. Glauben Sie wirklich, dass mich so eine Drohung noch stört?", zischte er.

Verflogen war die Angst. Sämtliche Sorgen, die Gabriel sich in den letzten Wochen gemacht hatte. Er wusste, wo er stand und was er brauchte und so langsam war er auch an einem Punkt angekommen, wo er es verabscheute, noch länger an der Nase herum geführt zu werden was Denise Tod anging.

„Ihre Schwester hat mich gerettet."

Überrascht hob Gabriel eine Braue. Érics Finger trommelten nachdenklich gegen das Kristallglas in seiner Hand. Man sah ihm an, dass er diesen Moment in seinem Kopf noch einmal durchlebte. Einmal, zweimal, bis er irgendwann Gabriel wieder ansah.

„Sie hat mich gerettet und Sie hat mich nicht verraten. Jemand hatte es auf mich abgesehen und wollte über meinen Cousin an mich herankommen. Ihre Schwester hatte sich ein weiteres Mal in einen meiner Clubs geschlichen. Ich habe schon gar nichts mehr gesagt, aber Sie hat es gesehen. Sie hat die beiden Typen gesehen, erkannt dass sie bewaffnet waren, und hat sie den ganzen Abend über beobachtet. Sie blieb sogar bis zum Ende und als ich mich auf dem Heimweg gemacht habe und auf dem Parkplatz angegriffen wurde, hat sie reagiert."

Lachend schüttelte Éric seinen Kopf und wischte sich einige stumme Tränen von der Wange.

„Denise hatte wirklich etwas drauf. Sie hat sich innerhalb weniger Minuten die perfekte Erklärung für dieses Massaker auf dem Parkplatz ausgedacht und warum sie da war, ohne mein Geschäft dabei zu zerstören. Sie hat den Mörder meines Cousins gefasst und sie hat mich gerettet. Ich habe sie einige Tage später aufsuchen gelassen und ihr einen Besuch abgestattet, dass ich mich gerne bei ihr revanchieren würde. Charmant wie sie war, hat sie vorgespielt nur ihren Job getan zu haben und dafür keinen Dank braucht, aber wenn sie ihren Job wirklich getan hätte, dann würde ich hier auch nicht mehr sitzen."

So langsam verstand Gabriel auf was Éric hinaus wollte. Was Denise sich dabei gedacht hatte. Sie hatte schon immer drei Schritte voraus gedacht und in diesem Moment konnte er sich nur allzu gut vorstellen, wie Denise Éric mit einem kleinen Augenzwinkern abgelehnt hatte, um sich selbst zu schützen. Es war ein schmaler Pfad, auf den sie sich befand. Stets hin und her gerissen zwischen dem tatsächlichen Gesetz und all den anderen Möglichkeiten Gerechtigkeit für ihre Opfer zu bekommen.

„Trotzdem kam sie auf Sie zurück", beendete Gabriel seinen Gedanken, der Éric erneut zum Lachen brachte.

„Oh sie kam immer wieder zurück. Erst war es ein Gefallen, dann ein zweiter und irgendwann trafen wir uns hin und wieder auf einen Drink. Ihre Schwester durfte bei mir schon Frei Haus trinken. Wir hatten einen Deal: Sie gab uns Immunität und verurteilte unsere Geschäfte nicht, solange keiner zu Schaden kam, und wir halfen ihr, wenn das Gesetz ihr mal die Hände band."

Kein Wunder das Gabriella nie etwas von dem wusste. Dafür hielt sie sich viel zu sehr ans Protokoll und hätte Denise letzten Endes mehr Schwierigkeiten eingebracht als sie tatsächlich hatte. So locker die Stimmung auch gerade zu sein schien, wenn auch nur für einen kurzen Moment, erinnerte sie beide jedoch auch an das tatsächliche Drama.

„Seit wann?", fragte Éric mit dicker Stimme.

„Vorletztes Jahr, kurz vor Weihnachten."

„Was ist passiert?"

Seufzend lehnte Gabriel sich in seinem Stuhl ein wenig zurück und atmete tief durch.

„Sie wurde erschossen, ich war bei ihr als es passiert ist. Zunächst sah es wie ein einfacher Überfall aus. Wir dachten der Täter hat ihre Marke gesehen und aus Angst einfach abgedrückt, aber dann haben wir eine ganz private Akte in ihren Sachen gefunden und glauben, dass es kein Zufall war."

„Haben Sie die Akte dabei?"

Gabriel schüttelte den Kopf, zog dafür aber ihren Kalender aus seiner Jackentasche heraus und reichte diesen Éric.

„Kommt Ihnen was bekannt vor?"

Stumm studierte Éric den Kalender. Blätterte immer wieder vor und zurück. Kein einziges Wort verlies dabei seine Lippen, stattdessen tat er nichts anderes als einfach nur zu nicken, ehe er Gabriel den Kalender zurückgab.

„Das sind alles Termine, an denen wir uns getroffen haben. Lambeth und Hackney dort befinden sich unsere zwei Hauptbars. Wir haben noch einige...nennen wir es Zweigstellen, wo wir uns am Umsatz beteiligen, aber das sind unsere Treffpunkte gewesen."

„Und zwar immer im unregelmäßigen Wechsel, damit es nicht auffällt."

„Ganz genau. Also glauben Sie, dass es ein gezielter Mord war?"

„Ja, das glauben wir."

„Wer ist Wir?"

„Ich, meine Freundin und Denise ehemalige Partnerin Gabriella."

„Ah natürlich, natürlich", grinste Éric. Er schien Gabriella ebenfalls zu kennen oder zu mindestens kennen gelernt zu haben. Bei ihr reichte meist schon eine

Begegnung aus um sich im besten oder schlimmsten Fall wie man es auch nahm ein Leben lang an sie zu erinnern. Somit hatte Gabriel seine Antworten bekommen und war ein ganzes Stück weiter in seiner Ermittlung gekommen, auch wenn es ihn nicht gerade schlauer gemacht hatte.

„Wir haben Vivian erschaffen", gestand Éric beinahe schuldbewusst. Fuhr sich dabei mit der Hand immer wieder müde übers Gesicht und sah dabei schon fast beschämt aus. Reumütig, wenn nicht sogar.

„Wie meinen Sie das?"

„Eines Abends als wir verabredet waren, kam Denise äußerst schlecht gelaunt zu mir. Ich habe sie fragt was passiert sei, weil ich sie so wütend noch nie gesehen hatte, und sie hat mir von ihrem Bruder erzählt, ihrem anderen. Ich glaube zu meinen, dass sie zwei Brüder hat?"

„Genau, wir haben noch einen jüngeren Bruder."

„Sie hat nie irgendwelche Namen genannt, ich denke so sehr haben wir uns dann auch nicht vertraut. Wie dem auch sei, sie hat sich über ihn aufgeregt und über ihre Familie. Ihr Handy schien an dem Abend einfach keine Ruhe geben zu wollen und ich bin mir ziemlich sicher, dass die ganze Situation noch völlig eskaliert wäre, wenn ich ihr das Telefon nicht abgenommen hätte. Also habe ich ihr einfach angeboten mir davon zu erzählen mit dem Versprechen mich aus der Sache rauszuhalten. Sie war zwar noch immer sehr zurück haltend, aber es war nicht zu übersehen, dass es Spannungen gab. Bei unserem nächsten Treffen bat sie mich schließlich um den Gefallen ihr einen falschen Pass zu besorgen."

„Das ist es was Sie machen? Dokumente fälschen?"

„Eigentlich nicht nein. Wir haben Leute dafür für den Notfall ja, aber wir machen es nicht selbst."

Sofort schnitt Gabriel ihm das Wort ab und knallte das Glas in seinen Händen schon fast auf den Tisch.

„Moment, Denise kommt zu Ihnen und bittet Sie darum etwas zu tun, was Sie sonst nicht machen und Sie haben es nicht hinterfragt?", preschte Gabriel zwischen zusammen gebissenen Zähnen hervor.

„Nein und ich habe es trotzdem getan, weil ihre Schwester sich sonst jemand anderen gesucht hätte und so hatte ich einen genauen Blick auf diese Sache."

„Aber keinen der genau genug war offensichtlich!", schrie er laut auf. Eine Weile lang saßen die beiden still da. Tauschten hin und wieder den ein oder anderen Blick aus, der ihnen die Schuld gegenseitig hin und her schob. Gabriels Schuld nie gemerkt zu haben was los war. Wie viele Probleme Denise wirklich hatte und wohin diese sie letzten Endes hingetrieben hatten. Auf der anderen Seite Érics Schuld, der ihr bei der ganzen Sache geholfen hatte in der Hoffnung das Richtige zu tun. Auf sie aufzupassen, bevor sie bei jemand anderem ins offene Messer laufen würde. Und trotzdem war es nicht genug gewesen. Er hätte mehr tun können. Mehr tun und genau nachhaken sollen. Wieso hatte Denise ihn nie um Hilfe gebeten, wenn sie wusste, wie groß sein Einfluss war? Wie viele Kontakte er besaß, die ihr schon anderweitig behilflich sein konnten. Wieso war sie mit so einer persönlichen Sache nicht auch zu ihm gekommen?

Éric ließ das leere Glas von einer Hand in die andere gleiten, während Gabriel mit dem Kopf in den Händen gegenüber von ihm halb im Stuhl hing. Stumme Tränen über seine Wange liefen, die er sich immer wieder krampfhaft wegwischte. Langsam bseugte Éric sich über den Schreibtisch zu Gabriel herüber und legte schon beinahe behutsam die Hand auf seine Schulter.

„Hey", zog er Gabriels Aufmerksamkeit auf sich. Verwirrt über seine plötzliche Nähe blinzelte er Éric an.

„Tut mir leid, ich wollte nicht undankbar oder respektlos erscheinen", nuschelte Gabriel und rieb sich seine müden Augen.

„Es tut mir leid, Gabriel. Ich hätte damals mehr tun sollen, mehr tun können, aber das habe ich nicht."

„Aber Sie haben auch Recht. Meine Schwester hätte es nicht zu gelassen, sie hatte ihre ganz eigene Art."

„Trotzdem hätte ich es versuchen sollen. Ich kann die Vergangenheit nicht ändern, aber ich kann dir dasselbe Versprechen wie ihr. Ich will dir helfen, Gabriel. Egal was es ist, egal was du brauchst, ich will dir helfen ihren Mörder zu finden."

„Sie wollen helfen?", hackte er ungläubig nach.

„Das ist das Mindeste was ich tun kann. Sie hat mich gerettet und ich konnte sie nicht retten. Ich hätte mehr nachhaken sollen, aber wir haben uns gestritten als ich ihr die Dokumente gegeben habe und ich dachte die ganze Zeit über, dass sie den Kontakt zu mir abgebrochen hat. Nichts mehr mit mir zu tun haben wollte, das hätte ich sogar noch verstanden in ihrer Position, aber ich hätte nie gedacht, dass sie tot ist."

Traurig und noch immer auf der Suche nach den richtigen Worten nickte Gabriel ihm zu.

„Du hast gesagt es gibt eine Akte?"

„Ja, also einmal ihre Akte mit einigen Notizen und Fotos, die ihr jemand zu geschickt hat und eine die wir selbst angelegt haben."

„Bring sie zu mir. Ich würde gerne selbst einen Blick drauf werfen und schauen was ich tun kann, welche Leute ich am besten drauf ansetze und je nachdem was ich finde, wie wir weiter machen können. Natürlich würde ich es bevorzugen, wenn das eine Sache ist, die zwischen uns bleibt. Gabriella wäre bestimmt nicht sehr erfreut darüber - angemessen dieser Ermittlung - so früh von Denise und meiner Partnerschaft zu erfahren."

„Ich weiß beim besten Willen nicht was ich sagen soll", stattdessen stand Gabriel auf. Er hob seine Hand und sah dabei auf das mittlerweile getrocknete Blut auf seinen Knöcheln. In seinem Kopf suchte er bereits nach einer halbwegs glaubwürdigen Erklärung wie er sein Aussehen Jenna erklären würde. Éric machte es ihm nach und stand ebenfalls auf. Die rechte Hand zwischen ihnen ausgestreckt.

„Haben wir einen Deal?", hackte er nach.

„Was haben Sie davon? Sie helfen mir, aber was muss ich tun?"

„Du musst nichts machen. Das ist etwas persönliches."

„Aber auch Teamarbeit. Da steckt die Arbeit und vor allem ein großes Risiko für jeden von uns hinter, das kann ich nicht ignorieren."

„Nun, dann musst du anscheinend dasselbe Risiko wie deine Schwester eingehen und mir vertrauen."

Gabriels Lippen verzogen sich zu einem breiten Grinsen als er Éric langsam seine Hand ausstreckte und diese in letzter Sekunde zurückzog.

„Wenn ich Ihnen vertraue, sagen Sie mir, was genau Sie hier treiben?"

„Auf gar keinen Fall", lachte Éric.

Und Gabriel schlug ein.

Kapitel 16

Nervös trat Gabriel von einem Fuß auf den anderen. Umklammerte dabei immer mehr den großen Blumenstrauß in seinen Händen, als die elektronische Stimme des Aufzuges Jennas Kanzlei ankündigte. Genau wie Gabriel es erwartet hatte, war das Gespräch und seine Erklärung über die Entstellung seines Gesichts komplett nach hinten los gegangen. Eigentlich hätte er sich auch denken können, dass die Ausrede auf dem Rückweg vom Pub überfallen worden zu sein nicht die beste Entscheidung gewesen war, Anbetracht Jennas Vergangenheit. Er hatte versucht die Situation ein wenig herunterzuspielen, in dem er ihr erklärt hatte, dass er sich direkt dazu entschieden hatte dem imaginären Dieb seinen Geldbeutel in die Hand zu drücken. Er nur zusammengeschlagen wurde, dass er zu schwach war, um ihm nachzulaufen oder direkt die Polizei zu rufen. Der Dieb sich dadurch einfach einen Vorteil verschaffen wollte. Doch all das prallte nur so an Jenna ab. Sie schrie ihn an und sie weinte. Warf ihm immer wieder vor den Kopf unverantwortlich zu sein und wie idiotisch sein Verhalten war, auch wenn er an einem Überfall auch nicht wirklich schuld sein konnte. Er ließ ihre Wut über sich ergehen. Sie einfach nur zu Ende schreien und schluckte jedes noch so verletzliche und leider auch wahres Wort aus ihrem Mund herunter. Er war unverantwortlich und er war jemand, der sich immer wieder in Gefahr brachte. Würde Jenna wirklich wissen, woher die Verletzungen stammen, dann wäre dieser Wutausbruch nichts im Gegensatz dazu was ihn erwarten würde. Wütend hatte Jenna ihre Sachen zusammengepackt und Gabriels Bitte bei ihm zu bleiben und drüber zu reden ignoriert.
Gabriel hatte es gewusst. Er hatte von Anfang an gewusst wie ihre Reaktion sein würde. Er hatte sich sogar

darauf vorbereitet und trotzdem konnte er nicht anders als sich erschöpft auf sein Sofa zu setzen und seinen Tränen freien Lauf zu lassen. Die letzten Stunden zu verarbeiten. All die Dinge, die er erneut über Denise erfahren hatte. Die Grenzen, die sie überschritten, hatte. Verbindungen mit dem organisierten Verbrechen eingegangen war und dort sogar Bekanntschaften geschlossen hatte. Die Tatsache, dass es nicht nur an ihm gelegen hatte oder an Gabriella. Dass es mehr als eine Person gab, die ihr hätten helfen können, wenn sie ehrlich gewesen wäre oder wenn man wie Éric nicht darüber hinweggesehen hätte.

Doch heute spielte das keine Rolle. Heute musste er sich um Jenna kümmern und vor allem musste er sich um ihre Angst kümmern. All die schlimmen Erinnerungen an ihren Überfall, den sie offensichtlich bis heute nie wirklich verarbeitet hatte, auch wenn dieser der Grund war, warum die beiden sich überhaupt begegnet waren. Vielleicht war es auch genau das. Vielleicht erinnerte Gabriel sie auch zu sehr und viel zu oft an ihre Nahtod-Erfahrung als er es sollte.

„Guten Morgen, Sheila."

„Und wieder einmal kommen Sie ohne Termin", erwiderte Sheila seine Begrüßung mit einem kleinen Schmunzeln.

„Wissen Sie, es muss schon wirklich etwas sehr Schlimmes passieren, dass ich überhaupt nicht in der Lage bin, ohne einen Termin zu kommen."

Sheilas Blick wanderte misstrauisch zu dem Blumenstrauß in Gabriels Hand. Schüchtern versuchte er diesen ein klein wenig hinter seinem Rücken zu verstecken.

„Nun, jetzt weiß ich immerhin, warum sie heute schlechte Laune hat. Sind Sie sicher, dass Sie heute wirklich ohne Termin zu ihr wollen?"

„Das Risiko gehe ich ein ja", witzelte er ein wenig.

Gabriel konnte schwören, dass er hörte, wie Sheila sich leise über ihn oder viel mehr die junge Liebe im Allgemeinen beschwerte als sie mit einigen Mausklicks Jennas Terminkalender auf dem Bildschirm vor sich öffnete.

„Sie haben Glück, ihr nächster Termin ist in 30 Minuten. Gehen Sie durch."

„Sie sind die Beste, Sheila!", grinste Gabriel, klopfte dabei so lauf auf den Tresen das Sheila kurz zusammenzuckte und drehte sich auf seinen Absatz um.

„Sie schulden mir langsam wieder einen Cupcake!"

„Sie bekommen 10 Cupcakes!"

An Jennas Büro angekommen, blieb Gabriel jedoch doch noch einen Moment stehen. Atmete tief durch und hoffte, dass das eine halbwegs gute Idee war und er damit keine Szene mitten auf ihrer Arbeit verursachen wurde. Langsam hob Gabriel seine Hand und klopfte an der Milchglastür vor sich an.

„Ja?", bat Jenna ihn rein. Vorsichtig öffnete Gabriel die Tür und beschloss zunächst einfach nur seinen Kopf reinzustecken, damit sie sah, wer wirklich vor der Tür stand.

„Natürlich ja. Das verstehe ich vollkommen und ich werde mich umgehend darum kümmern", erwiderte Jenna mit dem Telefon am Ohr. Ihr Schreibtisch war beinahe vollkommen mit irgendwelchen Akten zugestellt. Sie verdrehte nicht die Augen oder sonstiges als sie Gabriel sah. Stattdessen winkte sie ihn mit einer kleinen Handbewegung zu sich rein. Sichtlich überrascht trat er ein und schloss die Tür hinter sich. Den Blumenstrauß versteckte er jedoch noch so gut es ging hinter seinem Rücken.

„Ich halte Sie auf dem Laufenden, versprochen. Ja, Mrs. Miller mach ich. Lunch hört sich großartig an, ich gebe es sofort an meine Assistentin weiter", verabschiedete sie sich schließlich und legte mit einem erleichternden Seufzen den Hörer endlich weg.

„Harter Tag?", fragte Gabriel vorsichtig.

„Das geht die ganze Woche schon so. Ich weiß beim besten Willen nicht was mir lieber ist. Tage, an denen ich so verplant bin, dass ich kaum hier bin und nur auf den Beinen oder Tage, in denen die Akten auf meinem Schreibtisch den schiefen Turm von Pisa nachbauen", witzelte sie. Wenn auch zögerlich stimmte Gabriel in ihr Lachen mit ein und trat einen Schritt näher an sie heran. Mit seinem unschuldigsten Lächeln auf den Lippen zog er schließlich den Blumenstrauß hinter seinem Rücken hervor und reichte ihn Jenna.

„Es tut mir leid, dass ich so ein Idiot war oder bin. Ich hätte wissen müssen, dass ein Überfall dich noch immer triggert und das Ganze auch anders hätte ausgehen können."

Stumm nickte Jenna ihm zu, nahm dabei jedoch dankend den Blumenstrauß an. Sie konnte es sich nicht verkneifen kurz daran zu schnuppern, was sie direkt zum Lächeln brachte.

„Falls es hilft: Ich war in drei Läden, bis ich deine Lieblingsblumen gefunden habe."

„Dankeschön, das ist echt lieb von dir, aber ich bin diejenige, die mich entschuldigen sollte."

„Warum?"

Seufzend rappelte Jenna sich von ihrem Stuhl auf, griff nach Gabriels Hand und zog ihn zu dem kleinen Sofa herüber.

„Du wurdest überfallen und alles was ich tue ist an die Decke zu gehen und dich anzuschreien. Das war nicht fair von mir. Es ist ja nicht so, dass du es dir ausgesucht hast ausgeraubt zu werden. Sowas passiert nun mal, aber du hast Recht. Es hat einiges in mir hochgeholt."

„Ich weiß, trotzdem hätte ich es nicht auf die leichte Schulter nehmen sollen."

„Und ich hätte gestern nicht einfach verschwinden sollen. Ich hatte nur Angst, dass ich etwas sage, was ich im Nachhinein bereuen würde. Also nimmst du meine Entschuldigung an?"

Gabriels Lippen verzogen sich zu einem breiten Grinsen als er ihre Hand los lies und sich einfach ein klein wenig mehr zu ihr herüber lehnte.

„Nur, wenn du meine Entschuldigung annimmst und ich dich heute Abend zum Essen einladen darf."

„Sollte ich nicht dich einladen, wenn du mir schon Blumen schenkst?"

„Ist das nicht egal?", hauchte er als seine Lippen über ihre schwebten. Sanft drückte Jenna ihre Lippen schließlich auf seine. Ihre Hand schmiegte sich an seine Wange und trotz seiner verarzteten Wunden spürte sie hin und wieder noch den ein oder anderen Kratzers unter ihren Fingern. Viel zu früh lösten die beiden sich schließlich voneinander, um Luft zu holen.

„Wie geht es dir?", fragte Jenna und inspizierte sein Gesicht.

„Alles gut, es sah schlimmer aus als es ist. Meine Seite hat es am schlimmsten erwischt, aber das wird wieder."

„Nichts gebrochen?"

„Nein, ich habe es gut abgetastet. Ein wenig Salbe und die ein oder andere Schmerztablette und ich bin wieder der Alte."

Sichtlich erleichtert nickte Jenna ihm zu und drückte Gabriel dabei einen weiteren Kuss auf.

„Drei Läden also, ja?"

„Wenn ich mich schon entschuldige, dann mit deinen Lieblingsblumen. Sheila hat mir gesagt, dass dein nächster Termin erst in einer halben Stunde ist. Halte ich dich auf oder kann ich noch ein wenig bleiben?"

Etwas umständlich rappelte Jenna sich vom Sofa auf und hielt sich dabei an Gabriels Schulter fest, der sich dafür noch mehr in die Kissen sinken ließ. Sein Blick folgte ihr durch den Raum auf der Suche nach einer passenden Vase für ihren Strauß als es plötzlich ein weiteres Mal an der Tür klopfte.

„Sheila, was kann ich für dich tun?", begrüßte Jenna ihre Assistentin als diese wie Gabriel zuvor ihren Kopf ins Büro steckte.

„Mr. Green hat angerufen und bittet sich zu entschuldigen, es ist irgendwas Familiäres vorgefallen und er schafft es nicht zu kommen."

„Oh natürlich ja, danke fürs Bescheid geben und bitte plan doch für nächste Woche einen Termin zum Lunch mit Mrs. Miller für mich ein. "

Sheila nickte und ihr Blick wanderte kurz zu Gabriel herüber, der ihr Lächeln erwiderte und ihr zum Spaß zu winkte.

„Heißt das ich darf bleiben?", nahm Gabriel seine Frage von vorhin wieder auf.

„Natürlich ja, ehrlich gesagt bin ich froh, dass der Termin wegfällt. Das hätte ewig gedauert und jetzt habe ich mehr Zeit für meinen Papierkram."

Kaum hatte Jenna ihre Vase gefunden und die Blumen auf den kleinen Beistelltisch vor Gabriel hingestellt, streifte sie sich ihre High Heels ab und ließ sich auf seinen Schoß sinken. Die Arme wieder um seinen Hals geschlungen als auch er sie in den Arm nahm.

„Ich will jetzt nicht gefühllos klingen, aber meinst du wir können einen ruhigen Abend haben, an dem sich mal nichts um die Ermittlung oder irgendwelche Verschwörungstheorien dreht? Ein Abend an dem es nur um dich und mich geht."

Stumm nickte Gabriel ihr zu und zog sie dabei ein wenig näher an sich.

„Das wäre schön ja und ich denke das brauchen wir auch."

Kapitel 17

Nach drei mehr als angenehmen, ruhigen und vor allen romantischen Tagen, welche die beiden zusammen verbracht hatten, kehrten Gabriel und Jenna schließlich wieder in die Realität zurück. Der Alltag geprägt von überfüllten Krankenstationen, viel zu vielen kranken Menschen und Überstunden brachten Gabriel schnell wieder dazu, sich in seine kleine, ruhige Blase der letzten Tage mit Jenna zurückzuwünschen. Kein einziges Mal hatten sie über den Fall, Denise oder Gabriella gesprochen. Ihre Handys waren stumm geschaltet, wenn nicht sogar komplett ausgeschaltet, da sie nie wirklich einen Blick drauf geworfen und der Akku mit der Zeit langsam den Geist aufgegeben hatte. Drei Tage in denen sie sich vollkommen auf ihre Beziehung konzentrierten. Beinahe unbeschwert und nicht länger im Schatten der letzten Tage ihres Streits, genossen die beiden ihre Zweisamkeit.

Zurück in der Realität angekommen kümmerte Gabriel sich endlich darum eine Kopie der Akte für Éric anzulegen. Auch wenn seine Hilfe die drei vermutlich ein ganzes Stück weiterbringen könnte, so war das Vertrauen, welches Gabriel ihm entgegen brachte noch lange nicht so groß, um ihm die originale und einzige Akte zu überlassen. Eines Abends nach einer mehr als anstrengenden Spätschicht, welche wieder einmal in die Überstunden gegangen war, setzte Gabriel sich in die Bahn und fuhr nach Lambeth, wo er sich in einem von Érics Clubs mit ihm traf. Das kleine Hinterzimmer hatte jedoch noch lange nichts so Zwielichtiges an sich wie das Büro in der Lagehalle letzte Wochen. Es war offen eingerichtet und überraschend hell, schirmte allerdings auch sämtlichen Lärm aus dem Club ab. Mit dem Versprechen sich zu melden, sobald er etwas finden würde, verabschiedete Éric sich jedoch schnell wieder von Gabriel, um einem Termin nachzugehen. Gabriel fragte gar nicht erst nach. Ganz im Gegenteil, viel mehr freute er sich darüber, dass die Sache so schnell erledigt war, damit er endlich nach Hause zu Jenna und in sein Bett konnte. Mit größter Mühe kämpfte er gegen seine immer schwerer werdenden Augenlider in der Bahn an aus Angst seine Haltestelle zu verpassen. Zu Hause angekommen lag Jenna bereits schlafend im Bett. Sie war es gewohnt, dass Gabriel in letzter Zeit immer später nach Hause kam und fragte daher schon gar nicht mehr nach. Seine Lippen verzogen sich zu einem kleinen Lächeln als er das Sandwich auf dem Küchentisch sah.

Ein kleiner Mitternachtssnack – Jenna.

Gabriel schüttelte seinen Kopf, nahm das Sandwich vom Teller und biss mit einem willkommenen Seufzen direkt hinein. Eine weitere Sache, die er so sehr an Jenna liebte und wofür er sie verehrte, war, dass sie immer auf ihn aufpasste. Gerade wenn er es mal nicht tat und seine Ess- und Schlafgewohnheiten und seinen Körper vernachlässigte. Jenna dachte immer drei Schritte voraus. Jedes Mal, wenn er von der Spätschicht nach Hause kam, erwartete ihn bereits ein fertiges Abendessen oder wie heute ein kleiner Snack. Und an jedem Morgen, an dem er zu mindestens ein wenig ausschlafen konnte, begrüßte ihn frisch gekochter Kaffee, den Jenna erst durch die Maschine laufen ließ, wenn sie das Haus verließ. Denn so konnte sie sicher gehen, dass die Kanne diesen lange genug warm halten würde bis auch Gabriel aufstand. Nachdem das Sandwich gegessen und Gabriel kurz unter die Dusche gesprungen war, lies auch er sich endlich ins Bett fallen und sank direkt in den Schlaf. Dieser Alltag begleitete ihn nicht nur für den Rest der Woche, denn auch beinahe die komplette nächste Woche verbrachte Gabriel viel mehr im Krankenhaus als zu Hause. Würde er Jenna nicht zu mindestens in seinen Mittagspausen treffen, würden die beiden sich wahrscheinlich gar nicht zu Gesicht bekommen. Entweder schlief Jenna bereits, wenn er nach Hause kam oder sie hing selbst in ihrem Job fest und fand Gabriel trotz seiner Frühschicht jeden Abend ausgelaugt auf der Couch wieder. Gabriella und Dominic schien es nicht anders zu gehen, weshalb ihre Ermittlungen sich erstmal immer mehr nach hinten verschoben. Vielleicht war das auch gar nicht mal so schlecht, denn so konnte Éric seinem Versprechen ganz in Ruhe nach gehen, ohne irgendwelche ständige Updates von Gabriel zu bekommen, welche ihn immer wieder an den Anfang zurückbringen würde. Nein, er konnte sich vollkommen auf eine Sache konzentrieren und war dabei zweifellos auf dem aktuellen Stand ihrer Ermittlungen.

Zehn Tage später war es schließlich so weit. Am frühen Morgen betrat Gabriel wie gewohnt seine Station und verschwand im Umkleideraum. Mit einem herzhaften Gähnen gab er die Schlosskombination seines Spindes ein, öffnete diesen und fand zu seiner eignen Überraschung einen brauen Umschlag zwischen seinen Kittel. Verwirrt ließ er seinen Blick durch die schwach beleuchtete Umkleide schweifen. Trat dabei vorsichtig einige Schritte nach hinten und drehte eine kleine Runde zwischen den anderen Spinden herum, um sich zu vergewissern wirklich allein zu sein. Er zog seinen Pullover über den Kopf aus, lies seine Hose ebenfalls zu Boden sinken und schlüpfte so schnell er konnte in seinen Kittel hinein, ehe er sich mit dem Umschlag in den Händen auf die kleine Holzbank sinken ließ. Seine Finger zitterten, doch er wusste nicht warum. Das erdrückende Gefühl auf seiner Brust wurde stärker und er fragte sich, ob es Denise auch jedes Mal so ergangen sein muss, wenn sie ein Umschlag ohne Absender erreicht hatte. Der Umschlag füllte sich nicht gerade großartig gefüllt an. Lediglich eine kleine Beule stand ab, mehr nicht. Verwirrt zog Gabriel schließlich ein altes Wegwerf- Handy heraus in dem ein Zettel eingeklemmt war.

Morgen, 18 Uhr. Hackney. Mehr stand nicht drauf und das brauchte es auch nicht. Vorsichtig klappte Gabriel das Handy auf. Es war bereits eingeschaltet und bis auf eine einzelne Nummer war das Kontaktbuch leer. Sollte er anrufen? Oder vielleicht eine kurze Nachricht schreiben, dass er das Päckchen bekommen hatte? Es musste von Éric sein. Etwas anderes konnte Gabriel sich nicht vorstellen. Es sei denn, die Leute, die hinter Denise her gewesen waren, hatten es nun auch auf ihn abgesehen. Plötzlich spürte Gabriel wie ihm sämtliche Farbe aus dem Gesicht wich. Waren sie auch hinter Jenna her? Hinter Gabriella und Dominic? Sie hatten ihr Bestes getan, um vorsichtig zu sein. Sich nichts anmerken zu lassen, doch was ist, wenn das nicht genug gewesen war? Wenn wer auch immer hinter Denise Mord steckte es nun auch auf die vier abgesehen hatte. Sie konnten damit unmöglich zur Polizei gehen, denn dann würde der Fall endgültig eingestellt werden. Erneut überkam Gabriel die pure Angst. Nicht um sich, sondern viel mehr um seine Freunde, weshalb er nicht länger zögerte, den einzigen Kontakt ein weiteres Mal aufrief und eine kurze Nachricht schrieb.

Angekommen, er wusste nicht, ob es das war, was sie hören wollten. Hätte er vielleicht mehr schreiben sollen? Ihnen sagen, dass das Paket ihn, Gabriel erreicht hatte und nicht in falsche Hände gelandet war? Auf der anderen Seite muss jemand seinen Spind geknackt haben. Professionell geknackt haben, denn es war nicht eine einzige Einbruchsspur zu sehen, was darauf deutete, dass definitiv ein Profi am Werk gewesen war. Überraschenderweise musste Gabriel nicht mehr sagen, denn bereits nach wenigen Sekunden bekam er eine Antwort:

Komm allein.

Kapitel 18

Die Angst ständig beobachtet oder gar verfolgt zu werden, lies Gabriel den ganzen Tag über nicht los. Ständig warf er einen Blick über seine Schulter. Zuckte jedes Mal zusammen, wenn ihn jemand in einem unbeobachteten Moment ansprach oder gar berührte. Er schob es einfach darauf zurück, dass er gestresst war. Müde aufgrund der Überstunden, weshalb er heute einfach ein wenig neben sich stand und schreckhaft war. Da man allen den Stress ansehen konnte, hinterfragte auch keiner Gabriels Benehmen, wofür er den Stress zum ersten Mal seit langem wirklich dankbar war.

Bereits auf dem Weg von der Haltestelle zum Lagerhaus hatte der Regen Gabriel vollkommen durchnässt. Er spürte den Regen in seinen Schuhen. Die nassen Klamotten klebten unangenehm an seinem Körper. Aus Angst noch immer verfolgt zu werden, nahm Gabriel bewusst einen Umweg, auch wenn es wie aus Eimern schüttete. Er konnte und wollte das Risiko jetzt noch erwischt zu werden einfach nicht eingehen. An der Lagerhalle angekommen erwarteten ihn bereits die zwei Männer vom letzten Mal, die sich trotz des Regens schon beinahe genüsslich eine Zigarette anzündeten. Mit erhobenen Händen näherte Gabriel sich ihnen.

„Guten Abend", begrüßte er die beiden.

„Was soll das?", lachte der bulligere Typ, während der andere Gabriel direkt die Hände wieder runter schlug. „Nimm die Hände runter, du Idiot! Das fehlt uns jetzt noch, dass wir wegen dir auffliegen."

Wie zu erwarten, tastete er Gabriel möglichst unauffällig für außenstehende nach einer Waffe ab.

„Ich habe nichts dabei und bin allein hier."

„Wäre auch besser für dich."

Die beiden Männer nahmen noch zwei letzte große Züge an ihrer Zigarette und drückten diese schließlich in ihrem provisorischen Bierdosen Aschenbecher aus.

„Der Boss erwartet dich", erklärte der bulligere Mann und schob ihn unsanft in die Lagerhalle hinein. Ihre Namen hatte Gabriel bis heute nicht erfahren. Éric, das war und wird wahrscheinlich auch der einzige Name bleiben, denn er jemals erfahren würde. Genau wie beim letzten Mal ging er den schmalen Flur zum Büro entlang. Beobachtete die beiden Männer wie sie kurz gegen die dunkle Holztür klopften und Gabriel nach einer kurzen Antwort von Éric die Tür öffneten.

„Ah Gabriel, da bist du ja", begrüßte er ihn lächelnd.

„Abend", erwiderte Gabriel vorsichtig als er Érics Hand entgegennahm und kurz schüttelte.

„Beschissenes Wetter, oder? Brauchst du ein Handtuch?"

Noch immer sichtlich verwirrt über Érics Gastfreundschaft nickte Gabriel ihm zu und nahm einige Sekunden später dankend das Handtuch an mit dem er sich zu mindestens die Haare und das Gesicht abtrocknen konnte. Das Büro hatte sich im Gegensatz zum letzten Mal verändert. Es war weniger dunkel. Der Schreibtisch mit Akten zugestellt, ein Anblick, den er aus Jennas Büro bereits kannte, doch nie gedacht hätte diesen bei der Mafia zu sehen. Vor allem nicht in diesem geordneten System. Gabriel wusste zwar noch nicht, welches System es genau war, doch es sah viel zu ordentlich und sortiert aus, um anzunehmen, dass die Akten ihren Platz zufällig bekommen hatten. Mit einem kurzen Nicken nahm Gabriel das Glas Scotch an, welches Éric ihm reichte und leerte es direkt in einem Zug.

„Keine Sorge, du wirst nicht verfolgt."

„Woher wollen Sie wissen, dass das meine Sorge ist?", konterte Gabriel und brachte Éric damit zum Lachen.

„Glaub mir, ich weiß es. Also, um dir deine Sorge zu nehmen: Ich habe den Umschlag in deinen Spind hineinlegen lassen."

„Und wie sind Sie überhaupt so weit gekommen?" Éric schnalzte mit der Zunge und nippte an seinem Drink.

„Du kannst dir nicht vorstellen wie viele Leute einen in der Not um einen Gefallen bitten und wie praktisch es ist diese ganzen Gefallen irgendwann einzulösen. Anonymität ist mir wichtig, Gabriel. Allein, dass ist der Grund, wieso das Ganze hier funktioniert."

„Heißt ihr Name ist nicht Éric?" Überrascht über Gabriels Feststellung hob Éric eine Braue, ging jedoch nicht weiter auf seine Frage ein. Stattdessen setzte er einfach das perfekte Pokerface auf. So langsam reichte es Gabriel mit den Spielchen. Dem hin und her schleichen und ewigen Schulterblicken. Er wollte Antworten und genau deshalb war er hier. Deshalb hatte er Jenna ein weiteres Mal belogen, die zu seinem Glück bei irgendeinem Geschäftsessen mit einem Klienten war. Sie hatten in seiner Mittagspause das letzte Mal kurz miteinander gesprochen als sie es ihm erzählt hatte, wirklich zugehört hatte er ihr allerdings nicht. Gerade außerhalb des Krankenhauses, wo es nicht an jeder Ecke eine Kamera gab oder der Sicherdienst nur einen Schrei entfernt war, war Gabriel besonders auf der Hut gewesen. Sein Blick immer wieder aufs Neue die Gegend um sich herum abgesucht hatte für den Fall, dass er wirklich verfolgt wurde.

„Wieso kommen wir nicht einfach zur Sache, hm?", schob Gabriel sämtliche Gedanken und Zweifel zur Seite und sprach das aus, worum es hier wirklich ging. „Sie machen sich doch wohl kaum die Mühe und gehen das Risiko ein in die Umkleide eines Krankenhauses einzubrechen, meinen Spind zu knacken nur um einen mit mir zu trinken."

Nachdenklich spitzte Éric seine Lippen. Schlug mit der goldenen Flüssigkeit in seiner Hand leichte Fenster um das Kristallglas herum.

„Weiß ihre Freundin, wo Sie sind?", wechselte Éric jedoch das Thema. Gabriel schüttelte den Kopf.

„Ist das wichtig?"

„Ist es durch aus ja, das kann ein ziemlich langes Gespräch werden, Gabriel und ich befürchte auch kein schönes."

Erneut schossen Gabriels Brauen nach oben. Sein Mund wurde schlagartig trocken, während seine Hände bereits nach dem Glas griffen.

„Sehen Sie die Akten?", fragte Éric als er Gabriel neu einschenkte. Die Brauen ungewöhnlich zusammengezogen, als ob es ihm schmerzte, diesen Satz überhaupt auszusprechen.

„Das sind alles Fälle von Denise gewesen. Fälle, bei denen ich ihr einen Gefallen getan habe und Fälle, von denen sie mir gelegentlich erzählt hatte, die sie an ihre Grenzen gebracht hatten", fuhr Éric fort. Er ließ sich Zeit. Studierte mit jedem Wort, welches seinen Mund verlies auch gleichzeitig Gabriels Reaktion.

„Wie sind Sie an diese Akten herangekommen?"

„Darüber sollten Sie sich keine Sorgen machen. Wie dem auch sei wir haben..."

„Nein!", fuhr Gabriel wütend dazwischen. Dabei lehnte er sich ein wenig weiter zu Éric herüber und musterte ihn mit Adlersaugen. Hielt dem kalten Blick, den seine blauen Augen noch verstärkten stand und wedelte mit seinem Finger zwischen ihnen hin und her.

„Wenn wir das hier tun, dann will ich *alles* hören. Ich habe es bereits beim letzten Mal gesagt und normalerweise wiederhole ich mich ungerne, aber mir ist es verdammt noch mal egal was Sie hier treiben. Was mir aber nicht egal ist, ist beschissen zu werden. Wie sind Sie an diese Akten gekommen? Ich sehe kein offizielles

Logo des Scotland Yard auf den Akten, was bedeutet, dass diese Akten einen inoffiziellen Weg zu ihnen gefunden haben. Heißt für mich, dass einer ihren Gefallen einen korrupten Polizisten miteinbezieht, der im schlimmsten Fall uns auffliegen lassen könnte. Wir ermitteln unterm Radar und das letzte was ich will ist, dass irgendein korrupter Cop uns in die Quere kommt, weil er Angst bekommen hat."

„Was macht Sie so sicher, dass ihre Schwester kein korrupter Cop war und ihre eigenen Verbündeten hatte?"

Instinktiv öffnete Gabriel seinen Mund und schloss ihn genau wieder so schlagartig, als er merkte, dass er darauf keine plausible Antwort parat hatte. Tränen schossen in seine Augen als er erneut an die unzähligen Geheimnisse seiner Schwester erinnert wurde.

„War Denise korrupt?"

Seine Stimme war kaum lauter als ein Flüstern. Die Angst vor der Antwort hinter jedem seiner Worte nur allzu deutlich spürbar. Éric schüttelte seinen Kopf.

„Ihre Schwester war vieles, aber sie war nicht korrupt nein."

Mit einem erleichternden Seufzen nickte Gabriel ihm zu und lehnte sich wieder ein wenig entspannter in den Stuhl.

„Ich habe Ihnen gesagt, dass Sie mir hier vertrauen müssen, Gabriel. Und mir glauben, wenn ich Ihnen sage, dass ich diesen Fall mit größter Geheimhaltung und vorsichtig angehe. Mir ist es bisher nur einmal vorgekommen, dass jemand wagte sich gegen unsere Abmachung zu halten. Es sind keine offiziellen Akten des Scotland Yard ja, aber es sind die wichtigsten Berichte, die wir brauchen."

„Stand wenigstens etwas brauchbares drinnen?"

Frustriert schüttelte Éric seinen Kopf. Eine Weile lang saßen die beiden nur still da. Während Éric einen der

Stapel bearbeitete und einige Akten herausfischte, folgte Gabriels Blick seinen Händen.

„Ich bin ehrlich mit Ihnen. Ich habe jemanden gebeten Akten über Sie anzufertigen, um ausschließen zu können, dass es jemand auf Sie, Miss Walker, Miss Gabriella Peréz oder Mr. Dominic Maison abgesehen hat."

Beim Klang der Namen seiner Freunde riss Gabriel geschockt die Augen auf. Spürte dabei erneut wie sämtliche Farbe sein Gesicht verlies.

„Auch wenn Ihre Vergangenheit ziemlich interessant war im Gegensatz zu der ihrer Freunde, konnten wir auch das ausschließen. Sie haben gute Arbeit geleistet in ihrer Ermittlung. Sehr detailliert, das muss ich schon zugeben, egal wie verrückt ihre Verschwörungstheorien manchmal waren."

„Wenn Sie sich meine Vergangenheit angeguckt haben, dann wissen Sie wie auch ich zu meiner Familie stehe, also bitte vermeiden sie das Wort Verschwörung in diesem Zusammenhang", zischte Gabriel zwischen zusammen gebissenen Zähnen hervor. Éric faltete seine Hände zusammen. Lehnte sich ein wenig über den Tisch zu Gabriel herüber und sah ihn ein weiteres Mal mit seinen stechenden blauen Augen an.

„Ich war erst gestern an ihrem Grab, es ist schön. Ich denke mal, Sie halten es so gut in Schuss?"

Gabriel nickte.

„Tue ich ja. Im Gegensatz zu meiner Familie nehme ich mir die Zeit für meine Schwester, ob sie noch hier ist oder nicht."

Érics Lippen verzogen sich zu einem kleinen Lächeln. Fast so als ob ihm ein alter Gedanke, eine Erinnerung in den Sinn kam, welch er mit Denise einst geteilt hatte.

„Ich habe auch eine Schwester. Sie lebt nicht hier, aber ich gebe mein bestes sie so oft zu sehen, wie ich nur kann. Denise hat nicht viel über ihre Familie geredet, aber sie hat viel über Sie geredet. Ihrem jüngeren

Bruder, der Weltverbesserer. Jemand der sich für nichts zu schade war, wenn er jemand anderen helfen konnte. Als Sie ihre Probleme hatten in den Staaten hat Denise mich um Hilfe gebeten in der Hoffnung, dass mein Einfluss bis über den großen Teich reicht. Dann haben ihre Eltern sich eingemischt und sie hat mich gebeten sich zurückzuziehen, da sie nicht wollte, dass irgendjemand von mir erfuhr. Und dass Sie letzten Endes noch wegen ihr den Kürzeren ziehen."

Gabriel spürte wie seine Tränen sich ihren Weg nach draußen bahnten und über seine Wange liefen. Natürlich hatte er damit gerechnet weitere Geheimnisse über Denise zu erfahren. Mehr Rätsel, die beinahe unmöglich zu lösen schienen. Das große Enigma von Denise Rutherford. Womit er jedoch absolut nicht gerechnet hatte, war, dass es auch ihn betraf. Das Denise in der Lage gewesen war so weit für ihn zu gehen, dass sie sich Hilfe beim organisierten Verbrechen verschaffen würde, nur um ihm zu helfen.

„Sie hat Sie um Hilfe gebeten?"

„Verrückt was man für seine jüngeren Geschwister tut, oder? Nicht nur mein Eindruck von Ihnen, sondern auch meine Ermittlungen über Sie haben mir gezeigt, dass Sie wirklich *alles* für ihre Schwester tun würden."

„Alles", bestätigte Gabriel mit fester Stimme. Es dauerte einige Minuten, bis er sich gesammelt hatte. Seine Tränen wegwischte, sich streckte und das nächste Glas Scotch herunter kippte. Sein Hals brannte. Von der Kälte und vom Alkohol, was ihn gleichzeitig auch viel besser durchatmen lies und den Knoten in seinem Hals löste. Érics Augen wichen dabei kein einziges Mal von ihm ab. Ganz im Gegenteil, sie verfolgten ihn. Studierten ihn immer wieder aufs Neue, während die Sorgenfalten auf seiner Stirn immer tiefer wurden. Diesmal hielt Gabriel Éric sein Glas noch nicht einmal mehr hin. Stattdessen bediente er sich einfach selbst an der

Flasche zwischen ihnen und füllte sein Glas mehr als großzügig auf. Mit Genuss hatte das schon lange nichts mehr zu tun. Gleichzeitig erinnerte es Gabriel aber auch an seinen Tiefpunkt. Seine Schwächen. Alkohol war erst der Grund gewesen, wieso er Pater Millstone überhaupt kennengelernt hatte. Alkohol war der Grund, warum er sich überhaupt erst Hilfe gesucht hatte, und letzten Endes war es auch der Grund, wieso er sein Leben schlagartig umgekrempelt hatte.

„Also haben Sie unterm Strich nichts gefunden und ich bin nur hier, weil Sie mir ihren Stand der Dinge erzählen wollten. Schon klar, immerhin ist es nichts was man eben mal über ein Wegwerf-Handy klärt", spottete Gabriel.

„Ich habe was gefunden."

Gabriel hielt inne. Das Glas erneut an seinen Lippen, doch dieses Mal verzichtete er auf den Schluck. Vorsichtig streckte Éric seine Hand nach ihm aus, nahm Gabriel schon beinahe behutsam das Glas ab und stellte es neben seines so weit wie möglich von Gabriel weg hin.

„Sie hatten Recht", fuhr er fort, bevor Gabriel ihn erneut mit Fragen bombardieren konnte.

„Ihre Schwester wurde nicht nur einfach verfolgt. Sie wurde schon beinahe gejagt. In die Enge getrieben, immer mehr eingeengt mit dem Ziel, dass sie sich irgendwann selbst ergeben würde. Sie wusste einfach zu viel. Keiner von uns hätte sie retten können, denn wäre sie nicht an jenem Abend bei Ihnen gestorben, dann wäre sie es auf dem Rückweg. Oder am nächsten Tag auf dem Rückweg von der Arbeit. Vielleicht aber auch auf dem Weg zum Dinner mit Gabriella. Es war nur eine Frage der Zeit, Gabriel."

„Aber warum?"

„Ich denke, das wissen Sie bereits."

Kapitel 19

„Gabriel?"

Sein Atem stockte. Die Hände zitternd zu Fäusten geballt als sein Name ein weiteres Mal um ihn herum echote.

„Gabriel?"

Trotz seiner verschleierten Sicht erkannte Gabriel die Silhouette auf dem Bild noch immer klar und deutlich. Die altbekannte Silhouette, die ihn bereits sein ganzes Leben begleitet. Er spürte Érics Hand auf seiner Schulter. Wie er ihn sanft rüttelte. Immer wieder und wieder seinen Namen wiederholte, vergeblich. Gabriel öffnete den Mund. Einmal, zweimal und selbst beim dritten Mal entwich ihm kein einziges Wort. Der Kloß in seinem Hals war zu groß und das Drücken in seiner Brust machte ihm das Atmen beinahe unmöglich. Er konzentrierte sich darauf gleichmäßig ein und auszuatmen. Seine Gedanken zu sortieren, sofern das in diesem Moment möglich war.

„Gabriel!", riss ihn Érics Stimme nun endlich in die Realität zurück. Erneut öffnete er seinen Mund und wagte einen neuen Versuch überhaupt irgendetwas zu sagen. Tränen strömten förmlich über seine Wangen. Tränen der Wut, der Frustration.

„Ich denke das wissen Sie bereits", wiederholten Érics Worte sich in seinem Kopf und er hatte Recht. Er hatte die ganze Zeit über recht. Vielleicht hatte es Gabriel sich nie eingestehen wollen. Stets an dem kleinen Funken Hoffnung festgehalten, dass seine Familie vieles tun würde. Seit Jahren Leuten ihr zu Hause nahm, um ihren eigenen Profit draus zu schlagen. Sie gingen über Leichen, doch nie hätte er gedacht, dass sie sogar über *ihre* Leiche gehen würden. Sein Blick wanderte erneut auf die Bilder von Jonathan herüber. Er trug eine Kappe. Tief ins Gesicht gezogen, damit ihn keiner

erkannte. Auf den ersten Blick könnte man meinen, dass es auch ein Student sein könnte. Ein einfacher Student, der auf die schiefe Bahn geraten war. Drogenprobleme oder bis zum Hals in Schulden steckte, vielleicht auch niemals eine Familie gehabt hatte, die ihn auf die richtige Bahn zurückbrachte. So sehr Gabriel es sich auch wünschte, konnte er den Beweis vor seinen Augen nicht länger leugnen. Der alte, ausgeleierte Kapuzenpullover mit dem bereits abblätternden Druck auf dem Rücken des Schulteams. Genau wie Gabriel hatte auch Jonathan bereits in jungen Jahren einen ordentlichen Schuss nach oben gemacht und wuchs kaum noch weiter. Natürlich würde er es nie zugeben, aber er liebte diesen Pullover. Gabriel würde niemals den Tag vergessen an dem Jonathan nach Hause kam und voller Stolz seinen Eltern erzählte, dass er es in Schulteam geschafft hatte in der Hoffnung ein wenig Aufmerksamkeit und Anerkennung von den beiden zu bekommen. Für ihn war es ein großer Tag gewesen und Gabriel könnte schwören, dass er sich niemals von dem Pullover trennen würde. Jedoch war es leichtsinnig sich ausgerechnet mit diesem Pullover bei Denise blicken zu lassen. Vielleicht dachte er, dass niemand drauf achten würde. Einen Mann, dessen Kontostand nicht hätte besser sein können und wahrscheinlich immer Anzüge statt eines lausigen Pullovers vorziehen würde.

„Wieso hat er das getan?", preschte Gabriel mit größter Mühe hervor.

„Es gibt noch keinem genauen Beweis, dass er es getan hat, aber nachdem was ihr herausgefunden habt, Denise Aktivitäten als Vivian in der Firma deutet alles darauf hin, dass..."

„Er sie umgebracht hat", beendete Gabriel Érics Satz und schlug mit seiner Faust dabei so fest auf den Tisch, dass sämtliche Aktenstapel auf den Boden fielen.

„Warum?", brüllte er erneut laut auf.

„Warum hat er das getan? Wie konnte er..."

Ihn fehlten einfach schlichtweg die Worte. Es gab so vieles was Gabriel sagen wollte, doch er war einfach nicht in der Lage. Seine Stimme bebte zwischen seinen Flüchen. Die Hände zitterten mit jedem weiteren Schlag auf den Tisch immer mehr bis irgendwann die Tür aufsprang und zwei Männer ins Büro stürmten. Die Hand bereits am versteckten Holster unter ihren Jacken. Éric hob seine Hand und deutete den beiden zurückzubleiben. Abstand zu halten, bevor Gabriel der nächste sein würde, der mit einer Kugel in der Brust auf dem Boden lag.

„Geht."

„Aber Boss..."

„Geht raus!", befahl Éric harsch.

Kaum waren die beiden verschwunden, sank Gabriel zu Boden. Den Rücken gegen den Schreibtisch gelehnt, während sämtliche Akten von Denise Fällen um ihn herum lagen. Éric wartete und gab Gabriel seine Zeit, um sich zu beruhigen, ehe er sich ihm vorsichtig näherte und vor ihm auf die Knie ging.

„Woher sind die Fotos? Wer hat sie gemacht?"

Sichtlich erschöpft lies auch Éric sich auf den Boden nieder. Auch er hatte einen Moment gebraucht um das was er auf den Fotos gesehen hatte zu verarbeiten. Stunden hatte er damit verbracht mit zwei seiner Dienstleute einen Zusammenhang zwischen alldem zu erstellen. Den Bildern und Gabriels Vermutungen aus Denise Akte. Im Gegensatz zu Gabriel hatte er nicht lange gebraucht, um zu verstehen, dass diese Familie grundlegend dazu verdammt war sich selbst zu zerstören.

„Als ich über Denise nichts mehr finden konnte, habe ich angefangen mich genauer über Vivian zu erkundigen. Wozu eine zweite Identität haben, wenn man diese nicht bis zum äußersten nutzt?"

„Sie haben die Fotos bei Vivian gefunden?"

Stumm nickte Éric ihm zu. Die beiden Männer rappelten sich langsam auf und nahmen ihre üblichen Plätze wieder ein. Keiner von ihnen machte sich die Mühe das Chaos, welches Gabriel verursacht hatte aufzuräumen.

„Du hörst mir zu, ja?", erkundigte sich Éric als Gabriel erneut ins Leere starte.

„Gut, denn jetzt wird es ein wenig kompliziert. Denise hat als Vivian einen Privatermittler engagiert, der wiederum Denise nachgeht."

„Sie hat sich selbst verfolgen lassen?", hackte Gabriel direkt nach. Seufzend schloss Éric seine Augen und atmete ein weiteres Mal tief durch. Das würde definitiv ein sehr langes und nervenauftreibendes Gespräch werden, wenn Gabriel ihm ständig ins Wort fiel.

„Weil sie sich selbst nicht überwachen konnte. Ich habe den Privatermittler ausfindig machen können als meine Leute sich, nun ich nenn es mal in *unseren* Kreisen über eine Vivian Durrand schlau gemacht haben. Du hast mich gefragt, ob deine Schwester korrupt war? Sie hat sich hin und wieder in der Grauzone bewegt, aber nie irgendeine Grenze überschritten. Vivian hingegen schon. Sie hat sich in unseren Kreisen offensichtlich bewegt. Außerhalb von unserer Gruppe und von denen ich auch erst vor kurzem erfahren habe. Jemand hat ihr diesen Ermittler empfohlen. Keine Fragen, keine Treffen. Kommunikation erfolgte durch ein Wegwerf-Handy und bezahlt wurde über ein still gelegtes Postfach."

Éric verstummte für einen kurzen Moment, um sicher zu gehen, dass Gabriel ihm noch folgte. Alles genau verstand, was er ihm hier erzählte, bis er das Ganze mit einem stummen Nicken quittierte.

„Bedeutet, dass die beiden sich nie begegnet sind und der Ermittler nicht wusste, dass Denise und Vivian dieselbe Person sind."

„Ganz genau. Er hat sie einige Tage beobachtet. Bei der Arbeit, beim Lunch mit Gabriella und deiner Freundin und abends als sie allein war. So konnte er die Bilder von ihr und Jonathan machen."

Und plötzlich brachte Gabriel im schallenden Gelächter aus. Wischte sich die überlaufenden Tränen von der Wange und griff erneut nach seinem Glas.

„Sie ist einfach unglaublich, oder? Sie hat sich einfach ein zweites Paar Augen besorgt, um das zu sehen, was sie nicht sehen kann", brachte er mit größter Mühe nur zwischen dem stockenden Gelächter hervor. Es dauerte eine Weile, bis er sich beruhigte. Dabei immer wieder auf die Bilder vor sich schaute und einfach nur den Kopf schüttelte, bis er irgendwann wieder Éric wartend ansah. Ihm zeigte, dass er bereit war den Rest der Geschichte zu hören.

„Wie gesagt wir haben den Ermittler gefunden und ihn auf Vivian angesprochen. Natürlich hat es er zunächst verneint, aber nach einer kurzen Bearbeitung, konnte er sich problemlos an alles erinnern. Vivian und er waren dabei gewesen eine Übergabe der Bilder zu planen, doch er hatte nie wieder etwas von ihr gehört. Da sie bereits im Voraus bezahlt hatte, war es ihm letzten Endes egal, ob sie die Bilder noch wollte oder nicht. Er persönlich hat sich nichts dabei gedacht. Die Bilder allerdings hatte er noch aufbewahrt als eine Art Eigenversicherung."

„Sind das alle?", erkundigte sich Gabriel und nahm den Stapel in die Hand.

„Alle auf die es ankommt. Wir haben die Bilder bereits aussortiert."

Gabriel spitzte seine Lippen und ging ein weiteres Mal durch den Stapel in seinen Händen. Laut Éric folgten die Bilder Jonathan bis zur U-Bahn-Station, wo er schließlich verschwunden war. Clever, es gab kein Auto, kein Taxi oder sonstiges an dem sie sich orientieren konnten. Kein Kennzeichen, was geprüft werden konnte und vor allem: Keine Zeugen. Nur ein fremder Mann auf dem Weg zur U-Bahn. Er hätte genauso gut ein Freund oder ein Liebhaber sein können. Ein Arbeitskollege, der nur kurz etwas vorbeibringen wollte. Keiner würde jemals weiterdenken und sich die Frage stellen, ob es einen Zusammenhang gab. Schon gar nicht, wie wenn man wie der Ermittler vorab bezahlt wurde. Gabriel zweifelte keine Sekunde daran, dass Denise ihn sofort mit ihrer Marke konfrontiert hätte, sobald er nur ansatzweise versuchen würde sie übers Ohr zu hauen.

„Und nun? Wie machen wir weiter?"

Die Flasche zwischen ihnen war fast leer und reichte gerade noch so für zwei halbvolle Gläser. Allerdings machte der Alkohol sich alles andere als bemerkbar. Viel mehr half er ihnen und vor allem Gabriel dabei das Ganze zu verarbeiten. Ein schmaler Pfad, auf dem er sich erneut bewegte und genau das wusste er auch. Inständig hoffte Gabriel, dass er stark genug sein würde, um auf dem Rückweg nicht noch bei irgendeinem Supermarkt zu halten und seinen Bier und Weinvorrat zu Hause gegen etwas deutlich Stärkeres auszutauschen. Denn das würde auch Jennas Aufmerksamkeit wieder auf sich ziehen und für dieses Gespräch war er noch lange nicht bereit. Éric schnippte vor Gabriels Nase kurz in die Finger und zog somit seine Aufmerksamkeit wieder auf sich.

„Wir machen erstmal gar nichts. Ich werde mir das Ganze, die Tage durch den Kopf gehen lassen und mir überlegen, wie wir fortfahren und du, Gabriel. Du wirst bitte die Füße stillhalten."

Sofort schossen seine Augenbrauen nach oben und der Griff um das Glas in seiner Hand verstärkte sich so sehr, dass er wusste, dass es nicht mehr viel Kraft brauchte, bis das Glas in seiner Hand zerspringen würde.

„Ich soll einfach nur rumsitzen?"

„Ganz genau. Wir sind ein ganzes Stück weitergekommen und wissen, wo wir jetzt stehen. Jetzt heißt es vorsichtig sein. Keiner darf sich etwas anmerken lassen, weshalb ich dir vorschlage, das Ganze für dich zu behalten."

„Aber ich…"

„Ich weiß, dass das Teamarbeit war, aber deine Freundin und Gabriella jetzt mit in die Sache hinein zu ziehen wäre zu auffällig. Glaubst du wirklich, dass jemand wie Gabriella wirklich nichts unternehmen würde? Sei es auch nur irgendetwas zu suchen? Oder dass Mr. Dominic Maison auf einmal sein Auge auf ganz andere Dinge richten wird? Dinge, die Jonathans Aufmerksamkeit auf einmal auf sich ziehen. Das Risiko ist zu groß."

„Also soll ich sie belügen, ja? Ich soll meine Freundin, meine Freunde belügen, die alles riskieren. Ihre Reputation, ihr Leben, ihr…"

„Tut mir leid", schnitt Éric ihm das Wort ab und Gabriel verstummte. Mit einem frustrierten Seufzen ließ er sich ein wenig mehr in die Stuhllehne sinken und massierte seine pochenden Schläfen.

„Wir sind an einem Punkt angekommen, an dem du dich fragen solltest, was du willst und wie weit du bereit bist zu gehen."

„Ich gehe, soweit es nötig ist."

„Wirklich?"

„Ja. Sie hat das nicht verdient. Denise hatte ihre Geheimnisse. Viele Geheimnisse, aber das hat sie nicht verdient und wenn meine Familie wirklich an ihrem

Mord beteiligt war, dann bin ich der Einzige, der dafür sorgen kann, dass sie endlich zur Rechenschaft gezogen wird."

Ohne ein weiteres Wort hielt Éric ihm schließlich sein halb leeres Glas entgegen und die beiden stießen an. Eine Partnerschaft, die wohl möglich genauso ungleich war wie die seiner Schwester. Ab sofort würde Gabriel ihren Platz einnehmen und das weiterführen, was Denise einst begonnen hatte mit dem Unterschied, dass er es für allemal zu Ende bringen würde.

Kapitel 20

Es war lange her seitdem Gabriel das letzte Mal durch den Korridor der Kirche geschlendert war. Wie allzu oft war sie um diese Uhrzeit kaum besucht. Am Eingang sortierte Gabriel die Gesangsbücher ordentlich in das Regal ein. Zündete wie immer ein Opferlicht für Denise und auch für Lisa, Jennas Schwester an. Auch wenn sie es niemals zugeben würde, so hatte sie es sich angewöhnt jedes Mal, wenn sie mit Gabriel hier war eine Kerze anzuzünden. Mit jedem Schritt, den Gabriel Richtung Altar machte, spürte er wie der Druck auf seiner Brust sich immer mehr lockerte. Seine innere Ruhe Stück für Stück zurückkehrte. Er nahm in einer der ersten Reihen Platz. Lies seinen Blick durch die Kirche schweifen umzusehen, ob sich irgendwas geändert hatte seit seinem letzten Besuch, ehe er sich einfach nur auf die Knie sinken ließ.

„Es tut mir so leid, dass ich nicht für dich da war, Denise. Das ich nichts von alldem wusste, aber ich verspreche dir, dass ich es wieder gut mache", schwor er nicht nur sich leise. Lange hatte er noch mit Éric gestern darüber geredet was Jonathan verdienen würde oder gar seine Familie, je nachdem wer da hinter steckte. Vielleicht hatte Jonathan sie auch nur warnen wollen, doch selbst daran glaubte Gabriel nicht mehr. Denise hatte nie einen Unterschied zwischen ihren beiden Brüdern gemacht. Sie hatten ihre Fehler, doch letzten Endes würden die beiden immer ihre jüngeren Brüder bleiben. Über die Jahre hatten sie sich immer mehr auseinandergelebt. Während Garett immer mehr zum Rebellen wurde, so rang Jonathan förmlich nach der Aufmerksamkeit seiner Eltern und erarbeitete sich zu ihrer Freude seinen Platz im Unternehmen.

„Na sieh mal einer an, wenn das nicht der verlorene Sohn ist", riss Pater Milsltone Gabriel aus seinen

Gedanken. Sein Kopf schoss direkt nach oben und erwiderte das warme, willkommene Lächeln seines Freundes. Lachend drückte Gabriel Dennis an sich. Sie plauderten ein wenig. Redeten über ihre Arbeit und über die neusten Ereignisse. Gabriel versuchte jede noch so kleine Frage, die auf ihre Ermittlung deuten könnte herunterzuspielen oder so zu beantworten, dass es erst gar nicht dazu kam.

„Wie geht es Jenna?", fragte er lächelnd.

„Gut, gut. Sie ist arbeiten, hat auch viel zu tun, aber so langsam wird es bei uns allen ruhiger und wir treffen uns heute mit Gaby zum Essen."

„Schön, grüß die beiden doch bitte von mir. Was macht euer Nebenprojekt?" Seufzend ließ Gabriel sich ein wenig nach hinten sinken.

„Im Moment nichts. Wir stecken fest und suchen nach neuen Anhaltspunkten, Beweisen..."

„Nun, manchmal ist es besser eine Sache ein wenig liegen zu lassen und einen klaren Kopf zu bekommen, bevor man sich zu sehr reinsteigert und gar nicht mehr weiterkommt."

„Genau ja", stimmte Gabriel seinen Freund direkt zu. In diesem Moment gesellte sich eine ältere Dame zu den beiden. Gabriel erkannte sie aus einigen Messen wieder. Er nutzte die willkommene Ablenkung und verabschiedete sich wenn auch schweren Herzens erneut von Pater Millstone mit dem Versprechen bald wieder zu kommen.

Nervös betrachtete Gabriel sein halbwegs geschniegeltes Spiegelbild im Fenster des Sawyers. Es wunderte ihn nicht, dass Jenna und Gabriella den Pub zum Essen vorgeschlagen hatten, um somit auch mal Bob nach langer Zeit wieder sehen zu können. Um Jenna nicht wie gewohnt im T-Shirt oder Pullover zu empfangen, hatte Gabriel sich heute dazu entschieden eins der

Hemden anzuziehen, welches sie so gerne an ihn sah. Das dunkelblaue gefiel ihr immer am besten und stimmte sich perfekt mit seiner eher dunklen Garderobe ab. Seine Lippen verzogen sich automatisch zu einem breiten Grinsen als er Jenna und Gabriella über die Straße schlendern sah. Zwar trugen die beiden noch ihre Arbeitstaschen mit sich, doch das tat ihrem entspannten Abend gar nichts ab.

„Guten Abend, die Damen", begrüßte Gabriel die zwei und drückte Jenna prompt einen langen Kuss auf.

„Wow, wofür war das?", kicherte sie.

„Einfach dafür, dass du dich um mich kümmerst, wenn ich es mal nicht tue. Frischer Kaffee, ein voller Kühlschrank", witzelte er und drückte ihr einen weiteren Kuss auf, den Jenna lachend erwiderte, bis Gabriellas Räuspern die beiden schließlich auseinanderbrachte.

„Ich hatte ganz vergessen wie anstrengend es mit euch beiden sein kann."

„Das sagst du doch nur, weil dein Freund heute arbeiten muss", konterte Jenna direkt. Gabriel hingegen zog Gabriella mit einem kleinen ruck an sich und drückte ihr zur Begrüßung einen ordentlichen Schmatzer auf ihre Wange auf.

„Ih, lass das!"

Es dauerte nicht lange bis Bob die drei in seinem üblichen Feierabendgeschäft in der Menge sah und höchstpersönlich an ihren Stammtisch brachte. Zunächst waren es die üblichen Gespräche. Gabriella erzählte ein wenig von ihrem aktuellen Fall und Jenna wusste noch immer nicht, was ihr im Moment lieber war, denn sowohl ihre Tage im Büro als auch die Tage, die mit Terminen Außerhaus gefüllt waren schienen sich ins unermessliche zu ziehen.

„Gibt es denn wenigstens was Neues zu unserem Projekt? Ist euch noch irgendetwas aufgefallen, was wir vielleicht übersehen haben könnten?", fragte Gabriella vorsichtig nach. Sie dippte ihre Pommes in die kleine Schale Mayonnaise zwischen ihnen und schob sich diese in den Mund.

„Ich muss leider zugeben, dass ich in letzter Zeit nicht wirklich die Zeit oder Kraft hatte mir darüber Gedanken zu machen."

„Ging mir ehrlich gesagt genauso", gestand Jenna mit einem schon fast beinahe schuldigen Seufzen. Gabriels Finger tippten in einem unregelmäßigen Rhythmus gegen das Glas Bier vor sich. Der Blick geradewegs auf die Schälchen vor sich gerichtet. Er brauchte einen Moment bis er sich dazu zwingen konnte ebenfalls etwas zu dem Thema zu sagen, um mit seinem Schweigen nicht weitere Fragen aufzurufen. Denn letzten Endes war es seine Idee gewesen diese Ermittlung eigenständig wieder aufzunehmen.

„Ich denke...", brach er schließlich sein Schweigen mit einem kleinen Räuspern und setzte sich dabei ein wenig auf.

„Das keiner von uns die letzten Tage wirklich Zeit hatte, um sich damit zu beschäftigen. Aber vielleicht ist das auch gar nicht so schlimm."

„Findest du?", fragte Gabriella verwirrt.

„Tue ich ja. Es ist besser es einige Zeit liegen zu lassen, statt auf Krampf sich den Kopf damit zu zermahlen und kein Stück weiterzukommen."

Langsam streckte er seine Hand nach Jennas aus und umschlang diese mit einem kleinen Lächeln.

„Außerdem haben Jenna und ich die Erfahrung gemacht, dass es ab und an ganz gut tut, sich einige Tage frei von alldem zu nehmen. Sich auf sich zu konzentrieren und neue Kraft zu tanken. Vielleicht sollten wir das auch tun und das Thema zu mindestens für heute sein lassen."

Jenna erwiderte sein Lächeln und den Druck seiner Hand in ihrer.

„Er hat Recht. Wir haben in letzter Zeit genug zu tun gehabt, da sollten wir diesen Abend genießen. Und das ist vielleicht auch nicht der beste Ort, um darüber zu reden."

Stumm nickte Gabriella den beiden zu und schob sich dabei eine weitere Pommes in dem Mund, ehe sie ihre Hand hob und Bob um ein weiteres Glas Wein bat.

„Ihr habt Recht, aber ich habe auch die Befürchtung, dass wir an Zeit verlieren die Person zu schnappen, die für ihren Tod verantwortlich ist, wenn wir uns noch länger darauf ausruhen."

„Werden wir nicht", konterte Gabriel sofort.

„Diese Person wiegt sich in Sicherheit und glaubt bestimmt nicht, dass eine...was sind wir? Eine Gruppe selbsternannter Gesetzeshüter diesen Fall neu aufrollt?"

Lachend schüttelte Gabriella ihren Kopf, wedelte dabei mit ihren Pommes zwischen Gabriel und Jenna umher, bis er ihr die Pommes mit seinem Mund lachend wegnahm.

„Theoretisch gesehen bin ich ja auch ein Gesetzeshüter", witzelte sie.

„Gabe hat aber Recht. So vorsichtig wie wir sind, würde es mich wundern, wenn jemand davon wüsste."

Er quittierte ihre Aussage mit einem stummen nicken. *Wenn jemand davon wüsste.* Nun mittlerweile schien dank Gabriel zu mindestens ein großer Teil des organisierten Verbrechens davon zu wissen.

„Hey, gehen wir heute zu mir?", wechselte Jenna plötzlich das Thema.

„Oder willst du zu dir? Mir ist das egal, ich dachte nur, weil es gleich hier um die Ecke ist."

„Klar, können wir machen. Ich muss morgen erst zur Spätschicht da sein."

„Es ist ein Wunder, dass ihr beide noch nicht zusammenwohnt", kicherte Gabriella. Verwirrt hob Gabriel eine Braue.

„Ach ja?"

„Ich bitte dich. Sie ist doch ständig bei dir. Würde ich es nicht besser wissen, würde ich sogar denken, dass sie mittlerweile bei dir eingezogen ist. Sie schläft bei dir, kauft für dich ein."

Gabriel spürte wie das Blut langsam in seine Wangen schoss. Wie peinlich ihm das Ganze doch ein Stück weit war. Nicht, dass sie ständig bei ihm war, wahrscheinlich aus Sorge, denn seitdem die drei angefangen haben in Denise Fall zu ermitteln, hatte Gabriel Jenna unzählige Gründe gegeben sich um ihn zu Sorgen.

„Ach, das hat doch nichts damit zu tun, Gaby. Er arbeitet im Schichtdienst und immerhin habe ich ein Auto, mit dem ich problemlos einkaufen gehen kann", verteidigte Jenna ihren Freund sofort.

„Und wie voll ist dein Kühlschrank?"

Es war sinnlos mit Gabriella zu diskutieren, denn wenn sie wollte, würde sie immer einen neuen Grund oder Beweis wie sie es gerne nannte finden, um ihre Theorie damit zu belegen. Also tat Jenna das, was sie immer tat. Sie verdrehte ihre Augen und beschloss das Thema einfach auf sich beruhen zu lassen.

Beinahe den ganzen restlichen Abend über hatten Gabriellas Worte zu mindestens Jenna nicht losgelassen. Gabriel hingegen schien das Thema schnell abgestempelt zu haben, doch Jenna konnte es nicht. So sehr die Neugier ihrer Freundin sie manchmal nervte, so wusste Jenna, dass hinter ihren Worten immer ein Stückchen Wahrheit lag. Mit einem herzhaften Gähnen machte Gabriel es sich zwischen den Kissen in ihrem Bett bequem. Jenna gesellte sich schnell zu ihm, richtete ihr Kopfkissen ein wenig und knipste das kleine Licht auf ihrem Nachttisch schließlich aus.

„Würdest du es wollen?"

Ihre Stimme war kaum lauter als ein Flüstern in der Ruhe der Dunkelheit, welche sie umgab. Langsam gewöhnten ihre Augen sich an den dunklen Raum und nahmen den Stuck an der Decke über ihrem Bett war.

„Würde ich was wollen?", hackte Gabriel müde nach.

„Zusammenziehen. Ich meine hat Gaby nicht irgendwo Recht? Ich bin ständig bei dir oder du bei mir. Ich kaufe für dich ein und kümmere mich um alles, wenn du arbeiten bist. So wie du, dich um alles kümmerst, wenn ich arbeiten bin. Wir essen fast jeden Abend zusammen, stehen zusammen auf, also..."

Nachdenklich ließ Jenna ihren Satz in der Luft hängen. Sie lenkte ihre Augen vom Stuck an der Decke auf Gabriel und sah, dass auch er sie anstarrte. Oder zu mindestens in ihre Richtung, denn ob seine Augen sich genauso wie ihre an die Dunkelheit gewöhnt hatten wusste sie nicht.

„Würde dir das nicht ein wenig zu schnell gehen?"

„Nein", kam ihre Antwort wie aus der Pistole geschossen. Sie spürte wie Gabriel sich neben ihr auf die Seite rollte, um sie besser anschauen zu können.

„Wir beide wissen, dass wir kein normales Paar sind. Dass unsere Umstände anders waren, anders sind als bei anderen Paaren. Wie bei Gaby und Lucas zum Beispiel, aber trotz alledem bin ich mir ziemlich sicher, was ich für dich empfinde. Außerdem haben wir in kürzester Zeit mehr erlebt als andere Paare in Jahren!"

Ein kleines, jedoch äußerst kräftiges Lachen entrang Gabriel Kehle als er erneut ein wenig mehr in Mitte rutschte und seine Arme um Jennas Körper schlang.

„Da hast du Recht. Nun, es ist nicht so, dass ich nicht darüber nachgedacht habe, weißt du. Ich habe dich nämlich sehr gerne bei mir. Natürlich wäre es eine

Überlegung wert, aber dann müssten wir uns mit großer Wahrscheinlichkeit etwas Größeres suchen. Ich bezweifle, dass dein Zeug bei mir in die Wohnung passt oder mein Zeug in deine."

Mit einem breiten Grinsen schlang Jenna ihre Arme um seinen Hals. Vorsichtig zog sie Gabriel dabei ein kleines Stückchen zu sich herüber, um ihm einen Kuss aufzudrücken. Den ganzen Abend über hatte sie sich gefragt, was er von dieser Idee halten würde. Besonders nachdem er das Thema so schnell unter den Tisch gekehrt hatte. Eine lange Zeit hatte Gabriel die Einsamkeit deutlich vorgezogen. War ein Einzelgänger, ein Einzelkämpfer, da er nach Denise Tod niemanden hatte an den er sich wirklich wenden konnte. Keine Freunde und schon gar keine Familie.

„Es muss ja nicht von heute auf morgen sein, aber wir können uns doch einfach mal umschauen, oder? Nur weil man sucht, heißt es nicht automatisch, dass man direkt eine Wohnung bekommt. Gerade in so einer Stadt wie London und wir müssen darauf achten, dass die Wohnung möglichst in der Nähe unserer Arbeitsplätze ist."

„Das hört sich doch nach einem guten Plan an", stimmte Gabriel ihr mit dicker, schlafgetrunkener Stimme zu. Es würde nicht mehr lange dauern, bis er völlig wegnicken und schließlich einschlafen würde. Während Jenna weiterhin über ihre neuen gemeinsamen Zukunftspläne redete und direkt mögliche Stadtteile aufzählte und einigermaßen über die Preisspanne spekulierte, in welcher sie sich befinden würden, drifteten Gabriels Gedanken immer mehr zu Éric ab. Beinahe den ganzen Abend über konnte er diese verdrängen, solange Denise Fall oder derartiges in die Richtung erwähnt wurde. Nun redeten sie von einer gemeinsamen Zukunft. Angefangen bei einem gemeinsamen zu Hause, doch was würde als nächstes kommen?

Wollte Jenna irgendwann heiraten oder sogar Kinder haben? Sie schien sich jedoch mehr als sicher zu sein Gabriel in ihrer Zukunft zu haben, aber konnte er das? So schön dieser Gedanke auch für ihn war, schien er seiner Meinung nach nichts von dem zu verdienen. Er belog sie. Er belog sie jeden Tag aufs Neue. Wo er hinging, wo er seine Abende verbrachte und was er mittlerweile alles Neue über Denise erfahren hatte. Sie stecken fest, dass wusste er, aber Gabriel nicht. Er wusste alles und dank ihm würden zu mindestens Jenna und Gabriella noch eine ganze Weile an der falschen Stelle nach Hinweisen suchen. So blieb Gabriel nichts anderes übrig als weiterhin Jennas Zukunftsplänen zu lauschen, ohne wirklich dabei zu wissen, ob die beiden überhaupt noch eine Zukunft hatten.

Kapitel 21

Bereits am nächsten Tag fing Jenna in ihrer Mittagspause an, sich die ersten Wohnungsanzeigen auf ihrem
Handy anzuschauen und zu speichern. Ein wirkliches
Budget hatten sie noch nicht. Sie wusste zwar, was *sie*
ausgeben könnte, doch wusste noch immer nicht ganz
wie viel Gabriel wirklich ausgeben konnte oder würde.
Sollte sie bereits nach etwas möbliertem suchen? Oder
wollte Gabriel vielleicht einen Teil seiner jetzigen Mö-
bel mitnehmen? Würde er sein Appartement verkaufen
oder einfach vermieten, um sich eine weitere Einnah-
mequelle zu verschaffen? Es waren viel zu viele Fragen,
die Jenna wohl kaum allein beantworten konnte. Aber
vielleicht spielte das in dem Moment auch noch keine
Rolle, denn um ehrlich zu sein genoss sie es einfach von
Anzeige zu Anzeige zu scrollen und sich dabei auszu-
malen wie ihr gemeinsames zu Hause aussehen würde.
Auf der anderen Seite der Themse war Gabriel gerade
dabei den Dienstplan für nächste Woche fertig zu stellen als Jessica sich zu ihm in das Büro gesellte.
„Was kann ich für dich tun?", fragte er seine Schülerin,
ohne den Blick vom Bildschirm zu nehmen.
„Nichts, es ist gerade ruhig und ich dachte mal, ich
frage, wie es dir geht. Waren echt einige verrückte Wochen."
„Mir geht es bestens, vielen Dank", schmunzelte Gabriel als sein Handy neben seiner Hand aufleuchtete.
Eine Nachricht von Jenna. Wobei es weniger eine
Nachricht war, die aus Worten bestand als ein Link zu
einer weiteren Wohnung.
„Wow", staunte auch Jessica als sie die ersten Bilder
sah, die Gabriel aus Jennas neuster Wohnungsanzeige
öffnete.
„Ihr wollt zusammenziehen?"

„Es kam zur Sprache ja, aber ehrlich gesagt habe ich nicht gedacht, dass sie direkt nach Wohnungen sucht, sondern dass wir es einfach auf den Schirm haben."

„Du willst nicht zusammenziehen", stellte Jessica direkt fest.

„Nein, das ist es nicht. Ich will es sehr gerne, aber ich weiß nicht, ob der Moment gerade richtig ist" gestand er. Sein Blick schweifte über die Bilder. Die Wohnung war schön. Sie war groß und geräumig. Drei Zimmer und eine Küche in Erstbenutzung war ebenfalls vorhanden.

„Lass mich raten: Marylebone ist dir zu gehoben? Ich meine mit ihrem schicken Anwaltsgehalt ist das bestimmt eine schöne Gegend. Oh, da kommt schon der nächste Link: Paddington!"

Sichtlich überfordert schaltete Gabriel sein Handy einfach aus und versteckte es in der Tasche seines Kittels. Seine Rettung vor Jessicas neugierigen Fragen kam, in dem es ein weiteres Mal an der Tür klopfte. Diesmal steckte Simone ihren Kopf in das kleine Büro hinein.

„Entschuldigt die Störung, aber es hat schon dreimal ein Handy aus der Männerumkleidekabine geklingelt. Ist das dein Handy?"

Geschockt riss Gabriel seine Augen auf und fing an sich abzutasten.

„Du hast deins doch gerade eingesteckt", erklärte Jessica amüsiert.

„Jaja, aber ich habe noch eins, lange Geschichte."

Etwas umständlich rappelte Gabriel sich von seinem Stuhl auf und huschte schnellen Schrittes den langen Gang herunter. Kaum war er aus dem Blickfeld seiner Kollegen verschwunden, fing er an zu rennen. Wie konnte er bloß so leichtsinnig sein und dass Handy von Éric überhaupt mit auf die Arbeit nehmen. Natürlich war es in seiner Tasche versteckt, doch offensichtlich hatte er es heute morgen im Stress nicht kontrolliert und wie gewohnt ausgeschaltet. In Windeseile tippte Gabriel die Kombination der Tür für die Umkleidekabine ein und stürmte hinein. Um sicherzugehen allein zu sein, huschte er kurz durch die zwei anderen Reihen als das Handy erneut anfing zu klingeln.

„Verdammt", fluchte er, ging zu seinem Spind herüber und fummelte mit zittrigen Fingern an seinem Schloss herum. Es dauerte zwar ein wenig, doch irgendwann war das klingelnde Telefon in seinen Händen.

„Hallo", nahm er den Anruf ein wenig außer Atem entgegen. *Éric.* Stumm lauschte Gabriel den Worten seines Partners, der die letzten Tage damit verbracht hatte, einen in seinen Worten ausgedrückt totsicheren Plan auszuarbeiten mit denen sie Jonathan das nötige Geständnis abgewinnen konnten.

„Wo bist du gerade?", fragte Éric.

„Auf der Arbeit, warum?"

„Bist du allein?"

„Ja.", flüsterte Gabriel.

„Wann kannst du hier sein?"

Nachdenklich zog Gabriel sein anderes Handy aus der Kitteltasche und ging seinen Terminkalender durch. Da er morgen bereits zum Frühdienst hier sein musste, konnte er unmöglich die ganze Nacht unterwegs sein. Morgen hingegen hatte er Jenna versprochen sie von der Arbeit abzuholen und sie auszuführen. Etwas, was er auch nicht wirklich absagen konnte, ohne einen vernünftigen Grund zu haben, um nicht in die Bredouille zu kommen.

„Gabriel?", fragte Éric nervös nach.

„Ich bin noch dran, ich muss nur schauen wie ich...okay, ich denke, dass ich Übermorgen kommen könnte."

„Erst?", seufzte Éric genervt. Gabriel verdrehte seine Augen.

„Ja erst. Hör zu, ich kann nicht einfach die ganze Nacht wegbleiben, wenn ich morgen zum Frühdienst erscheinen muss und ich kann nicht meine Freundin versetzen, ohne einen vernünftigen Grund zu haben und die Ausrede, dass sich mein Dienst geändert hat, wird langsam nicht mehr ausreichen können. Also tut mir leid, wenn ich Übermorgen erst kommen kann!", maulte er. Eine Antwort von Éric bekam er nicht. Mit einem Mal war die Leitung unterbrochen, tot. Verwirrt sah er auf das kleine Display als eine Nachricht aufpoppte.

Übermorgen.

Wahrscheinlich war es zu unsicher gewesen noch länger das Gespräch am Telefon zu führen. So simpel der Sinn von Wegwerf-Handys auch war, so wusste er, dass man nie vorsichtig genug sein konnte. Besonders Éric hatte ihm das bei ihrem letzten Treffen deutlich gemacht in dem er betont hatte wie wichtig ihm Diskretion und Vorsicht bei seinen Ermittlungen war. Damit hatte er auch Recht, das bezweifelte Gabriel gar nicht. Letzten Endes wäre es nur mehr als ärgerlich, wenn ihre Ermittlungen aufgrund mangelnder Diskretion auffliegen würde.

Kapitel 22

Érics Angst war in den letzten Tagen auf Gabriel abge-
färbt. Es grenzte beinahe an ein Wunder, das Jenna
und vor allem seine Arbeitskollegen ihn nicht für paranoid hielten. Jeden Schulterblick hatte Gabriel zweimal gemacht, um sicher zu gehen, dass ihm keiner
folgte. Gerade, wenn er allein unterwegs war. Jedes Gesicht, welches ihn in der Bahn länger als drei Sekunden
anstarrte wurde im wahrsten Sinne des Wortes von seinem Blick schon beinahe gescannt. Selbst auf dem
Rückweg vom Restaurant, hatte er seinen Arm stets um
Jenna gelegt, um sie im Ernstfall direkt weg ziehen zu
können. Jenna schien es nicht zu stören, das Gabriel
am Abend zuvor nach jeder noch so kleiner Möglichkeit gesucht hatte aufzustehen, um dabei möglichst unauffällig einen Blick aus dem Fenster zu werfen. Wer
würde auch schon sich bis ins Dachgeschoss eines alten
Hauses schleichen?
Heute trafen sie sich wieder in Hackney. Anfangs
dachte Gabriel es sei aus Sicherheitsgründen, doch wie
sehr er sich irrte, würde er schon bald selbst erfahren.
Auch dieses Mal empfingen ihn dieselben Männer wie
bereits zuvor mit dem Unterschied, das Gabriel diesmal einfach an ihnen vorbei ging. Keine erhobenen
Hände, kein Waffen-Check. Mit einem stummen Nicken als Begrüßung ging er einfach an ihnen vorbei, als
ob er schon unzählige Male hier war und sich bestens
auskannte. Wie zu erwarten erwartete Éric ihn bereits
in der großen Lagerhalle, welche sich hinter der dicken
Eisentür versteckte. Schon beinahe beiläufig plauderte
er mit einem kahlen Mann auf französisch als er geradewegs auf Gabriel zu ging und ihn kurz an sich
drückte. Man könnte beinahe meinen, dass die beiden
inzwischen Freunde waren. Gabriel erwiderte seine Begrüßung mit einem kurzen Schulterklopfen.

„Ich habe extra einen Umweg genommen, um sicher zu gehen, dass mir keiner gefolgt ist", stellte er klar.

„Sehr gut. Komm, wir haben viel zu tun", erwiderte sein Gegenüber und deutete mit seiner Hand auf den kahlen Mann neben ihn.

„Das ist Alexander, er wird uns heute behilflich sein."

Stumm schüttelten die beiden Männer sich die Hände.

„Philip? Joseph? Ihr wisst was zu tun ist."

So schnell kam Gabriel also doch zu einigen Namen. Ob diese ihre echten waren oder nicht bezweifelte er in diesem Moment kein Stück. Vielleicht besaßen sie andere Nachnamen, doch an der Glaubwürdigkeit ihrer Vornamen zweifelte Gabriel nicht. Wer jedoch Philip und wer Joseph war, wusste Gabriel nicht. Erneut tauschten die drei einige Worte auf französisch aus, ehe Éric mit Gabriel verschwand.

„Ich habe da was vorbereitet", erklärte Éric als Gabriel ihm mit Alexander im Rücken einen weiteren schmalen Gang herunter folgte und kurz darauf einen kleinen Raum betrat. Ein Computer, eine Tafel und eine Kleiderstange, an der einige Kleidersäcke hingen, befanden sich dort drin. Außerdem ein Tisch und drei Stühle. Eigentlich fünf, wenn man die zwei Holzkisten mitzählte, die als provisorische Sitzmöglichkeit gelten konnten. Was Gabriel jedoch trotz der schwachen Beleuchtung ins Auge sprang waren die Bilder, die an der Tafel vor ihm hingen. Nicht nur Denise und sein Gesicht waren drauf abgebildet, sondern auch Jennas, Gabriellas und Dominics.

„Was soll das? Ich dachte wir halten die anderen raus?", zischte Gabriel.

„Tun wir auch. So gut es geht."

„Das war nicht unsere Abmachung!"

Neben den jeweiligen Fotos standen die wichtigsten Informationen. Name, Beruf und in welcher Verbindung sie mit Denise standen.

„Also, was ist der Plan?", hackte er nach und wand seinen Blick schließlich wieder von der Tafel ab. Erneut bleib Éric der Schweigsame, zog als Antwort einen der Holzstühle am Tisch zurück und bat Gabriel somit stumm Platz zu nehmen. Wenn auch widerwillig tat er was er sagte.

„Versprich mir, dass du mir jetzt genau zu hörst, Gabriel."

„Ich verspreche es", antwortete er sofort. Éric schüttelte den Kopf und wiederholte sich ein weiteres Mal.

„Hör *mir* zu."

Gabriel nickte.

„Alexander war derjenige, der deiner Schwester ihre neue Identität verschafft hat. Er hat ihre Papiere gemacht und sie in Vivian Durrand verwandelt und dasselbe haben wir nun mit dir vor."

Sein Blick schoss in Alexanders Richtung, der ebenfalls stumm vor sich her nickte und dabei das perfekte Pokerface aufgesetzt hatte.

„Alexander", bat Éric ihn. Gabriels Blick folgte ihm zum anderen Ende des Raumes, wo er nach einer weiteren Akte griff und ihm diese reichte. In der zwischen Zeit hatte auch Éric neben Gabriel Platz genommen.

„Wir haben uns in den letzten Tagen um alles gekümmert. Wir werden Sie in Louis Durrand verwandeln. Ich werde Ihnen die wichtigsten Dokumente persönlich erstellen. Außerdem werden Sie als Louis in allen möglichen Archiven auftauchen. Die Polizei wird Sie unter diesen Namen finden können, die Fahrzeugzulassungs-Stelle, sogar das Krankenhaus, in dem es eine Krankenakte über sie gibt, im dem Sie mal waren als sie ihren Blinddarm entfernt bekommen haben. Sie bekommen ein Social-Media Profil und wir werden Ihnen eine Website bezüglich ihrer Tätigkeit erstellen. Diese werden Sie brauchen, glauben Sie mir. Ich habe mich in den letzten Tagen genau über ihre Familie und besonders über ihren Bruder und die Firma informiert." Genau wie in der Schule hob Gabriel seine Hand als er die ersten Zeilen seines Rollenprofils in der Akte las.

Louis Durrand, 36 Jahre alt gründete bereits im Alter von 22 Jahren eine der größten Wirtschaftsinformatik Firmen weltweit mit Hauptsitz in Paris, Frankreich. Mittlerweile umfasst die Firma 26 Standorte weltweit und expandiert weiter in den verschiedensten Bereichen.

„Fragen dürfen Sie später stellen. Blättern Sie weiter", wies Alexander seine Gäste in einem Tonfall, der keine Widerworte duldete, an.
„Kommenden Montag werden Sie höchstpersönlich einen Besichtigungstermin mit ihrem Bruder haben, den ich nach unserem Gespräch heute mit größter Dringlichkeit bei seiner Assistentin einplanen lassen werde."
„Aber...", setzte Gabriel an als Éric seine Hand plötzlich auf seinen Arm legte und diesen runterdrückte.
„Ihr Bruder ist im Ferienhaus ihrer Familie und wird vor Anfang nächster Woche nicht im Büro sein. Seine Assistentin plant die Termine vorab und gibt ihm Anfang der Woche erst immer einen kompletten Terminplan", erklärte Éric ihm mit gesenkter Stimme.
„Ganz genau, also weiter."
Wenn auch sichtlich verwirrt nickte Gabriel Éric kurz zu und widmete sich wieder dem kahlen Mann vor sich. Ihm fiel auf, dass seine Arme stets hinterm Körper verschränkt waren. Der Anzug sich wie eine zweite Haut an seinen Körper schmiegte. Er war maßgeschneidert, das sah er direkt, denn sowohl sein Vater als auch Jonathan trugen nur maßgeschneiderte Anzüge. Alexanders Körperhaltung war steif, was nicht nur auf Stärke und Respekt deutete, sondern auch auf Disziplin.

„Louis Durrand hat Interesse an dem Bürogebäude in der Southwark Bridge Road. Dort werden Sie sich mit ihm direkt vor Ort treffen", fuhr Alexander fort. Währenddessen hob er einen kleinen Metallkoffer unter dem Tisch hervor und öffnete diesen. Ein Abhörgerät, sowie ein weiteres Handy und eine Waffe befanden sich dort drinnen.

„Der Termin ist um 16 Uhr. Davor werden Sie zu uns kommen und wir werden Sie verkabeln. Eine Auswahl an Anzügen hängen dort an der Stange, der Wagen wird sie um exakt 15:30 Uhr abholen. Die Waffe ist ebenfalls auf Sie registriert und Sie werden diese gut versteckt bei sich tragen. Das Mikrofon werden wir Ihnen an ihrem Körper unter dem Anzug befestigen. Wir werden zwar hören können was ihr Bruder und Sie sagen und es aufzeichnen, doch Sie werden uns nicht hören können."

Diesmal war Éric derjenige, der Alexander unterbrach in dem er seine Hand hob. Der Mann verstummte sofort, nickte seinem Boss kurz zu und überließ ihm schließlich das Wort.

„Hast du bisher alles verstanden?", hackte Éric schon beinahe behutsam nach. Einen Moment lang dachte Gabriel über all das nach, was ihm gerade erklärt wurde oder zu mindestens versucht wurde zu erklären und was es für ihn bedeuten würde.

„Falsche Identität, die das Interesse meines Bruders wecken wird. Wir treffen uns, ich konfrontiere ihn und Sie alle hören mit."

„Exakt."

„Und was kann dabei schiefgehen? Tut mir leid, du sagtest am Telefon, der Plan ist totsicher, aber ich sehe schon jetzt unzählige Lücken."

„Unmöglich", fuhr Alexander ihm wütend ins Wort. Prompt hob Éric wieder seine Hand. Auch wenn Gabriel nicht wirklich verstand, was Alexander in diesem

Moment sagte, so war er sich ziemlich sicher, dass er sich gerade über ihn beschwerte. Die Art wie die Worte seinen Mund verließen sprachen für sich. Französisch war eine leidenschaftliche Sprache, das wusste er. Beinahe wie Kampfansagen verließen die Worte Alexanders Mund, bis Éric sich mit einem Ruck vom Stuhl erhob. Sein Finger wedelte zwischen Gabriel und Alexander wütend hin und her und deutete dabei zwischendurch auch immer wieder auf Denise Foto an der Wand. Éric war aufbrausend. Sehr aufbrausend sogar und trotz der Ruhe und Gelassenheit während ihrer letzten Gespräche, wusste Gabriel ganz genau, dass er auch anders sein konnte. Dass es vielleicht ein Finger schnipsen brauchte und Alexander eine Kugel im Kopf hatte. Immer wieder und wieder zeigte er auf Denise Bild. Seine Worte überschlugen sich und Alexander wurde vor seinen Augen immer kleiner. Den Kopf mittlerweile nach unten gesenkt. Die Lippen fest aufeinandergepresst, als ob er nur mit größter Mühe die Worte seines Bosses herunterschluckte. Und mit einem Mal wurde es ganz still. Éric richtete sein Jackett und sah wieder zu Gabriel herüber

„Verzeihung, du hast bestimmt Fragen, aber wir sind noch lange nicht fertig mit unserer Erklärung, Gabriel. Wo siehst du eine Lücke?"

„Mein Gesicht", spottete er direkt drauf los, als ob er nur darauf gewartet hätte.

„Mein Bruder ist kein Idiot. Wenn er den Namen Durrand bereits wirklich kennt, wird er direkt hellhörig und ich würde meine Hand dafür ins Feuer legen, dass er den Namen auf der Stelle googelt und dann? Er sieht mein Gesicht und weiß direkt Bescheid."

Ein kurzen Nicken Richtung Tür und Alexander war verschwunden.

„Nun Alexander scheint kein Freund von mir zu sein, hm?", schmunzelte Gabriel. Éric stimmte in sein

Lachen mit ein und nahm wieder auf den freien Stuhl neben ihm Platz.

„Er mag es nicht, wenn man seine Arbeit verurteilt, das ist alles. Die Sache mit deinem Gesicht wird diese sein, dass wir nicht dein Gesicht als das von Louis nehmen werden, jedoch ein vertrautes"

Sein Blick wanderte zu der Tafel am anderen Ende des Zimmers herüber, die bis vor kurzem noch von Alexander verdeckt wurde. Verwirrt folgte Gabriel seinem Blick. Lies diesen ebenfalls über die Fotos schweifen und blieb bei dem einzigen männlichen Gesicht hängen.

„Nein, absolut nicht!"

„Gabriel..."

„Wir haben gesagt, wir lassen sie da raus und jetzt wollt ihr Dominic eine Zielscheibe auf den Rücken kleben? Habt ihr sie noch alle?", brüllte er. Wütend ging Gabriel in dem kleinen Raum immer wieder auf und ab. Sein Blick schweifte sprachlos zwischen Dominics Bild und Éric Gesicht hin und her. Ihm fehlten die Worte. Beim besten Willen wusste er nicht, was er zu alldem sagen sollte. Der Plan war gut oder viel mehr konnte er gut sein. Auf der anderen Seite war es egal wie lange sie Jonathan beobachtet hatten, sie würden nie verstehen, wie er wirklich tickte. Sie würden ihn nie so verstehen wie Gabriel ihn verstand und sein Leben lang kennengelernt hatte.

„Das kann ich nicht verantworten", schluchzte Gabriel trocken. Verzweifelt fuhr Gabriel sich mit beiden Händen durchs Haar. Spürte das Salz der stummen Tränen in seinen Augen langsam brennen.

„Das kann ich ihm nicht antun, er ist mein Freund, Éric."

„Ihm wird nichts passieren. Dominic ist an diesem Tag nicht im Büro. Alexander hat sich in seinen

Terminkalender gehackt und wir können dir versichern, dass er an diesem Tag nicht da sein wird."

„Er ist aus der Schusslinie?", fragte Gabriel noch immer voller Misstrauen. Éric nickte. Langsam nahmen Gabriels Schritte ab. Der Griff in seinem zerzausten Haar lockerte sich und er nahm Platz als bereits die nächste Überraschung auf ihn wartete.

„Da gibt es noch was."

„Natürlich, wie könnte es das nicht, hm?", spottete Gabriel.

„Ich habe Alexander und meinen anderen Leuten Immunität versprochen was diesen Fall angeht. Sie kannten Denise und wollen helfen, aber sie machen sich auch Sorgen, dass sie dadurch an Aufmerksamkeit erregen. Gerade von Gabriella und vom Scotland Yard."

Immunität? Das ergab keinen Sinn. Sie bewegten sich doch schon unterm Radar. An der Grenze der Legalität, wenn sie diese nicht schon lange überschritten hatten. Waffenhandel, gefälschte Dokumente, falsche Identitäten. Sogar Behinderung der Justiz, all das konnte Gabriel auf die Liste seines zukünftigen Strafregisters setzten. Sein Gesicht sprach Bände, weshalb Éric noch nicht einmal seine Frage hören musste, um diese zu beantworten.

„Wir brauchen noch einen Mittelmann. Jemand glaubwürdiges, dem wir die Aufzeichnung schicken können, falls dir etwas passiert. Alexander ist der festen Überzeugung, dass nichts schief gehen kann, und ich glaube ihm. Trotzdem bin ich jemand, der sich gerne absichert. Unser Ziel ist es Denise Mörder zu schnappen und wenn dir..."

„Wenn mir etwas passiert, könnt ihr schlecht zur Polizei gehen, schon klar", seufzte er. Keiner von ihnen hatte eine Ahnung wie viel Zeit bereits vergangen war. Zu mindestens fühlte es sich wie Stunden an. Gabriels Kopf pochte. Seine Kehle war wie ausgetrocknet und seine Glieder schwach. Erschöpft von der Anspannung der letzten Tage.

„Und wer soll der Mittelmann sein?" Sein Blick schweifte ein weiteres Mal zu der Tafel mit den Bildern herüber. Sollte er nun allen erstens entscheiden, wer die nächste Zielscheibe auf den Rücken gesetzt bekam? Viel Auswahl blieb ihm nicht. Denn wenn etwas schief gehen würde, würde Jonathan sich Dominic vornehmen und erfahren, dass er in die ganze Sache mit eingeweiht war. Blieb nur Jenna und Gabriella übrig. Nein, auf gar keinen Fall. Das konnte er nicht tun. Nicht ohne ihre Reputationen und viel mehr ihre Leben zu riskieren.

„Das kannst du nicht von mir verlangen", flehte Gabriel verzweifelt.

„Ich muss und das weißt du auch. Es wird funktionieren, da bin ich mir sicher, ich weiß nur nicht was der Preis dafür sein wird, also wenn dir irgendetwas passieren sollte, muss jemand die Nachricht übermitteln. Ich werde ihn höchstpersönlich begleiten, wenn es sein muss, aber sobald unser Beweis bei der Polizei landet, wird alles ganz schnell gehen. Gerade, wenn dieser Beweis direkt bei Gabriella landet."

Es gab nicht viele Leute, die Gabriel kannte. Leute, denen er so eine Aufgabe zutrauen würde. Jenna und Gabriella fielen schon mal aus seiner Auswahl heraus. Jemand glaubwürdigen? Wessen Wort würde niemand misstrauen? Und mit einem Mal bekam Gabriel seine Antwort. Jemanden, dem er blind sein Leben anvertrauen würde. Jemand, der bereits über all das Bescheid wusste und ihn im schlimmsten Fall nie verurteilen würde. Jemand, dessen Glauben unendlich schien. Das Wort Pessimismus gar nicht erst kannte und immer versuchte das Gute zu sehen.

„Ich denke, ich habe da jemanden", sagte Gabriel mehr zu sich selbst als zu Éric.

„Wie wäre es mit einem Priester?"

Kapitel 23

Zu Gabriels Bedauern schienen die nächsten Tage nur so im Flug zu vergehen. Die Wahrscheinlichkeit nicht vollkommen unbeschadet aus der Sache herauszukommen, war nicht so klein wie Alexander es sich vorgestellt hatte. Nicht für Gabriel. Vielleicht würde ihm im besten Fall körperlich nichts passieren, dafür konnte er das Vertrauen seiner Freunde verlieren. Ihren Respekt und viel wichtiger: Jennas Liebe. Er würde sie bis aufs äußerste enttäuschen. So genoss er die letzten Tage, die er mit ihr hatte in vollen Zügen. Zeigte ihr mit den noch so kleinsten Dingen wie sehr er sie liebte. Führte sie ein letztes Mal in ihr gemeinsames Lieblingsrestaurant aus und besuchte mit ihr gemeinsam Denise und Lisas Grab. Er war bei ihr als sie mit ihren Eltern über den Videochat telefonierte. Ein kleiner Teil von ihm hingegen gab nicht die Hoffnung auf, dass sie ihm vielleicht verzeihen würde. Das sie all das verstehen würde. Das Risiko, welches er eingehen musste und dass ihm schlichtweg keine Wahl geblieben war. Gerade, wenn es um ihre Sicherheit ging. Vielleicht würde es doch noch eine Chance auf eine gemeinsame Zukunft geben. Vielleicht würden sie schon bereits nächste Woche gemeinsam durch das Appartement in Paddington schlendern, bei welchem Jenna einen Besichtigungstermin angefragt hatte oder sie würden sich wie zwei Fremde völlig aus dem Weg gehen. Über die nächsten Jahre aus den Augen verlieren, sich jedoch nie vergessen. Sowas konnte man nicht einfach vergessen. Allein mit jedem Friedhofsbesuch würden sie an all das erinnert werden.

„Hey, wir haben einen Termin", grinste Jenna über beide Ohren als sie neben Gabriel auf der Couch ihre Mails öffnete.

„Nächste Woche Freitag, 17 Uhr. Ich habe zwar einen Termin, aber könnte schauen, ob ich diesen vorziehen könnte. Du hast die Woche frei, oder?"

Stumm nickte Gabriel ihr zu. Dank seiner Überstunden konnte Gabriel sich die kommende Woche problemlos freinehmen.

„Soll ich der Maklerin antworten, das wir kommen?"

„Natürlich ja", lächelte er sanft und verstärkte seinen Griff um ihre Schultern dabei ein wenig mehr.

„Ich liebe dich, das weißt du, ja?"

„Natürlich weiß ich das", kicherte Jenna als sie ihre Antwort tippte und sich kurz darauf vollkommen Gabriel widmete.

„Wer weiß vielleicht passt es ja und wir haben schneller als gedacht unser gemeinsames zu Hause."

Gabriel stimmte in ihr Lachen mit ein. Lehnte sich ein wenig zu ihr herunter, so dass ihre Nasen sich berührten, und stupste sie spielerisch mit seiner an.

„Vielleicht ja."

***

Pünktlich um 12 Uhr mittags traf Gabriel am nächsten Tag bei Éric in Hackney ein. Alles war bis ins letzte Detail durchgeplant. Alexander hatte sein Wort gehalten und innerhalb der kurzen Zeit nicht nur Gabriels Dokumente erschaffen, sondern auch ein weiteres Phantom. Ab heute war Louis Durrand offiziell am Leben. Gemeinsam gingen sie ihren Plan ein letztes Mal durch, während Philip und Joseph Gabriel unter seinem Hemd verkabelten.

„Na schön, du weißt was du sagen musst, um ihm sein Geständnis zu entlocken, ja?", hackte Éric vorsichtshalber nach.

„Ja. Ihr nimmt sein Geständnis auf, speichert sie in dreifacher Kopie ab und bringt eine davon in die Kirche zu Pater Dennis Millstone. Er ist jeden Tag ab 8 Uhr im Pfarrheim zu erreichen. Der Briefkasten befindet sich kurz vorm Pfarrheim rechts."

„Genau" stimmte Éric ihm ebenfalls zu. Nachdem Gabriel fertig verkabelt war, sein Hemd geschlossen und die Weste und das Jackett übergezogen hatte, machten sie gemeinsam mit Alexander einige Probedurchgänge.

„Denkst du dein Bruder wird etwas ahnen?"

Nachdenklich schüttelte Gabriel seinen Kopf.

„Ich wüsste nicht wie, aber ich will mich auch nicht darauf ausruhen. Was er definitiv nicht ahnen wird ist, dass ich mich mit der Mafia zusammengetan habe."

„Wir sind nicht die Mafia", lachte Éric.

„Sicher?", witzelte Gabriel zurück und nahm dabei dankend das Glas Scotch von Éric an.

„Ich weiß, es war nicht abgemacht, aber ich habe vorsichtshalber jemanden vor dem Scotland Yard und vor der Kanzlei deiner Freundin positioniert. Sie werden den beiden so lange folgen und auf sie aufpassen, bis die Aufnahme bei der Polizei ist."

Überrascht sah Gabriel sein Gegenüber an, der ihm bereits einladend das Glas zum Anstoßen hinhielt.

„Danke, Éric. Wirklich, ich weiß das, was du hier tust und was du die letzten Wochen über für mich getan hast sehr zu schätzen. Auch wenn du deinen eigenen Rachefeldzug damit verfolgst."

„Gern geschehen, Partner", grinste er breit und die beiden stießen endlich an. Pünktlich auf die Minute meldete sich Gabriels Handy, welches er für diesen Einsatz bekommen hatte auf dem Tisch.

„Der Wagen ist da."

Die Fahrt nach Southwark verlief still. Äußerst still. Weder sein Fahrer noch Gabriel sagten auch nur ein Wort. Während der Fahrer wohlmöglich über irgendetwas banales nachdachte, wie zum Beispiel wo er wahrscheinlich seine Mittagspause machen würde, schossen Gabriel tausend Gedanken durch den Kopf wie das Ganze ausgehen würde. Er dachte größtenteils an Jenna und an all die Dinge, die die beiden in ihrer kurzen gemeinsamen Zeit erlebt hatten. Er dachte an das Appartement und wie es sein würde mit ihr dort zusammen zu leben. Er dachte an Gabriella. An all die verrückten Abenteuer, die er mit ihr und Denise erlebt hatte. Ihre Streitereien und Scherze, die sie ihm wahrscheinlich bis ans Lebensende vorhalten wird und er dachte an all die Male, in denen sie ihm den Hintern gerettet hatte und für ihn da war ohne, dass er es wirklich gemerkt hatte. Während Éric seinen Plan hatte, hatte auch Gabriel seinen eigenen geschmiedet. So sehr er auch die anderen aus der Sache heraushalten wollte, konnte er es nicht. Er konnte sie nicht länger im Dunkeln lassen. Nicht nach allem was sie für ihn getan hatten. Auch wenn Éric und Alexander ihrem Plan vertrauten, wurde Gabriel das Gefühl nicht los, das Jonathan ihnen wohl möglich einen Schritt voraus war und mit ein wenig Glück entkommen könnte. Er warf einen Blick auf die Uhr. Jonathan musste mittlerweile seine Terminplanung für die Woche schon längt bekommen haben und so wie er seinen Bruder einschätzte, muss er sich auch schon über Louis Durrand schlau gemacht haben. Éric hatte ihm versprochen sich sofort über das Handy zu melden, falls Jonathan den Termin Absagen würde. Sollte genau das eintreten, bevor Gabriel am Gebäude ankam, würde der Wagen einfach weiterfahren und ihn geradewegs zurück nach Hackney bringen. Die Scheibe zwischen ihnen war schalldicht und der Wagen erinnerte ihn unfreiwillig an einige der kleineren Limousinen seiner Eltern. Es würde nicht mehr lange dauern, bis sie ankommen würden. 10 Minuten laut dem Navigationssystem seines Fahrers. So beschloss Gabriel seine Zeit zu nutzen, um einen letzten Anruf zu tätigen, auch wenn es gegen Érics Regel verstieß.

Kapitel 24

„Kanzlei Winston and Charles Sheila Allister am Apparat, was kann ich für Sie tun?"

„Guten Tag, Sheila", begrüßte Gabriel sie lachend. Mit einem genervten Seufzen verdrehte sie ihre Augen und schüttelte dabei trotz aller Albernheit lachend ihren Kopf.

„Sie haben doch die Telefonnummer ihrer Freundin oder muss ich jetzt auch noch anfangen Sie telefonisch durchzustellen?"

Instinktiv öffnete Sheila den Terminkalender, um nachzuschauen, ob Jenna sich noch immer in ihrem Termin befand.

„Eigentlich wollte ich mit Ihnen reden", gestand Gabriel schüchtern.

„Mit mir? Hören Sie, Gabriel Sie sind ja wirklich sehr nett. Aber ich habe ehrlich gesagt besseres zu tun als mit Ihnen zu plaudern. Jenna ist gerade noch in einem Termin, soll ich sie bitten Sie zurückzurufen?"

„Gut, dass Sie es sagen", lachte Gabriel.

„Ich würde gerne einen Termin bei Jenna machen. Sagen wir so in einer Stunde?"

Sheila konnte kaum glauben was sie da hörte und öffnete erneut den Terminkalender vor ihren Augen.

„In einer Stunde ist sie wieder frei ja. Wie kommt es, dass Sie mal einen Termin machen?", witzelte sie nichtsahnend weiter, drückte auf das kleine Plus in der Ecke und schrieb Gabriels Namen hinein.

„Scheint so, als ob Sie mich in den letzten Wochen bestens erzogen haben."

„Gut, ich habe Sie eingetragen. Ich kann keine Nummer auf dem Telefon sehen, aber sie weiß ja, wie sie Sie erreicht, wenn etwas sein sollte. Ich muss jetzt wirklich weitermachen, Gabriel. Bis gleich", und somit legte Sheila auf.

Schweren Herzens beendete auch Gabriel das Gespräch, schaltete das Telefon aus und versteckte es wieder in der Innentasche seines Jacketts. Es gab keine
Zweifel, dass Éric und Alexander sein Telefonat mit
Sheila mitgehört hatten, weshalb es einfach das beste
war das Telefon ausschalten und ihnen somit erst gar
nicht die Chance zu geben ihn noch zu erreichen. Wenige Sekunden später hielt schon auch der Wagen an.
„Wir sind da", sagte der Fahrer als Gabriel das kleine
Fenster zum Fahrerraum öffnete.
„Danke Ihnen", erwiderte er, kramte einige Scheine
heraus, drückte ihm diese in die Hand und stieg aus.
Der Druck auf seiner Brust wurde immer schwerer.
Seine Kehle trockener und das Blut rauschte nur so in
seinen Ohren. Vorsichtig strich er mit seinen Händen
den Anzug glatt. Darauf bedacht nicht noch das Kabel
des Mikrofons abzureißen. Ein letztes Mal atmete Gab-
riel tief ein und aus, ehe er leise *Jetzt geht es los* ins
Mikrofon flüsterte und das Gebäude betrat.

***

Bereits eine halbe Stunde später öffnete sich der Fahrstuhl zur Kanzlei Winston and Charles erneut. Ein jun-
ger Mann, keine 20 Jahre alt schlenderte mit einer großen lilafarbenen Box zur Information herüber, wo
Sheila bereits erneut am Telefon hing. Sie hob ihren
Finger, eine stumme Bitte einen Moment zu warten,
was der junge Mann mit einem Nicken quittierte. Mit
großen Augen schweifte sein Blick durch den Eingangsbereich der Kanzlei.
„Bitteschön" ,riss Sheila ihn abrupt aus seinen Gedanken.
„Hi, sind Sie Sheila?"

„Miss Allister für dich, ja die bin ich", korrigierte sie ihn streng. Der junge Mann schenkte ihr ein kleines, entschuldigendes Lächeln als er sein gigantische Lieferbox auf den Tresen stellte.

„Ich habe hier eine Lieferung für Sie. Scheint Sie jemand echt zu mögen, ist unsere beste Auswahl", erklärte er kurz.

„Lieferung?" fragte Sheila verwirrt.

„Ich habe aber nichts bestellt!"

„Nun, Sie sind Miss Sheila Allister und diese Bestellung ist für Sie. Wenn Sie es nicht wollen, verteilen Sie es einfach an ihre Kollegen. Schönen Tag noch!"

Ohne ein weiteres Wort drehte der Junge sich auf seinen Absätzen um und verschwand schnellen Schrittes zum Aufzug, um sich in letzter Sekunde durch den kleinen Schlitz in die Kabine zu quetschen. Sichtlich überrascht und ziemlich verwirrt über das Päckchen vor ihrer Nase, löste Sheila die kleinen Klebelaschen und hob neugierig den Deckel an. Zehn perfekt verzierte und dekorierte Cupcakes entpuppten sich als Inhalt des mysteriösen Päckchens. Dabei war ein Gebäck schöner als das andere. Ob einfache Streusel auf einer perfekten Creme oder gar mit Rosenblättern und Wildblumen bestreut, alle waren eine Schönheit für sich. Vorsichtig zog Sheila den kleinen Umschlag, der im Deckel befestig war ab in der Hoffnung zu erfahren von wem diese Geste war.

Ich habe doch gesagt, Sie bekommen noch einige Cupcakes von mir. Einen für jedes Mal, wenn Sie ein Auge für mich zugedrückt haben. Danke für Ihre Hilfe! – Gabriel

Damit hatte sie nicht gerechnet. Natürlich war es seine spielerische Art gewesen sich bei ihr zu bedanken, auch wenn er wusste, wie wichtig es Sheila war, dass man sich an die Regeln, an das Protokoll hielt. Ihr Job um einiges leichter war, wenn sie Jennas Kalender anhand von festen Terminen koordinieren konnte. Trotzdem ließ sie in diesem Moment nicht der Gedanke los, dass es bei dieser Bestellung, um etwas ganz anderes ging. *Danke für ihre Hilfe.* Nun von Hilfe konnte man in seinem Fall wohl kaum sprechen, denn ehrlich gesagt fand es Sheila immer wieder aufs Neue süß und charmant, wie Gabriel Jenna mit den unzähligen Dingen im Büro überraschte. Die Art wie er ihr die Blumen brachte oder in seiner Mittagspause lieber herkam, um sie wenigstens einige Minuten lang am Tag zu sehen, wenn seine Schichten und ihre Termine es mal nicht anders zu ließen. Tief in ihrem Herzen war Sheila nun mal eine hoffnungslose Romantikerin. Vorsichtig stand sie mit der Box in ihren Händen und der Nachricht auf und ging langsam zu Jennas Büro herüber.

„Entschuldigen Sie, Jenna aber haben Sie kurz einen Moment Zeit?", fragte Sheila als Jenna sie nach einem kurzen Klopfen hineinbat.

„Natürlich, für dich doch immer Sheila. Was hast du da? Ein heimlicher Verehrer?", witzelte sie direkt. Ihren Terminkalender hatte Jenna bereits auf dem Bildschirm vor sich geöffnet.

„Ist Gabriel schon da? Kaum zu glauben, dass er mal einen Termin gemacht hat."

„Nun darüber wollte ich mit Ihnen reden Jenna. Die Cupcakes sind von Gabriel."

Überrascht über das Geständnis ihrer Assistentin nahm Jenna ihr die kleine Karte ab und las wie Sheila zuvor die wenigen Zeilen auf dem festen Stück Papier in ihren Händen.

„Womit haben Sie ihm geholfen?"

„Das weiß ich leider nicht. Hören Sie, ich habe gerade kein gutes Gefühl", gestand Sheila. Schon beinahe unbeholfen und bis aufs äußerste in sich gekehrt, nahm sie auf einen der beiden Stühle vor Jennas Schreibtisch Platz. Sie runzelte ihre Stirn so, dass man sah wie tief ihre Sorgenfalten in diesem Moment waren.

„Sheila", ermahnte Jenna sie mit deutlich strengerer Stimme.

„Als sie zwei das letzte Mal Streit hatten und Gabriel mit den Blumen ankam, meinte er zu mir, dass schon etwas sehr Schlimmes passieren müsse, wenn er nicht ohne Termin herkommen könnte. Dann meinte ich zum Spaß, dass er mir langsam wieder einen Cupcake schuldete, so oft wie ich ein Auge für ihn zudrücke und er sagte, dass er mir 10 Cupcakes bringen würde."

Ihr Blick schweifte erneut zu der Box auf Jennas Schreibtisch herüber. Nachdenklich las Jenna immer wieder aufs Neue die Zeilen in ihren Händen durch. *Danke für Ihre Hilfe.*

„Und heute hat er angerufen? Wann?"

„Vor einer halben Stunde."

„Ich ruf ihn an."

Jenna riss den Hörer förmlich vom Telefon herunter und drückte die eins. Die Kurzwahltaste, die sie sich extra für Gabriel eingerichtet hat, dass sie seine Handynummer nicht ständig eingeben oder sein Kontakt erst suchen musste.

„Wie schlecht ist ihr Gefühl?", hackte Jenna nach als sie direkt von der Mailbox empfangen wurde.

„So ziemlich, wenn ich ehrlich bin."

Jenna probierte es zwei weitere Male, jedoch vergeblich. Immer wieder ging aufs Neue die Mailbox dran.

„Er hat unter einer unterdrückten Nummer angerufen", erinnerte sich Sheila plötzlich und mit einem Mal wich Jenna jegliche Farbe aus dem Gesicht. Es gab selten Tage an denen Sheila so besorgt war. Ihr Gefühl sie dazu brachte mit so etwas Persönlichen und etwas was sie gar nicht erst beschäftigen sollte zu ihrer Vorgesetzten zu gehen. Mit zittrigen Fingern kramte sie einen

Notizblock unter ihren Akten hervor und kritzelte so leserlich wie das Zittern es erlaubte eine Nummer auf das Blatt Papier und reichte es Sheila.

„Rufen Sie Mr. Dominic Maison an. Sagen Sie ihm, dass ich Sie darum gebeten habe, und fragen Sie ihn, wo er gerade ist."

„Natürlich ja."

„Von meinem Telefon", korrigierte Jenna sich als Sheila sich von ihrem Stuhl erhob. In der Zwischenzeit griff Jenna nach ihrem Handy und wählte Gabriellas Nummer.

„Gaby, ich bin es. Hör zu, ich glaube das Gabe gerade etwas sehr dummes tut."

Jenna sparte sich heute die Förmlichkeiten. Kein Hallo, kein wie geht es dir, dafür war das gerade viel zu wichtig. Ihre Sorge war innerhalb der letzten Minuten genauso gewachsen, wie die mit der Sheila zu ihr kam.

„Guten Tag, Sheila Allister hier. Ich bin Miss Jenna Walkers Assistentin. Spreche ich mit Dominic Maison?", telefonierte Sheila parallel zu ihr.

Möglichst kurz und knapp erzählte Jenna ihrer Freundin was sie von Sheila erfahren hatte. Das Gabriel gar nicht mehr zu erreichen war und dass er kurz zu vor unter einer unterdrückten Nummer angerufen hatte. Natürlich hätte er Jenna nie so angerufen. Das hätte direkt viel zu viele Fragen aufgeworfen.

„Ich weiß es nicht Gaby. Wir waren gestern zu Hause und haben über das Appartement in Paddington geredet. Er hat keine Anstalten gemacht, dass irgendetwas nicht stimmen würde", verzweifelt sah Jenna zu Sheila herüber.

„Sagen Sie Dominic er soll bitte die Assistentin von Mr. Jonathan Rutherford anrufen", zitierte sie Gabriellas Worte am anderen Ende der Leitung gab ihr direkt die Nummer durch, welche Gabriella sich aus dem System gefischt hatte und durchgab. Still sahen die beiden sich schließlich an. Während Gabriella versuchte Gabriels Handy ausfindig zu machen oder gar bis zu seinem Standpunkt zu orten, so ging Dominic am anderen Ende von Sheilas Leitung ihrer Bitte nach und informierte sich bei Jonathans Assistentin.

„Wie kommst du auf Jonathan?", fragte Jenna ihre Freundin, um dieser elenden Stille wenigstens einen kleinen Sinn zu geben und zu mindestens einige Antworten zu bekommen.

„Du sagst er tut vielleicht was Dummes. Das Einzige was ich mir vorstellen kann was dumm genug für seine Verhältnisse wäre ist seine Familie."

Gerade als Jenna ihren Mund öffnete, um weiter auf das Thema einzugehen, fuhr Sheila dazwischen und drückte die Freisprechtaste des Telefons zwischen ihnen, so dass alle nun auch Dominic hören konnten.

„Sie sind auf laut gestellt", bestätigte sie kurz.

„Jenna? Hört ihr mich?"

„Tue ich ja", erwiderte sie und schaltete auch Gabriella auf laut.

„Hast du jemanden erreicht?", fragte sie direkt. Jenna schob ihr Handy ein wenig näher neben das Festnetztelefon in der Hoffnung, dass die beiden sich so ebenfalls gut verstehen konnten.

„Das habe ich. Jonathan ist anscheinend vor kurzem zu einem Termin aufgebrochen."

„Termin? Was für einen Termin?", hackte Jenna direkt nach.

„Ein Besichtigungstermin mit einem gewissen Louis Durrand."

Kaum war der Name gefallen, hörte man bereits das Klackern von Gabriellas Tastatur. Gefolgt von einigen Mausklicks und schließlich einem Fluch, der so laut war, dass Jenna, Sheila und sicherlich auch Dominic am anderen Ende der Leitung zusammenzuckten.

„Gaby?"

„Ich schicke euch ein Bild von Louis Durrand durch."
Wenige Sekunden später vibrierte das Handy auf dem Tisch und Jenna öffnete ihren Gruppenchat.

„Verdammte Scheiße", hörte sie Dominic am anderen Ende der Leitung ebenfalls fluchen als das Gesicht von Louis Durrand auch auf ihrem Bildschirm erschien. Tränen schossen Jenna direkt in die Augen. *Vivian Durrand. Louis Durrand.* Dominics Gesicht als das eines anderen ausgegeben. Das konnte kein Zufall sein, nein. Wage lauschte sie den Sätzen, die Gabriella ihnen über Louis Durrand vorlas, die Alexander vor wenigen Tagen so sorgfältig geschrieben hat, dass sie einem das Gefühl haben, dass er wirklich existierte.

„Wo ist das Treffen?", preschten Gabriellas Worte sich in Jennas Bewusstsein durch. Sheilas Hand lag mittlerweile auf ihrer. Ein stummes Zeichen des Trostes und Zusammenhalt einer noch unbekannten Freundin. Dominic gab ihnen kurzerhand die Adresse durch als plötzlich mit einem Mal Gabriellas Verbindung abbrach.

Kapitel 25

Gabriel hörte das Klacken der Absätze seines Bruders hinter sich. Den Blick jedoch noch weiter geradeaus auf das Fenster gerichtet, welches ihm eine mehr als schöne Sicht auf die Stadt unter seinen Füßen bot.

„Ich hätte es wissen müssen", ertönte Jonathans Stimme hinter ihm.

„Glaubst du wirklich deine Schnüffelei ist mir nicht entgangen, hm? Die Telefonate mit unserer IT? Oder unseren Sicherheitsbeauftragten auf die Suche nach den Anmeldeprotokollen zu schicken."

Gabriel presste seine Lippen aufeinander, um sich all die Worte zu verkneifen, die er seinem Bruder an den Kopf werfen wollte, nur um seine Tarnung bis zum letzten Moment aufrecht zu erhalten. Dominic und er hatten schon immer dieselbe Statur gehabt. Würde man Gabriels Locken glätten und ein wenig umstylen, so wie es Alexander und Éric es zuvor gemacht hatten, konnte man die beiden wenigstens von ihrer Rückseite kaum auseinanderhalten.

„Meine Schwester hat einige Fäden gezogen, um dich in unsere Firma zu kriegen und das ist dein Dank, Dominic? So dankst du ihr?", brüllte Jonathan. Das Klacken kam näher und näher. Gabriels Hände ballten sich so fest zu Fäusten, dass das Weiß seiner Knöchel erneut durch die Haut hervortrat. Beim Klang von Denise Namen aus ausgerechnet seinem Mund riss Gabriel schließlich der Geduldsfaden und er drehte sich zu seinem Bruder um. Abrupt blieb Jonathan stehen.

„Wie kannst du es noch wagen ihren Namen in den Mund zu nehmen?", zischte er zwischen zusammen gebissenen Zähnen hervor.

„Garett?", fragte er geschockt. Langsam näherte er sich seinem jüngeren Bruder.

„Überrascht, hm? Der Name Durrand muss dir ja äußerst bekannt vorkommen, wenn du dir die Mühe gemacht hast nach ihm zu suchen und ein mehr als überraschendes Gesicht darunter zu finden."

Jonathan schwieg. Die Lippen fest aufeinander gepresst auf der Suche nach den richtigen Worten.

„Vivian Durrand, klingelt es da, Bruder?

„Ich habe mal eine Vivian Durrand kennengelernt ja."

„Bullshit!", schrie er wütend drauf los. Sein Schrei hallte in den leeren industriellen Räumen des Büros und wären die Wände vermutlich nicht so schalldicht wie sie es durch die Modernisierung waren, konnte Gabriel schwören, dass man ihn bis auf die Straße gehört hätte.

„Kennengelernt, ja?", spottete er als er sich seinem Bruder erneut ein kleines Stück näherte.

„Komisch, denn ich bin der Meinung, dass du sie ziemlich gut kanntest."

„Ich...", stammelte Jonathan direkt.

„Also sag schon, was hat Denise getan, dass du sie hast umbringen lassen. Warst du noch zu feige selbst den Abzug zu drücken, ja? Typisch Jonathan."

Tränen der Wut stießen ihm in die Augen als Jonathan panisch seinen Kopf schüttelte.

„Du verstehst das nicht."

„Dann erklär es mir. Was wusste Denise?"

Immer wieder aufs Neue schüttelte Jonathan seinen Kopf und wich Gabriels Blicken dabei aus. Trat Gabriel einen Schritt auf ihn zu, trat er zwei weitere zurück, um den Abstand zwischen ihnen zu bewahren.

„Was wusste sie?!", wiederholte Gabriel sich nur mit größter Mühe.

„Sie wusste zu viel! Ich habe ihr gesagt, dass sie sich aus der Sache raushalten soll, aber sie wollte einfach nicht. Lächerlich, wenn man bedenkt, wie krampfhaft ihr beiden nichts mit dem Unternehmen zu tun haben wolltet, aber eure Nase nicht einfach aus den Dingen, die euch nichts angehen raushalten könnt."

„Hast du sie deshalb beobachten lassen? Um herauszufinden was sie wirklich wusste?"

„Du weißt doch gar nichts, Garret! Warum auch? Du konntest es damals doch kaum abwarten das Land zu verlassen. Wegzurennen vor deinen Verpflichtungen und Denise war kein Stück besser als du. Sie hat es dir förmlich vorgemacht und trotz alledem haben Mum und Dad euch nie verstoßen. Wäre es nach mir gegangen, hätte ich euch enterbt! Ich hätte euch alles weggenommen, wenn ihr beide so scharf drauf wart, den Namen Rutherford abzulegen und ihn als größte Schande überhaupt dazustellen! Aber ich habe immer das Richtige getan. Alles was Mum und Dad wollten und stehe bis heute noch in eurem Schatten."

Sichtlich verwirrt über die Worte seines Bruders zog Gabriel seine Augenbrauen zusammen. Seine geballten Fäuste lockerten sich ein wenig, als er erneut einen Schritt auf seinen Bruder zu ging.

„Beinahe krampfhaft haben Mum und Dad versucht das aus mir zu machen, worin sie bei euch versagt haben. Der perfekte Sohn, der Nachfolger des Rutherford Imperiums und trotzdem war es nie genug, nein. Eure Helferkomplexe basierend auf den Eindrücken, die ihr vom Geschäft habt, ohne eine Sekunde daran zu denken, dass dieses Geschäft euch alles ermöglicht hat."

„Euer Geschäft zerstört Leben!"

„Und hat euch euer Leben gegeben!"

„Aber Denise Leben genommen!", führte Gabriel alles wieder zum eigentlichen Thema zurück. Stumme Tränen der Wut strömten über Jonathans Wangen. Schon beinahe müde und erschöpft schlenderte er zu dem kleinen Konferenztisch und einzigem Möbelstück im Raum herüber, um sich abzustützen.

„Ich wollte nicht, dass es so weit kommt", gestand er leise.

„Dann sag mir warum es so weit gekommen ist."

Gabriel senkte seine Stimme, seinen Ton. Vielleicht war Wut das Einzige was im Moment seinen Körper durchfuhr, doch damit würde er nicht weiterkommen. Nicht in diesem Moment. Ob er es so wollte oder nicht, aber Jonathan war noch immer sein kleiner Bruder. Und vielleicht musste er jetzt nach langer Zeit einfach nochmal in die Rolle des großen Bruders schlüpfen.

„Egal was ich getan habe, es war nie gut genug für Mum und Dad. Ich war einer der besten im Rugby Team in der Schule und alles worum Dad sich Gedanken gemacht hat war, warum ich nicht *der* Beste war. Gemeinsamer Jahrgangsbester beim Uniabschluss und wieder einmal: Warum warst du nicht *der* beste Absolvent. Ich habe ein Gebäude für Millionen von Pfund verkauft und alles was ich gesagt bekam war: Warum hast du den Preis nicht noch mehr in die Höhe getrieben? Egal was es war, es war nie genug. Wie auch? Ihre Erwartungen waren dank euch so in die Höhe getrieben, dass ich ihnen kaum standhalten konnte und dass, obwohl ihr nichts zum Unternehmen beigetragen habt. Nie hat Dad mich ernst genommen und bis heute hat er mich unter seine Fittiche. Es gibt kaum eine wichtige Entscheidung, die ich allein treffen darf und naja dann habe ich mir ein wenig Hilfe besorgt."

„Was für Hilfe?", hackte Gabriel nach.

„Ich habe beim Poker jemanden kennen gelernt, der mir die Möglichkeit gegeben hat meine Marktwerte zu steigern. Das Potenzial der Firma weiter in die Höhe zu treiben als es schon war. Natürlich hätte Dad es nie erlaubt, weil ein Rutherford sich keine Hilfe holt. Dad ist aber auch nun mal altbacken. Hält sich strikt an seine eigenen Vorgaben, ohne mal jemanden anderen das Ruder zu überlassen. Wenn er so weiter macht, dann sieht die Zukunft der Firma in spätestens 10 Jahren ganz anders aus."

Noch immer fiel es schwer Gabriel zu glauben was sein Bruder da sagte. Wie krampfhaft er nach der Anerkennung seiner Eltern gesucht hatte und sich dabei selbst immer mehr auf der Suche nach Perfektion verloren hatte.

„Ich wollte mein eigenes Ding durchziehen. Wenn Dad mich schon nicht als Mitspieler ernst nimmt, dann vielleicht als Konkurrenten. Natürlich konnte ich kaum von unserem Vermögen eine eigene Firma auf die Beine stellen. Dad hätte mir den Geldhahn direkt zugedreht und da ich über die Firma bezahlt werde war das keine Option. Also habe ich nach anderen Wegen gesucht mir das Geld zu beschaffen."

„Du hast dich verzockt", brachte Gabriel seinen Gedanken zu Ende. Stumm nickte Jonathan vor sich her.

„Das habe ich. Ich habe dem Typen von meinem Plan erzählt mein eigenes Ding aufzuziehen und ihm Anteile versprochen, um so meine Schulden zu begleichen."

„Wieso hast du deine Schulden nicht einfach beglichen?"

„Mit Dads Vermögen?", spottete er und schüttelte lachend seinen Kopf.

„Dann wäre ich das nächste schwarze und vor allem letzte Schaf der Familie gewesen. Dad hätte mich auf das äußerste heruntergestuft und all meine Arbeit wäre umsonst gewesen. Also habe ich angefangen mich an einigen Verkäufen zu beteiligen. Leute engagiert, die die Verkaufspreise hochgetrieben haben, wenn es zu Verhandlungen kam. Und alles was über den regulären Marktwert ging, habe ich mir selbst in die Tasche gesteckt."

Jonathan wischte sich seine Tränen von der Wange und fing an langsam den großen Tisch zu umkreisen. Erst auf der anderen Seite angekommen, sah er seinen

Bruder wieder an mit guten 2 Meter Abstand zwischen ihnen.

„Du hast betrogen", sagte Gabriel.

„Tun wir das nicht alle? Willst du mir jetzt eine Predigt übers das Betrügen halten? Gerade du?"

„Ich habe nie betrogen", stellte er direkt klar. Lachend schüttelte Jonathan seinen Kopf.

„Erzähl was du willst, aber wir wissen ganz genau, warum du degradiert wurdest, Garett. Vielleicht war es kein Betrug im herkömmlichen Sinne, weil du geglaubt hast jemanden zu helfen. Aber letzten Endes wolltest du nur dir selbst helfen. Dir und deinen ewigen Komplexen. Die Wahrheit ist: Du bist kein Stück besser als ich."

Mittlerweile war auch Gabriel am Tisch angekommen. Klammerte sich mit seinen Händen schon beinahe krampfhaft an die Tischplatte, um nicht länger mit den Nägeln in sein eigenes Fleisch zu schneiden in der Hoffnung so seine Wut zu zügeln oder auf irgendetwas anderes zu übertragen.

„Denise hat es herausgefunden."

„Natürlich hat sie das. Es war ein dummer Zufall. Ein kleiner Moment der Unachtsamkeit und eine viel zu neugierige Schwester. Ich habe ihr gesagt, dass es sie nichts angeht, doch dann fing sie an ihre große Rede über das Gesetz zu halten und wie sie einst ein Versprechen abgebeben hatte diese Gesetze zu bewahren. Ich wusste schon immer, dass auch sie Dreck am Stecken hatte. Dass sie nie so perfekt war, wie sie glaubte zu sein. Denkst du ich wüsste nicht, was es alles braucht, um sich so eine Identität zu beschaffen, wie sie es getan hat? Und ich bezweifle, dass das Scotland Yard, das abgesegnet hatte oder gar davon wusste. Ich habe versucht anständig mit ihr zu Reden. Sie zu bitten mich meine Sachen selbst klären zu lassen, aber sie hat es einfach nicht sein gelassen!"

Allein die Erinnerung an all das was er glaubte hinter sich gelassen zu haben, brachte ihn nach so langer Zeit noch immer zum Verzweifeln. Seine Hände fuhren immer wieder aufs Neue durch sein einst perfekt gegeltes Haar und ließen es in alle möglichen Richtungen abstehen.

„Also dachtest du dir einfach, dass du einen Privatermittler engagierst, der ihr hinterher spioniert in der Hoffnung, dass sie was? Angst kriegen würde? Ihre Ermittlungen einfach fallen lässt oder dass du so einen Beweis dafür findest, dass auch sie nicht ganz sauber war?"

Es kostete ihn Kraft. Unmengen an Kraft nicht jedes einzelne Wort wie eine Kampfansage klingen zu lassen, während sein Verstand noch all das was sein Bruder von sich preisgab, versuchte zu verarbeiten.

„Ganz genau. Sie wollte es nicht anders, sie musste es so weit kommen lassen."

„Und deshalb hast du sie erschossen?"

„Nein", schnitt Jonathan ihm das Wort direkt ab.

„Nein, ich habe sie nicht erschossen. Dieser Typ, er sollte ihr den letzten Schrecken einjagen. Bis zum äußersten Gehen und ihr beweisen, dass das Ganze ein ziemlich böses Ende nehmen kann, sollte sie nicht endlich aufhören. Er sollte ihr folgen, die Waffe auf sie richten und ihr sagen, dass es genug ist. Ich habe ihm bewusst nicht gesagt, dass sie bei der Polizei ist, sonst hätte er vermutlich noch einen Rückzieher gemacht. Er muss an jenem Abend ihre Marke oder Waffe gesehen haben und aus Angst instinktiv geschossen haben."

„Wer zuerst kommt malt zuerst, ja? Was ist aus dem Typen geworden?"

„Ich weiß es nicht."

Das Holz der Tischplatte fing leise an zu knarzen als Gabriel seinen Griff erneut verstärkte. Wie konnte er bloß? Es war eine Sache gewesen jemanden zu engagieren, der Denise solch einen Schrecken einjagen würde, wenn das überhaupt möglich gewesen wäre, doch es war eine ganz andere Sache diese Person noch davon kommen zu lassen. Nicht alles Mögliche in seiner Macht Stehende zu tun um ihn für seinen vermasselten Job - denn anders konnte man es nicht beschreiben - zur Rechenschaft zu ziehen. Er war derjenige, durch dessen Hand sie letzten Endes gestorben war.

„Du hast sie umgebracht, Jonathan. Vielleicht warst du nicht derjenige, der den Abzug getätigt hat, aber sie ist durch deine Hand, deinen Befehl gestorben!"

„Nein, es war ein Unfall!", schluchzte er laut auf. Wütend stieß Jonathan sich vom Tisch ab. Dabei griff er gleichzeitig mit seiner Hand unter die Platte, wo er mit einem ordentlichen Zug eine Waffe abriss und diese geradewegs auf Gabriel richtete. Seine Hände zitterten wie die eines Suchtkranken. Verzweifelt auf der Suche nach weiterem Stoff als er mit größter Mühe versuchte das überschüssige Klebeband abzureißen, welches noch an der Waffe hing.

„Es war ein Unfall", wiederholte er mit bebender Stimme. Instinktiv hob Gabriel seine Hände hoch und trat vorsichtig einen Schritt zurück. Die Augen geweitet vor Schock und Entsetzen, wie weit sein Bruder erneut gehen würde.

„Leg die Waffe weg, Jonathan."

„Es war ein Unfall, ich wollte das nicht. Nicht so."

„Schon okay, du wolltest es nicht schon klar, aber wieso hast du nichts getan, dass der Kerl geschnappt wurde? Du warst auf ihrer Beerdigung. Du hast neben Mum gestanden du hast ihre Freunde und Kollegen um sie trauern gesehen und nichts unternommen?"

„Ich wusste nicht wie. Ich wusste nicht was ich tun sollte und an wen hätte ich mich bitte schön wenden sollen, hm?"

Schwer schluckte Gabriel den Kloß in seinem Hals herunter als Jonathan den Spieß nun umdrehte. Seine Waffe erneut ein wenig höher hob und auf Gabriels Brust richtete.

„Wie hast du von alldem erfahren?"

„Leg die Waffe weg und ich verrate es dir."

Ein armseliger Versuch selbst an seine Waffe zu kommen und im schlimmsten Fall abdrücken zu müssen in der Hoffnung, dass sein aufgenommenes Geständnis genug sein würde, um ihn vor dem Gefängnis zu bewahren.

„Glaubst du wirklich, dass ich so blöd bin, Gary? Das ich tatsächlich unvorbereitet hier her komme, nachdem ich gestern gelesen habe mit wem ich mich treffen soll?"

„Gestern?", fragte Gabriel geschockt. So viel zum Thema, dass er seine Terminplanung erst Anfang der Woche bekommen würde. So viel zum Thema, das Alexanders Plan totsicher war.

„Keine Ahnung was du gedacht hast, aber ich bin gestern früher nach Hause gekommen und musste einige Termine verschieben und da habe ich es gesehen. Besichtigung mit *Louis Durrand*. Eins muss ich dir lassen...", lachte er, doch das Beben in seiner Stimme konnte er damit noch lange nicht verstecken. Beeindruckt nickte Jonathan vor sich her. Die Waffe wedelte dabei immer wieder zwischen ihnen hin und her. Zielte auf seine Brust, seinen Kopf und seinen Unterleib.

„Du hast dir wirklich eine Menge Mühe gegeben Louis echt erscheinen zu lassen. Wirklich eine großartige Arbeit, aber wenn ich eins aus der ganzen Sache mit Denise gelernt habe, ist es, dass man letzten Endes nur sich selbst vertrauen sollte. Und stets abgesichert in eine Verhandlung geht."

„Das ist deine Absicherung, ja? Eine weitere Waffe? Willst du jetzt mich erschießen? Glaubst du wirklich, dass du den Mut dazu hast? Wie du es gerade gesagt hast: Jetzt gibt es nur noch dich. Dich und mich, Bruder."

„Erzähl es mir! Woher wusstest du von Vivian, wie hast du es herausgefunden?"

Schnellen Schrittes überbrückte Jonathan den letzten Abstand zwischen ihnen und drückte die Waffe gegen Gabriels Brust. Beinahe schmerzhaft verzog er dabei sein Gesicht. Lockerte den auf einmal viel zu engen Knoten seiner Krawatte. Er war so nah, dass Gabriel die Schweißperlen auf seiner Stirn glitzern sah. Seinen Angstschweiß durch die vielen Schichten seines Anzugs roch, der mittlerweile auch sein teures Parfum übertönte.

„Eine Akte. Denise hatte unter ihren Sachen eine Akte, aber ich denke das dachtest du dir schon, oder? Denn jetzt weiß ich nämlich, wieso du mich damals am Neujahrsempfang nach ihren Sachen gefragt hast. Du wolltest selbst nachschauen, ob es irgendetwas gab, was jemanden auf dich zurückführen konnte."

Der Lauf der Waffe vibrierte gegen seine Brust. Gabriel spürte wie das kalte Metall sich seinen Weg durch das Hemd bahnte. Würde er jetzt wirklich abdrücken, wäre er auf der Stelle tot.

„Und der Rest? Nun Denise hatte einige Geheimnisse. Geheimnisse, die du dir noch nicht einmal vorstellen kannst. Die uns und sogar Mum und Dad daran zweifeln lassen, ob wir sie jemals wirklich gekannt haben. Wer war Denise wirklich? Die Frage stelle ich mir seit Wochen. Du hast gesagt der Typ ist entkommen, ja?"

Stumm nickte Jonathan ihm zu. In diesem Moment wagte Gabriel einen Versuch und hob seine Hände ein kleines Stück höher, so dass diese gleichauf mit der Waffe waren.

„Gaby hat mir geholfen und Dominic. Jenna ebenfalls. Wenn du mir jetzt vertraust, dann verspreche ich dir zu helfen."

„Helfen?", verhöhnte Jonathan das Angebot seines Bruders. Dabei spürte er wie seine Tränen sich erneut einen Weg nach draußen bahnten.

„Du wolltest sie nicht umbringen und das glaube ich dir auch. So bist du nicht. So ist keiner von uns, kleiner Bruder. Aber was passiert ist, ist nun mal passiert. Das Einzige was wir tun können ist dafür zu sorgen, dass Denise die Gerechtigkeit bekommt, die sie verdient. Wir suchen den Typen, der für all das verantwortlich ist. Der sich gegen eure Abmachung entschieden und gegen deinen Befehl gehandelt hat."

Vorsichtig legte Gabriel seine Hand auf die 9mm Pistole in Jonathans Hand und schob diese behutsam von sich.

„Alles ist gut, hörst du? Ich bin hier, du kannst auf mich zählen."

„Warum?", schluchzte Jonathan.

„Weil ich dein Bruder bin und ich es verstehe."

Gabriel spürte das Zittern von Jonathans Hand in seiner und tastete sich langsam zum Magazin herüber als plötzlich ein Schuss ertönte. Erschrocken zuckte Gabriel zusammen und starrte mit weit aufgerissenen Augen auf die Schmauchspur, die sich durch seinen Anzug gebohrt hatte. Das Blut verteilte sich schlagartig auf seinem Hemd. Seine Knie wurden schwach und er hielt sich instinktiv an Jonathans Schulter fest, der langsam einen Schritt zurücktrat.

„Weil du mein Bruder bist, ja?"

Gabriel sackte zu Boden. Die Hand so fest er konnte auf die blutende Wunde auf seinen Bauch gedrückt.

„Was hast du getan? Warum...", stotterte Gabriel. Angstschweiß bildete sich auf seiner Stirn. Mit jeder weiteren Sekunde, die verstrich und er hilflos am

Boden lag färbte sein weißes Hemd sich immer dunkler und dunkler. Er spürte nichts. Er spürte rein gar nichts. Kein Schmerz, gar nichts. Zu mindestens in diesem Moment schien alles taub zu sein. Seine Beine, sein ganzer Körper. Allerdings würde es nicht mehr lange dauern, bis er einen Schock bekommen würde. Das Atmen ihm immer schwerer fallen würde, wenn er noch mehr Blut verlor und irgendwann vor unerträglichen Schmerzen einfach nur freiwillig sterben wollte. Sich nach dem Tod sehnen würde, wie es eins Patricia in ihren letzten Tagen im Krankenhaus getan hatte. Jonathan kniete sich so gut es ging neben ihm hin. Die Waffe dabei noch immer fest im Griff seiner zitternden Hand.

„Glaubst du wirklich, dass ich nach allem was passiert ist jemanden vertraue, der uns vor Jahren verlassen hat? Das Gerede von wegen das mein großer Bruder jetzt für mich da ist, kannst du dir sparen. Du warst nie für mich da, Garret oder Gabriel oder wie auch immer du dich nennen magst. Du hast dich, ohne mit der Wimper zu zucken dazu entschieden deinen Namen abzulegen. Also spar dir dein Gerede, dass du mir helfen willst. Denise hat genau dasselbe zu mir gesagt und du siehst, wo es sie hingebracht hat."

Da war er, der Schmerz. Gabriel schrie laut auf und gab trotz alledem sein bestes weiterhin mit seinen Händen auf die Schusswunde zu drücken, um sie irgendwie so lange es ging zu stoppen. In diesem Moment hatte er keine andere Wahl als sich vollkommen blind auf Éric und Alexander zu verlassen, die im besten Fall schon den Rettungswagen gerufen hatten. *Es wird jemand kommen. Es wird gleich jemand kommen,* dachte Gabriel immer wieder. Alles in ihm pulsierte. Die Schlagader an seinem Hals, das Blut in seinen Adern und zu guter Letzt die Schusswunde am Bauch. Sein Körper drohte zu kollabieren, es würde nicht mehr lange dauern, das wusste er. Das spürte er.

„Shhh, alles gut. Lass einfach los, Garett und ich bin mir sicher, dass du schneller als du denkst bei Denise sein wirst", flüsterte Jonathan ihm zu. Das Blut rauschte in Gabriels Ohren. Wahrscheinlich redete Jonathan in seinem normalen Tonfall mit ihm. Immerhin waren die beiden allein. Bis auf Éric und Alexander wusste keiner, wo er war. In jenem Moment als Gabriel langsam aufgab und beschloss den Drang seine Augen zu schließen nachzugehen, sprang die Tür auf und er hörte eine Stimme, die er in diesem Moment nie wieder geglaubt hätte zu hören.

Kapitel 26

Gabriella kniete in der roten Lache, die Gabriels Körper viel zu schnell von sich gab. Es war laut. Alles war so laut. Das Geschrei und Gebrüll. Das sich ständige ins Wort fallen und die klaren Ansagen, die Gabriella ihrem Team gab, während sie Gabriels Körper an sich zog.

„Ich bin da, ich bin hier hörst du?", sagte sie. Vorsichtig hob sie seinen Kopf in ihren Schoss und drückte mit ihren Händen nochmal um einiges fester auf seine Wunde.

„Wo ist der Notarzt?! Ich brauche hier Hilfe!", brüllte Gabriella so laut sie konnte den Flur herunter.

„Alles ist gut, Gabe. Das wird wieder, ich habe dich. Ich bin hier."

„Du bist hier", lallte er schwach und spürte dabei, wie sein Körper immer mehr an Kraft verlor. Seine Hände sackten zu Boden und Gabriella verstärkte ihren Druck umso mehr.

„Bleib wach, okay? Der Krankenwagen ist unterwegs."

„Es hat funktioniert, ja? Jenna hat dich angerufen, ihr habt es herausgefunden."

„Das haben wir ja und das ist das absolut dümmste, was du jemals in deinem Leben getan hast und glaub mir, ich muss es wissen."

Seine Lippen verzogen sich zu einem kleinen Lächeln als er den Kopf halbwegs in den Nacken legte und versuchte Gabriella anzuschauen.

„Scheint so, als ob wir doch ein gutes Team sind, oder? Wer weiß, vielleicht wäre ich auch ein guter Cop geworden", witzelte er. Wenn auch unfreiwillig fing sie an zu lachen. Den Blick immer wieder zwischen der Wunde und Gabriels Gesicht hin und her schweifend.

„Du als Cop? Dich kann man noch nicht mal eine Sekunde aus den Augen lassen ohne, dass du irgendetwas dummer machst, du Kindskopf."

„Ich hatte einen Plan, Gaby. Ich hatte einen Plan und es hat funktioniert, ich wusste, dass du kommst, ich..." Ein Schluchzen entlang Gabriellas Kehle als sie sah wie sehr Gabriel darum kämpfte, sein Bewusstsein nicht zu verlieren. Seine Hände immer wieder aufs Neue verzweifelt hob, um nach irgendetwas zu greifen. Etwas zu spüren, sei es auch den Boden unter ihm oder ihre Hand, von der seine abrutschte. Wie gern würde sie jetzt seine Hand nehmen. Sie halten und nie wieder loslassen, bis er über den Berg war, doch das konnte sie nicht. Nicht, wenn es bedeutete seine Wunde los lassen zu müssen und der Preis dafür sein Leben war.

„Gaby?", fragte Gabriel schwach.

„Ich bin hier. Halte durch, nur noch ein kleines bisschen. Bitte."

„Du bist hier", wiederholte er ihre Worte erneut und griff nach ihrer Hand.

„Ich bin hier, aber ich war nicht schnell genug. Wieso hast du uns nichts gesagt?"

„Konnte nicht. Zu gefährlich..."

„Hey!", schrie sie und rüttelte dabei etwas umständlich an seinem Körper, um ihn zu wecken.

„Du musst wach bleiben, hörst du? Du darfst nicht einschlafen. Du...du stirbst mir nicht auch noch weg, Gary. Und schon gar nicht so wie Denise."

„Gabe", korrigierte er sie.

„Mir egal, ob Gabe oder Gary, Hauptsache du bleibst wach."

„Schon okay."

„Nein, es ist nicht okay!", schrie Gabriella aufgebracht und sah verzweifelt ihren Kollegen an.

„Zwei Minuten", erklärte er nach einem kurzen Austausch mit dem Funkgerät. Zwei Minuten. 120

Sekunden, die sie Gabriel noch bei Bewusstsein halten musste. 120 Sekunden, in denen sie sämtliche Kraft aufbringen musste, um weiterhin so fest sie konnte auf seine Schusswunde zu drücken.

„Wir haben es geschafft, Gaby. Wir haben es endlich geschafft. Du und ich und Jenna. Jenna, wo ist sie?"

„Sie ist unterwegs, halte durch, ja? Noch 2 Minuten, dann ist alles vorbei."

Die ersten Tränen strömten über ihre Wange als Gabriel vor ihren Augen immer blasser und schwächer wurde. 60 Sekunden, gleich hatte sie es geschafft.

„Wartet sie auf mich?", fragte Gabriel müde.

„Bestimmt ja. Jenna wird..."

„Nein", schüttelte er seinen Kopf. Vorsichtig hob er diesen ein wenig an, um Gabriella ein letztes Mal anzuschauen.

„Wartet Denise auf mich?"

Schluchzend nickte sie ihm ein weiteres Mal zu. Die Lippen fest aufeinandergepresst als auch Gabriel leise anfing zu weinen. Vergeblich schnappte er zwischen seinen leisen Schluchzern nach Luft.

„Bestimmt wartet sie auf dich ja. Aber ich bin mir sicher, dass sie nichts dagegen hätte, noch ein wenig länger auf dich zu warten."

Ein letztes Mal nickte Gabriel seiner Freundin zu, ehe alles um ihn herum schwarz wurde.

Kapitel 27

„Männliche Person, 32 Jahre alt. Schusswunde im unteren Bauchbereich. Der Täter wurde überführt."

„Wie lange ist er schon bewusstlos?"

„Erst wenige Sekunden, bringen Sie ihn ins St. Thomas. Er arbeitet dort als Pfleger und bekommt nirgendwo anders die bestmögliche Behandlung."

Stimmen. So viele Stimmen. Wage nahm Gabriel das Chaos, welches um ihn herum stattfand, war. Er spürte nicht wie sein Körper bewegt wurde. Oder wie man ihm eine Nadel förmlich in den Arm rahmte um ihm die ersten Infusionen so schnell es ging zu verabreichen. Er spürte auch nicht wie der Sanitäter ihm die Sauerstoffmaske anlegte oder wie drei Leute ihn mit sämtlichen Anschlüssen, die dafür sorgten, ihm am Leben zu halten auf die Trage hoben und abtransportieren. Für einen kurzen Moment besaß Gabriel die Kraft seine Augen zu öffnen und starrte geradewegs in ein viel zu helles und steriles weißes Licht. *War das etwa der Himmel?* fragte er sich, bis ein wildfremdes Gesicht sich in sein Blickfeld schob und mit einer Lampe in seine Augen leuchtete. Er wusste, was sie da gerade taten oder was sie zu mindestens versuchten, während alles in seinem Körper nur danach schrie endlich zu schlafen. Er hörte sie diskutieren und wie sie irgendwelche Fachbegriffe in den Raum warfen, die Gabriel in sein erstes Studienjahr zurückversetzten, wo ihm jeder medizinische Begriff wie eine Sprache für sich vorkam. *Stille.* Ein Moment der Stille. Es gab kein Geschrei, kein Gebrüll zu mindestens für einen kurzen Moment.
Am Krankenhaus angekommen schoben die Rettungskräfte ihn so schnell sie konnten in die nur allzu

vertraute Notaufnahme, wo ein weiteres Rettungsteam bereits auf ihn wartete.

„Patient ist männlich, 32 Jahre alt. Schusswunde im unteren Abdomen. Er hat viel Blut verloren", riss eine Stimme Gabriel wieder aus seiner Trance. Schwach öffnete er seine Augen und starrte geradewegs in Jessicas geschocktes Gesicht. *Jessica*. Sein Blick schweifte durch den Raum und sah alle die vertrauten Gesichter an, die gerade ihr bestes taten ihrem Kollegen das Leben zu retten.

„Uns wurde gesagt, dass er hier arbeitet?", fragte der Notarzt nach. Gabriel hörte wie Dr. Miller eine der Schwestern bat Gabriels Akte zu holen um nach Allergien, Unverträglichkeiten und allem was dazu gehörte nachzuschauen.

„Tut er ja. Wir übernehmen ab hier", beschloss Dr. Miller und leuchtete ihm wie der Arzt zu vor kurz in die Augen.

„Gabriel? Hören Sie mich?"

„Ja", dachte er und nickte ihm so gut es ging kurz zu als Jessicas Stimme sich wieder ihren Weg zu ihm durchbahnte.

„Gabriel, hey? Alles wird gut, okay? Hörst du mich?"

Er spürte, wie sie nach seiner Hand griff und diese sanft drückte. Immer wieder aufs Neue versicherte sie ihm, dass alles gut werden würde. Dass er in Sicherheit war und sie sich bestens um ihn kümmern würden. Könnte er, würde er jetzt wahrscheinlich lächeln, denn sie tat genau das, was er ihr beigebracht hatte. *Es ist wichtig mit dem Patienten zu reden. Vor allem, wenn er Angst hat. Er befindet sich in einer fremden Umgebung, ist im schlimmsten Fall allein und kann sich nicht zwingend dran erinnern was passiert war.* So gut es sein Geisteszustand und die Schmerzen es ließen lauschte er ihren Worten. Er gab sein bestes das Chaos um ihn herum auszublenden und zu vergessen warum unzählige Hände an seinem Körper rüttelten und herumzerrten. Seine Augen hingegen wurden immer schwerer. Das Atmen war trotz der Sauerstoffmaske alles andere als einfach und als nun auch alle Geräte um ihn herum Alarm schlugen, wusste er, dass es das war. Er konnte nicht mehr. Sein Körper konnte nicht mehr. Seit dem ersten Tag, an dem er Érics Partner wurde, wusste er, dass es so enden könnte. Dass das, worauf er sich eingelassen hatte, so viel größer gewesen war als er es sich jemals hätte vorstellen können. Betrug und Korruption und eine Familie, die sich über die Jahre hinweg selbst zerstört hatte. Die über Leichen gegangen war und nicht davon zurückschreckte sich auch untereinander auszuschalten. Unfreiwillig dachte Gabriel an seine Eltern und was sie denken mussten oder viel mehr denken würden, wenn Gabriella ihnen erklären musste, dass nun auch ihr zweites Kind von ihnen gegangen war. Ermordet durch die Hand ihres jüngeren Sohnes, welches auch für den Mord ihrer Tochter verantwortlich war. Wussten sie es? Wussten sie, worum es bei der ganzen Sache ging? Und wenn ja, wieso haben sie nichts unternommen? Wieso haben sie Jonathan nie zugehört, wenn er so sehr unter ihren Fittichen stand. Wie konnte ihnen so etwas entgehen? Erneut schlugen die Geräte um ihn herum Alarm und das letzte, bevor sie ihn wegschoben, war wie jemand ein letztes Mal seinen Namen am Rande seiner Wahrnehmung schrie.

Kapitel 28

„Gaby!", schrie Jenna als sie schluchzend auf dem Krankenhausflur auf ihre Freundin zu rannte.

„Ich war zu spät. Es tut mir so leid, Jenna."

Auch Jennas Knie gaben nach als sie allmählich verstand, dass das Blut, welches am Körper ihrer besten Freundin klebte, das ihres Freundes war.

„Nein. Nein, er ist nicht..."

Schluchzend hielt sie sich die Hand vor dem Mund und spürte wie Gabriella ihre Arme um Jennas zitternden Körper schlang. Ihr behutsam übers Haar strich und sich dabei immer wieder entschuldigte, dass sie nicht schnell genug war. Ihn genauso in Stich gelassen hatte wie einst ihre Partnerin. Es dauerte nicht lange bis auch Dominic zu ihnen auf die Station rannte und die beiden mit einigen Polizisten in einem der Behandlungsräume der Notaufnahme fand. Still gesellte er sich zu ihnen als auch sein Blick Gabriellas blutüberzogenes Erscheinungsbild musterte. Kein Wort verlies ihren oder Jennas Mund ohne, dass ein Schluchzen kurzerhand darauffolgte.

„Was ist passiert?", fragte Dominic kaum hatten die beiden Polizisten den Raum verlassen.

„Wir wissen es nicht. Gabriel war anscheinend unter seinem Anzug komplett verkabelt, aber das Signal kann nicht wirklich verfolgt werden."

„Verkabelt? Wer hat ihn verkabelt?"

„Wissen wir nicht", wiederholte Jenna die Worte ihrer Freundin.

„Egal wer es war. Gabriel scheint mehr gewusst zu haben, als er es uns gesagt hat und aus irgendeinem schwachsinnigen Grund meinte er, das Ganze allein durchziehen zu müssen. Alles was wir jetzt für Gabriel tun können ist zu beten, dass er das überlebt und zu hoffen, dass das was er aufgenommen hat, irgendwie einen Weg zu uns findet."

Gemeinsam traten die drei schließlich aus dem Behandlungszimmer um es nicht mehr länger als nötig zu blockieren und nahmen stattdessen in dem Wartezimmer Platz. Während Jenna Sheila und ihre Chefin informierte und auch ihren Eltern eine kurze Nachricht schickte, so telefonierte Gabriella bereits erneut mit dem Revier. Die Technikabteilung des Scotland Yards war bereits dran das Signal von Gabriels Aufnahmegerät zu verfolgen. Jonathan saß derzeit in einer mehr als wohlverdienten Zelle in Untersuchungshaft.

„Wo gehst du hin?", fragte Dominic als Gabriella aufstand.

„Nun, ich denke, ich sollte mich eben umziehen und dann seine Eltern über die aktuellen Ereignisse informieren."

„Kann das nicht jemand anderes machen? Ganz ehrlich Gaby, er war dein Freund, da ist es doch bestimmt..."

„Ich habe es bereits bei ihrer Tochter getan. Also werde ich sie auch darüber informieren, dass ihr Sohn gerade um sein Leben kämpft, während der andere hoffentlich bald in irgendeiner Zelle versauern wird", schnitt sie Dominic wütend das Wort ab. Still saß Jenna weiterhin zwischen ihnen und tippte nachdenklich auf ihrem Handy herum. Sie hatte Sheila darum gebeten sämtliche Termine für den Rest der Woche abzusagen und ging diese jetzt ein letztes Mal durch in der Hoffnung sich so ein wenig ablenken zu können, als ihr Blick an der Bestätigungsmail der Maklerin für ihr gemeinsames Appartement hängen blieb. Erneut fing sie leise an zu schluchzen, wischte sich ihre Tränen weg und presste ihre Faust so fest gegen ihren Mund, dass ihr Lippenstift nicht nur einen Abdruck hinterließ, sondern das jegliches Geräusch, welches drohte ihre Kehle zu verlassen in ihrer Hand starb.

***

Die Operation dauerte insgesamt drei Stunden. Und eine weitere knappe halbe Stunde bis jemand vom Personal zu ihnen kam, um ihnen zu sagen, das zu mindestens einer zu ihm auf die Aufwachstation konnte.

„Geh, na los", gab Gabriella Jenna einen kleinen Schubs. Es war nicht lange her seitdem sie endlich von seinen Eltern wiedergekommen war, mit dem Versprechen Richard und Judy zu mindestens telefonisch darüber zu informieren, wie es um ihren Sohn stand, während sie sich um Jonathan kümmerten. Ohne eine Sekunde zu zögern, rappelte Jenna sich von ihrem Stuhl auf und folgte der Krankenschwester schließlich endlich zur Aufwachstation. Der Weg kam ihr endlos vor. Endlos trotz der schnellen Schritte, die sie ging, um mit der Schwester Schritt zu halten. Jenna wusste nicht, was sie erwarten würde. Wie Gabriel aussah oder wie sein Zustand sein würde. *Er ist stabil,* hatte Dr. Miller gesagt, als er kurz nach der Operation zu ihnen ins Wartezimmer gekommen und genauso schnell wieder verschwunden war. Geschockt schlug Jenna ihre Hände vor den Mund als sie Gabriel nun endlich durch das kleine Fenster sah. Umzingelt von unzähligen Monitoren lag er tiefschlafend im Krankenbett. Ein Schlauch ragte aus seinem Mund und weitere Schläuche, die wohlmöglich an seinen Seiten befestigt waren und überschüssigen Flüssigkeiten ermöglichten einen Weg aus seinem Körper rauszufinden.

„Sie dürfen zu ihm", sagte die Krankenschwester neben ihr. Jenna spürte wie ihre Hand dabei tröstend über ihren Rücken strich. Ihre Knie wurden schlagartig weich, ihre Atmung flach, als sie es wagte langsam das Zimmer zu betreten. Im Gegensatz zu Gabriella war sie nicht nach Hause gefahren, um sich umzuziehen. Sie trug noch immer das Bordeauxfarbene Kleid mit den schwarzen Louboutin, die ihr mit jedem weiteren Schritt wie die reinste Qual vorkamen, doch sie konnte nicht gehen. Sie wollte und konnte nicht einfach gehen. Nicht, wenn Gabriel sie im Moment brauchte.

„Hey", flüsterte sie und legte ihre Hand dabei behutsam auf seine. Jenna gab ihr bestes, ihr Schluchzen so gut es ging zu unterdrücken für den Fall, dass er sie hören konnte. Das konnte er, oder? Es kam vor, dass Patienten ihre Angehörigen hören konnten, selbst in so einem kritischen Zustand in dem Gabriel sich befand. Und wenn er es tat, wenn er sie wirklich hören konnte, dann sollte er sich nicht noch Sorgen um sie machen müssen.

„Ich bin hier, Gabe hörst du? Ich bin bei dir."

30 Minuten, mehr Zeit bekam Jenna an diesem Abend nicht und wurde von Dr. Miller gebeten doch einfach morgen wieder zu kommen. Sich zu duschen und sich etwas Bequemeres anzuziehen. Etwas vernünftigeres zu Essen als das Zeug, welches die Snackautomaten in der Cafeteria unter anderem anboten. So schwer es Jenna auch viel, wusste sie das Dr. Miller Recht hatte. Bereits morgen würde sie diese Kraft brauchen. Nichtahnend was sie vielleicht erwarten könnte. Ihre Eltern hatten versprochen sich gleich morgen früh auf den Weg zu machen, um für sie da zu sein. Gabriella würde es wahrscheinlich wieder aufs Revier ziehen, um sicherzugehen, dass Jonathan genau da blieb, wo er hingehörte und Dominic würde wahrscheinlich in die Firma fahren und sämtliche Angelegenheiten für die Rutherfords klären. Sie musste Pater Millstone noch Bescheid sagen. Er sollte wissen, was passiert war und wie es um Gabriel stand, aber auch das konnte bis morgen warten. In diesem Moment war Jenna einfach nur müde. Müde und erschöpft von den Ereignissen des Tages. Auch wenn sie vermutlich nicht wirklich schlafen können würde, sollte sie sich zu mindestens

hinlegen. Gabriel eine Tasche packen, damit er morgen vielleicht schon seinen eigenen Schlafanzug tragen konnte oder einfach seine eigenen, persönlichen Sachen hier hatte. Vorsichtig lehnte Jenna sich ein letztes Mal zu Gabriel herunter und drückte ihre Lippen sanft auf seine Stirn.

„Ich liebe dich", sagte sie so leise, dass nur er es verstehen konnte. Zu mindestens hoffte sie es. Dankend schüttelte sie Dr. Miller schließlich zum Abschied die Hand und verschwand.

Kapitel 29

Der nächste Tag begann für Jenna früh. Früher als sie es erwartet hätte, nachdem sie gestern Abend einfach nur in Gabriels Bett gefallen war. Dabei hatte sie sich noch nicht einmal die Mühe gemacht, sich umzuziehen oder gar abzuschminken. Mit letzter Kraft hatte sie sich aus ihrem Kleid geschält, eins von Gabriels Shirts angezogen und sich kurz darauf in den Schlaf geweint. Obwohl Jenna fürs erste nicht ins Büro musste, war sie an diesem Morgen genauso verspannt wie vor einer ihrer wichtigsten Verhandlungen. Immer wieder schweifte ihr Blick zu der großen Küchenuhr herüber. Es war noch keine Sieben Uhr und sie trank bereits ihre dritte Tasse Kaffee, während sie durch das Appartement huschte, um einige Sachen für Gabriel einzupacken. Unterwäsche, Schlafanzug, seinen Lieblingspullover, einen Bademantel und einige Hygiene-Artikel. Sie wusste, wie sehr er diese Krankenhauskittel hasste, die einen zweimal darüber nachdenken ließen, ob man wirklich aufstehen und dem Pflegepersonal seinen nackten Hintern zeigen sollte. Heute schien sie sich zum ersten Mal mehr um seine Garderobe zu sorgen als um ihre eigene. Gabriel achtete selten darauf was er trug. Eine einfache Jeans T-Shirt oder Pullover Kombination waren ihm nun mal am liebsten und das am besten noch in schwarz. Heute trug Jenna ebenfalls eine einfache Jeans und einen viel zu großen Pullover, den sie für gemütliche Abende auf der Couch bei Gabriel hatte. Ihre Haare waren zu einem lockeren Zopf zusammengebunden und sie trug kein Make-Up. Warum auch? Sie würde es bald wahrscheinlich eh wieder runter weinen, sobald sie Gabriel sah. 8 Uhr morgens und Jenna schenkte sich ihren vierten Kaffee ein. Dabei versuchte sie mit größter Mühe den halben Bagel auf dem Teller vor sich runterzukriegen, ehe sie Dennis nun endlich eine kurze Nachricht schrieb, um auch ihn über Gabriels Zustand aufzuklären. Eine Viertelstunde später machte sie sich schließlich auf den Weg. Jenna hielt es nicht mehr aus. Die Ruhe, die elende Stille trieb sie noch in den Wahnsinn. Auch wenn sie in Gabriels Zimmer das ständige Piepen irgendwelcher Geräte, die über sein Leben bestimmten genauso in den Wahnsinn treiben würden, so war sie wenigstens bei ihm.

Am St. Thomas Hospital angekommen traf Jenna im Aufzug auf Jessica und Simone, wenn sie sich in ihrem aktuellen Zustand richtig erinnerte. Beide Gesichter ebenfalls gezeichnet von einer harten und wahrscheinlich schlaflosen Nacht. Sie wusste, wie gerne alle Gabriel hatten. Wie sehr sie ihn verehrten und seine Leidenschaft für den Job zu schätzen wissen. Durch die beiden Krankenschwestern erfuhr Jenna jedoch auch, dass Gabriel heute morgen auf die Station verlegt wurde. *Seine* Station. Das war gut, oder? Ihm musste es besser gehen, wenn sie ihn von der Aufwachstation in ein normales Zimmer verlegten. Das musste es sein, außer sie benötigten das Bett und schoben tatsächlich jemanden ihrer eigenen Kollegen ab.
„Zimmer 212", beantwortete Jessica ihre unausgesprochene Frage.
„Ich komme gleich zu Ihnen, um seine Werte zu überprüfen."
In jedem anderen Fall würde sie den leitenden Arzt oder die Stationsleitung darum bitten keine Krankenschülerin an ihrem Freund üben zu lassen, doch bei Jessica wusste sie, dass er in genauso guten Händen war wie bei einer der älteren Schwestern. Alles was sie wusste, was sie konnte, hatte er ihr schließlich beigebracht.
„Okay", nickte Jenna ihr mit einem halbherzigen Lächeln zu.

Langsam öffnete sie die Tür zu Gabriels Zimmer und warf einen Blick hinein. Er schlief. Tief und fest und lag genauso im Bett wie sie ihn gestern Abend verlassen hatte, nur mit dem Unterschied, dass es ein anderes Zimmer war. Ein wenig größer sogar als das auf der Aufwachstation.

„Hey", begrüßte sie ihn, drückte ihm einen kleinen Kuss auf und wischte sich dabei bereits die ersten Tränen weg.

„Ich habe dir Sachen mitgebracht. Ich weiß noch, wie sehr du dich über diesen Kittel aufgeregt hast als wir das letzte Mal hier waren", plauderte sie drauf los. Das Zittern ihrer Hände war allerdings keine große Hilfe, wenn es darum ging seine Tasche auszupacken, denn fast jedes Teil landete auf dem Boden. Wie versprochen gesellte Jessica sich zu ihr ins Zimmer. Gabriels Akte in ihren Händen als sie hochkonzentriert die Werte an den Monitoren ablas und eintrug. Sie kontrollierte die Infusionen dreimal, um sicher zu gehen, dass alles korrekt verlief.

„Wissen Sie, ob es heute was Neues gab? In der Nacht, meine ich oder wieso er auf einmal hier liegt?", fragte Jenna vorsichtig nach. In diesem Moment rang Jessica sichtlich mit sich Jenna ihre Fragen zu beantworten. Sie war keine ausgebildete Krankenschwester und schon gar keine Ärztin oder stand in irgendeiner anderen Position, um weiter darauf einzugehen.

„Routine", brachte sie schließlich nur mit größter Mühe heraus.

„Bitte, wenn Sie irgendetwas wissen...", flehte Jenna förmlich und sah Jessica mit glasigen Augen an.

„Bitte sagen Sie es mir. Ich bezweifle das Dr. Miller in den nächsten 5, 10 oder 15 Minuten herkommen wird. Ich will nur wissen, ob er hier ist, weil es ihm besser geht oder weil unten vielleicht ein Bett gebraucht wurde."

Mit einem erschöpften Seufzen gab Jessica sich schließlich geschlagen. Sie warf einen kurzen Blick durch die Jalousien nachdraußen, zog sich einen der Stühle zurück und nahm neben Jenna Platz.

„Soweit ich weiß, hat er in der Nacht stark gefiebert, aber das ist normal. Seine Werte waren sonst stabil. Er bekommt weiterhin Bluttransfusionen und Schmerzmittel, aber mehr weiß ich auch nicht."

„Wieso ist er hier?"

„Weil es ihm momentan nicht schlecht genug geht, um weiter dort zu sein, wo er gestern war. Man kann es sehen, wie man will, aber es ist was Gutes", erklärte sie.

„Wann wacht er auf?"

„Das weiß ich nicht."

Selbst Jessica fiel es in diesem Moment schwer ihre Gefühle in Zaum zu halten. Ihre Tränen zu unterdrücken und den dicken Kloß in ihrem Hals runterzuschlucken als sie sah wie sehr Jenna unter dieser Situation litt.

„Ich war bei ihm", gestand sie mit einem leisen Schluchzen. Verwirrt hob Jenna eine Braue. Ihre Hand legte sich dabei tröstend auf die der jungen Frau.

„Ich war da als er eingeliefert wurde. Ich habe unten kurz ausgeholfen, als er eingeliefert wurde und er hatte solche Angst. Er schien nicht zu wissen, was um ihn herum passierte, da habe ich das getan was er bei ihnen getan hat. Ich habe seine Hand genommen und festgehalten. Ihm gut zu gesprochen, damit er weiß, dass er nicht allein ist. Dass alle hier ihr Bestes tun, damit er wieder gesund wird und dann wurde er durch den Blutverlust bewusstlos."

Jenna schluchzte laut auf und hielt sich entschuldigend die Hand vor dem Mund. Sie spürte wie Jessica ihren Druck erwiderte. Ihre zweite Hand dabei mehr Jennas umschloss und ihr Daumen über ihren Handrücken strich.

„Ich wünschte, ich hätte mehr tun können."

„Nein, Sie waren bei ihm. Sie haben das Richtige getan und ihm versucht die Angst zu nehmen und ich bin mir sicher, dass Sie eines Tages eine großartige Krankenschwester werden", flüsterte sie Jessica voller Dankbarkeit zu. Es dauerte einen Moment, bis Jessica sich beruhigt hatte, ihre Tränen wegwischte und wieder zu ihrer Arbeit zurückkehrte

Als es das nächste Mal an der Tür klopfte, kamen endlich Jennas Eltern herein.

„Mum", atmete Jenna erleichtert auf, lies Gabriels Hand los und ließ sich von ihren Eltern in den Arm nehmen. Sie lauschte den tröstenden Worten ihrer Mutter und konzentrierte sich auf den starken Halt ihres Vaters, der sie davon bewahrte, erneut komplett zusammen zu brechen.

„Gibt es was neues?", fragte Miranda.

„Nein, ich warte noch auf die Ärzte."

Eine halbe Stunde später klopfte es ein weiteres Mal. Diesmal war es Dominic, der mit drei großen Kaffeebechern das Zimmer betrat. Jenna stellte ihn kurzerhand ihren Eltern vor, ehe sie dankend den Kaffee annahm und auch ihn auf den mageren Stand der Dinge brachte.

„Gaby ist auch schon unterwegs uns müsste bald kommen."

Damit das Zimmer nicht zu voll werden würde, machten Miranda und Sebastian sich auf den Weg zu Jennas Appartement. Da Jenna die Nächte - wenn sie diese nicht hier verbringen konnte – bei Gabriel im Appartement übernachten würde, hatten sie diesmal kein Platzproblem. Endlich beschlossen auch die Ärzte Gabriel einen Besuch abzustatten und betraten im kleinen Kreis mit der Pflegeleitung das Krankenzimmer als in letzter Sekunde auch Gabriella ins Zimmer huschte. Ohne eine Sekunde zu zögern, zeigte sie den Ärzten direkt die Marke, kaum hatte sie die verwirrten und vor allem besorgte Blicke über die Anzahl der Besucher im Zimmer wahrgenommen.

„Miss Walker kennen Sie ja bereits. Mr. Maison ist sein Anwalt und ich bin eine Freundin und die leitende Detective in diesem Fall und…" ließ sie ihren Satz in der Luft hängen und sah Jenna dabei schon fast beschämend an als Richard und Judy Rutherford ebenfalls das Zimmer betraten. Sie sahen älter aus als Jenna sie in Erinnerung hatte. Das Gesicht gezeichnet von Sorge und den Ereignissen der vergangenen Stunden. Der schrecklichen Wahrheit über die Taten ihres jüngsten Sohnes und all den Geheimnissen ihre Tochter von denen Gabriella ihnen gestern Abend bei ihrem Gespräch erzählt hatte.

„Das sind seine Eltern", fuhr sie leise fort. Stumm schüttelten die beiden Dr. Miller die Hand und traten zu den anderen zur Seite. Es war das übliche Prozedere, welches Jenna bei ihrem Aufenthalt viel zu oft mitbekommen musste. Der Fall wurde den Assistenzärzten nochmal geschildert, was Jenna eine Menge Kraft kostete ihre Gefühle in Zaum zu halten, bis Dominic still nach ihrer Hand griff und diese sanft drückte. An das Piepen der Geräte hatte sie sich in den letzten zwei oder drei Stunden wie lange auch immer sie schon hier war gewöhnt.

„Das ist alles?", stöhnte Jenna genervt auf als Dr. Miller die Krankenakte wieder zu klappte und sich von Gabriel abwand.

„Wir haben getan was wir konnten, Miss Walker. Alles was wir jetzt tun können ist ihm Zeit zu geben. Sein Körper muss sich erholen und so angenehm wie möglich wir es ihm auch machen können, muss er das aus eigener Kraft schaffen."

Es war einfach nur frustrierend. Ständig hatte Gabriel davon geredet, wie sehr er die Ärzte in diesem Krankenhaus wertschätze und wie sie ihn jedes Mal daran erinnerten, warum er es so geliebt hatte, selbst Arzt zu sein. Doch jetzt, wo er sie am meisten brauchte, wo er derjenige war, der auf der anderen Seite stand schienen sie in ihren Augen nicht genug zu tun. Kaum hatten die Ärzte das Zimmer verlassen, fing Judy leise an zu schluchzen. Wenn auch ein wenig wackelig auf den Beinen trat sie an sein Bett heran, hob vorsichtig die Hand und legte diese auf seine.

„Garett, ich..."

„Gabriel. Sein Name ist Gabriel", korrigierte Jenna sie sofort. Ihr Tonfall war dabei harscher als beabsichtigt.

„Natürlich ja", erinnerte sich Richard als er zu seiner Frau und seinem Sohn trat.

„Seine Kollegen wissen nichts von seinem alten Namen, also wäre es am besten bei dem einem zu bleiben."

Es war mehr als verwunderlich wieso ausgerechnet Gabriella es schaffte so ruhig und beherrscht zu sein was die beiden anging. Vielleicht war sie auch in ihrem Cop-Modus, wie Gabriel es immer genannt hatte und konnte in diesem Moment einfach viel rationaler denken. So schwer es Jenna auch viel seine Eltern bei ihm zu sehen mit dem Wissen, dass Gabriel wahrscheinlich das komplette Gegenteil wollen würde, konnte sie einfach nichts dagegen tun. Letzten Endes waren es noch immer seine Eltern. Und zu mindestens äußerlich schienen sie so wie die anderen auch durch die Hölle zu gehen.

„Gibt es schon was neues, Gabriella?", fragte Richard sanft.

„Nein, wir sind noch immer auf der Suche nach der Aufnahme, die er anscheinend gemacht hat und...", erwiderte sie als Jenna plötzlich erneut vortrat und ihrer Freundin das Wort abschnitt.

„Sie wollen ihn nicht aus dem Gefängnis holen, oder?" maulte sie.

„Wenn Jonathan es wagt sich seiner Strafe zu entziehen oder sich daraus zu reden und es zu einem Prozess kommt, dann verklage ich ihn auf alles was er besitzt. Wir werden höchstpersönlich dafür sorgen, dass er da hinkommt, wo er hingehört", stimmte Dominic ebenfalls wutgeladen zu und griff dabei erneut nach Jennas Hand.

„Es tut mir leid. Sie trauern um ihren Sohn, das würden alle Eltern tun, egal wie kompliziert ihre Beziehung zum Kind ist, aber Jonathan..."

„Wird seine gerechte Strafe bekommen", fuhr Richard streng dazwischen. Seine Augen wurden mit jedem weiteren Wort immer glasiger, während Judy bereits leise weinte.

„Jonathan wird sich seiner Verantwortung nicht entziehen, nicht dieses Mal", bestätigte er ihren Gedanken.

„Falls das nicht klar ist, reiche ich hiermit mündlich meine fristlose Kündigung ein", setzte Dominic noch eins drauf, griff nach seiner Jacke und stürmte wütend aus dem Zimmer heraus. In Anbetracht der Situation beschlossen nun auch Jenna und Gabriella den beiden einen Moment mit ihrem Sohn zu geben und zogen sich auf den Flur zurück.

„Was meinst du wird jetzt passieren, hm? Mit den beiden und Gabriel?", fragte Gabriella. Jenna zuckte mit den Schultern als sie nach einer Kaffeetasse griff und sich ein wenig aus der Thermoskanne abpumpte.

„Er würde das nicht wollen. Dass sie ausgerechnet jetzt an seinem Bett stehen und vorgeben sich um ihn zu kümmern, aber ich kann sie nicht einfach rausschicken, Gaby. Sie sind noch immer seine Eltern. Sollte er jemals aufwachen, dann bezweifle ich aber, dass sich etwas ändern wird. Viel mehr das Gegenteil, er wird sich noch mehr von ihnen abschotten."

„Meinst du sie wussten was davon? Von was auch immer Jonathan getrieben hat?"

Stumm schüttelte Jenna ihren Kopf.

„Dann würden sie vermutlich anders reagieren."

Eine Viertelstunde später traten schließlich auch Richard und Judy aus dem Zimmer. Ihre Falten schienen innerhalb dieser Zeit deutlich tiefer geworden zu sein, ihre Sorge größer nach den Worten der Ärzte.

„Wir wissen, dass wir nicht gerade erwünscht sind, wenn es um...um Gabriel geht, aber könnte uns bitte jemand anrufen, sofern es was neues gibt?", flehte Richard schon fast förmlich als er eine seiner Visitenkarte aus dem Portemonnaie zog und diese den beiden Frauen hinhielt.

„Ich mache das", beschloss Jenna und entriss ihm die Karte, bevor Gabriella überhaupt reagieren konnte.

„Ich werde jeden Tag hier sein und die Nächte falls es erlaubt wird, und werde sie anrufen, wenn ich mehr weiß."

„Vielen Dank."

Sichtlich erleichtert über Jennas Worte atmete auch Judy durch und griff mit zittrigen Fingern nach der Hand ihres Mannes.

„Oh und Gabriella? Wenn es ihren Ermittlungen helfen sollte, dann gewähre ich Ihnen selbstverständlich Zugang zu sämtlichen Akten der Firma."

„Dankeschön, darauf werde ich bestimmt zurückkommen."

Mit größter Mühe machten die beiden sich schließlich langsam auf den Weg zu den Aufzügen. Von dem einst so erfolgreichen und vor allem starken Immobilien-Paar war nichts mehr länger zu sehen. Stattdessen sah vor allem Gabriella zwei einfache Leute. Ein Mann und eine Frau, besorgt über die Gesundheit und das Leben ihres Sohnes. Ein Paar, welchen noch immer nicht den Tod ihrer Tochter verarbeitet hatte und bereits mit dem nächsten Verlust konfrontiert wurde. Führsorglich legte Richard seiner Frau eine Hand auf den Rücken, um sie ein wenig zu stützen als der Aufzug vor ihnen aufging und Pater Millstone heraustrat.

„Dennis", atmete Jenna erleichtert auf und schlang ihre Arme um den Geistlichen. Dennis trug kein Gewand. Kein Kollar, sondern einen einfachen schwarzen Pullover und eine dunkle Hose.

„Es tut mir so unglaublich leid. Wie geht es ihm? Gibt es was neues?", hackte er direkt nach. Seine Hand strich dabei immer wieder über Jennas Rücken, während die andere Gabriellas hielt.

„Nein, die Ärzte meinten, dass wir jetzt einfach nur warten müssen", erklärte Gabriella kurz.

„Warten auf was?"

„Dass er aufwacht."

Wenn auch ein wenig unbeholfen griff Pater Millstone in seinen Stoffbeutel und zog einen großen, braunen Umschlag heraus. Es gab keine genaue Adresse und schon gar keinen Absender. Alles was diesen Umschlag zierte war sein Name in Druckbuchstaben geschrieben.

„Das habe ich vorhin im Briefkasten gefunden", erklärte er kurz.

„Heute?" erkundigte Gabriella sich sofort. Um vollkommen sicher zu gehen und keine möglichen Beweise zu zerstören, fischte sie ein paar Gummihandschuhe aus ihrer Jackentasche heraus und zog sich diese über, ehe sie ihm den Umschlag abnahm und vorsichtig öffnete.

„Ich denke schon ja. Als ich gestern Abend in den Briefkasten im Pfarrheim geguckt habe war er noch leer."

„Was ist da drinnen?", fragte nun auch Jenna. Überrascht hob Gabriella eine Braue als sie einen einzelnen USB-Stick aus dem Umschlag in ihre Hand fallen ließ.

„Ist das..."

„Das will ich schwer hoffen", antwortete sie, bevor Jenna ihre Frage überhaupt aussprechen konnte. Dennis hingegen schien kein Wort zu verstehen, worüber die beiden Frauen gerade redeten.

„Ist das was?"

„Gabe war gestern verkabelt gewesen und wir haben vermutet, dass er Jonathans Geständnis aufgenommen hat, aber wir konnten nicht zurückverfolgen wo hin die Aufnahme gegangen sein könnte."

„Und das ist sie?"

„Wir hoffen es", atmete Jenna ein wenig durch und sah ihre beste Freundin an. Es war ein kleiner Hoffnungsschimmer, der wenn es auch schlecht um Gabriel stand ihnen wenigstens ein wenig Gewissheit und vor allem Antworten bringen konnte, was gestern Nachmittag wirklich zwischen ihm und Jonathan passiert war.

„Ich bringe das direkt aufs Revier und lass es untersuchen", beschloss Gabriella. Auf den Weg nach draußen ließ sie sich von Jessica vorsichtshalber einen der Beutel geben, den die Pflege dafür benutzten, um persönliche Sachen der Patienten zu verstauen, um ihren Beweis so gut es ging abzusichern. Nachdem Gabriella schließlich verschwunden war, beschloss Jenna nun auch endlich Pater Millstone zu Gabriel zu bringen.

„Da ist er", murmelte sie als die beiden langsam das Zimmer betraten.

„Du lieber Gott im Himmel", stöhnte Dennis leise auf. Auf dem Weg zu Gabriels Krankenbett zog er sich bereits den Rosenkranz vom Hals, den er unter seinem Pullover trug und wickelte diesen kurz darauf um Gabriels Hand. Bereits nach wenigen Sekunden hörte Jenna ihn leise beteten. Sie verstand zwar nicht genau was er vor sich her murmelt und vielleicht musste sie das auch in einem Moment wie diesen nicht. Er betete und betete. Immer wieder aufs Neue und lies sich dabei noch nicht mal von seinem oder Jennas leises

Schluchzen dabei unterbrechen. Für einen Moment hatte sie überlegt, die beiden bei einem so privaten und vor allem intimen Moment, denn sie oft geteilt hatten allein zu lassen bis sie sich dabei erwischte, wie auch sie ihre Hände faltete und in Gedanken langsam anfing mitzubeten.

Kapitel 30

Es war gerade mal kurz nach acht Uhr abends als Jenna bereits merkte, wie sehr die wenigen Stunden Schlaf ihr mittlerweile etwas ausmachten. Das Gespräch mit den Ärzten, Pater Millstones Besuch und auch das erneute Wiedersehen mit den Rutherfords. Dazu kam, dass Jenna seitdem Pater Millstone ihnen den mysteriösen USB-Stick gebracht hatte, förmlich auf heißen Kohlen saß. Bei jedem noch so leisen Klingeln oder aufleuchten ihres Handys riss sie es beinahe an sich in der Hoffnung, dass es Gabriella mit der entscheidenden Nachricht war. Der Stress und die Anspannung waren das, was Jenna den Tag über auf Trapp und wachgehalten hatte. Sie fragte sich immer wieder was auf dem USB-Stick sein könnte. Es war eine Aufnahme, das stand fest und auch das hatte Gabriella ihr bestätigt. Doch um was genau es sich handelte, wusste Jenna nicht. Es war etwas, was Gabriella ihrer Freundin nie zu muten würde, weshalb sie ihre Bitte sich diese Aufnahme anhören zu dürfen direkt ablehnte. *Und vielleicht war das auch besser so,* dachte Jenna sich innerlich. Sie war sich ehrlich gesagt nicht sicher wie viel Schmerz sie noch ertragen konnte, bevor auch sie zusammenbrechen würde. Und doch: Je mehr Jennas Körper sich nach dem Schlaf zerrte, gab sie weiterhin ihr bestes wach zu bleiben für dann Fall das Gabriel es werden würde. *20:30 Uhr.* Eine gute Zeit sich wieder einen Kaffee zu holen. Im Gegensatz zu gestern hatte Jenna heute sowohl die Erlaubnis von Gabriels Arzt als auch die von den Krankenschwestern, so lange bleiben zu dürfen, wie sie wollte. Auf dem bereits allzu vertrauten Weg zum Kaffeeautomaten begrüßte Jenna stumm die beiden Schwestern, ehe sie nach einer der weißen Kaffeetassen griff und sich ihren Kaffee abpumpte.

„Jenna, guten Abend", riss sie plötzlich Judy Rutherfords Stimme aus ihren Gedanken. Es glich einem Wunder, dass Jenna die Worte so gut verstanden hatte, denn Judys Stimme kam in diesem Moment eher einem mehr als leisen Flüstern nach. Ein wenig unbeholfen starrte Jenna in das müde Augenpaar vor sich.

„Abend, hallo", erwiderte sie beinahe im selben Ton wie Judy. Richard hingegen trat von einem Fuß auf den anderen. Den Blick dabei immer wieder über die Station schweifend, als ob er schon beinahe darauf wartete, dass jemand zu ihnen kam und sie bat wieder zu gehen.

„Was machen sie noch so spät hier?", hackte Jenna vorsichtig nach.

„Wir waren in der Nähe."

In diesem Moment fiel es Jenna alles andere als schwer zu sehen, welche Absicht *wirklich* hinter dem Besuch der Rutherfords steckte. Judys nervöses Zupfen am Ärmel des viel zu großen Strickpullovers den sie trug. Oder Richards Blicke, welche noch immer auf der Suche nach etwas waren von dem er selbst noch nicht wusste, was es genau war. Vielleicht traute er sich in diesem Moment auch einfach nicht Jenna anzuschauen. Wut, Scham, Frust, Unbeholfenheit. All diese Dinge empfanden die beiden gerade zusätzlich zu ihrer Sprachlosigkeit. Auch wenn Jenna durch Gabriel viel von den beiden gehört hatte, fiel es ihr schwer die beiden in so einem hilflosen Moment zu ignorieren oder gar wegzuschicken. Stattdessen riss auch sie sich innerlich zusammen. Streckte ihre müden Schultern ein wenig durch und zog die Aufmerksamkeit des Paares mit einem leisen Räuspern wieder auf sich.

„Sollen wir uns ein wenig vorne in den Warteraum setzen? Ich könnte ihnen ein kleines Update geben."

Überrascht über den doch zuvorkommenden Vorschlag hoben die beiden sichtlich verwirrt eine Braue und nickten Jenna zu.

„Der Kaffee hier ist vielleicht nicht der allerbeste, aber er erfüllt seinen Zweck. Hier nehmen Sie denn. Ich mache uns noch welche."

Nachdem Jenna die beiden und sich selbst nun endlich mit einer Tasse Kaffee versorgt hatte, nahmen die drei in der hintersten Ecke des Wartezimmers direkt am Aquarium Platz. Eine Weile lang saßen sie einfach nur still da. Jeder mit seinen eigenen Gedanken beschäftigt. Jedes Mal als eine Schwester jedoch an ihnen vorbeiging, schossen ihre Köpfe schon förmlich nach oben in der Hoffnung etwas von Gabriel zu hören. Vergeblich.

„Wir kommen vom Polizeirevier", brach Richard zu Jennas Überraschung als erster sein Schweigen.

„Waren Sie bei Gaby?"

„Ja, das waren wir. Wir waren bei Gaby und bei Jonathan. Sie hatte uns angerufen und ich denke es war aus Respekt unserer Familie gegenüber, aber sie hat uns über alles informiert. Uns die Chance gegeben unter Aufsicht mit Jonathan reden zu dürfen, bevor sie ihn abführen, denn wirklich gut schaut es im Moment nicht für ihn aus. Sie haben wohl Beweise gefunden."

Instinktiv zog Jenna die Ärmel ihres Pullovers über die Hände, um somit ihre geballte Faust vor dem alten Ehepaar zu verstecken. Denn mit jedem Wort, welches Richards Mund verließ wuchs die Wut in ihr umso mehr.

„Und? Haben Sie mit ihm gesprochen?"

„Sie müssen das nicht tun", spottete Judy.

„Wie bitte?"

Mit einem erschöpften lachen schüttelte Judy ihren Kopf und wischte sich dabei einige stumme Tränen von der Wange.

„Wir wissen, wie sie zu unserer Familie stehen, Jenna. Gary hat ihnen bestimmt einiges erzählt und auf dem Empfang haben wir auch alles andere als einen guten Eindruck hinterlassen. Das wissen wir jetzt. Sie sind hier bei ihm und leiden genauso wie wir, dann müssen sie nicht noch ihr Interesse gegenüber Jonathan vorspielen. Ich bin mir sicher, dass Gaby sie bereits auch informiert hat und sie bestimmt mehr wissen als wir."

„Nein, ehrlich gesagt nicht. Ich weiß nur, dass es Beweise gibt. Eine Aufnahme und mehr weiß ich nicht."

Damit hatte Jenna in diesem Moment nicht gerechnet und doch hatte Judy recht. Jenna hatte sich auf dem Empfang ihr eigenes Bild von dieser Familie gemacht. Sie hatte selbst erlebt wie die beiden und Jonathan sich präsentiert hatten und wie sie mit Gabriel umgegangen waren. Sein Geheimnis platt getreten und ihn in die Flucht geschlagen hatten, statt darüber zu reden. War es wirklich so schwer gewesen ihm einfach mal zu zuhören? Natürlich war Jonathan ihr egal. Wenn es nach ihr und auch Gaby ging, konnte er die nächsten Jahre im Gefängnis verrotten. Zusammengeschlagen und von seinen hoffentlich Schuldgefühlen innerlich aufgefressen werden.

„Da haben Sie Recht. Es ist mir egal was mit ihm passiert, solange er seine gerechte Strafe bekommt", gestand Jenna, was Judy mit einem stummen Nicken quittierte.

„Aber ich bin Anwältin und würde gerne die ganze Geschichte hören. Ich weiß was Gaby mir erzählt hat, jetzt würde ich gerne wissen was Jonathan ihnen erzählt hat."

„Nun das können wir ihnen aber leider nicht sagen, weil wir nicht mit ihm gesprochen haben", preschte Richard schon beinahe zwischen zusammen gebissenen Zähnen hervor.

„Ich meine wie können sie mit jemanden reden, der so etwas getan hat? Er hat seine Schwester umgebracht oder umbringen gelassen was auch immer es war, aber sie ist durch ihn gestorben. Dann wurde unser ältester Sohn von ihm erschossen und kämpft hier um sein Leben! Wie kann ich so einem Menschen in die Augen schauen, Jenna? Wie? Sie haben doch mit solchen Menschen zu tun! Denise hatte es und Gabriella tut es jeden Tag immer wieder aufs Neue, aber wie kann ich meinen Sohn noch anschauen mit all diesem Wissen?!" Seine Stimme überschlug sich immer wieder aufs Neue, bis die Worte irgendwann mit einem kleinen Schluchzen in Richards Mund starben. Mit zittrigen Fingern zog er sich ein Stofftaschentuch aus der Brusttasche seiner Jacke und wischte sich wie Judy kurz davor mit ihrem Ärmel die Tränen weg.

Vorsichtig löste Jenna ihre geballte Faust unterm Tisch und streckte ihre verkrampften Finger ein wenig durch, ehe sie, ohne groß darüber nachzudenken ihre Hände, auf die von Judy und Richard legte. Ein kleiner, stummer Trost, der vorerst reichen musste, bis ihr etwas anderes einfallen würde. Sie wusste wie Gabriel über diese Situation denken würde. Konnte sich dabei seine Reaktion nur allzu gut vorstellen. Trotz alledem gab es diesen kleinen Teil in ihr, so winzig er auch war, der einfach nicht erlauben konnte und es auch nicht wollte, dass diese Familie komplett an ihrem Schicksal zerbrach.

„Möchten Sie zu ihm?", brach nun auch Jenna nach langem Überlegen ihr Schweigen.

„Geht das denn?"

Jenna nickte.

„Ich denke schon ja. Ich habe heute hier ein kleines Sonderrecht nennen wir es mal so und es ist *seine Station*."

Verwirrt hob Richard erneut eine Braue, während seine Hand noch immer trösten über den Rücken seiner Frau strich.

„Seine Station? Wie meinen Sie das?"

„Er arbeitet hier. All diese Krankenschwestern und Ärzte sind seine Kollegen und Kolleginnen. Erinnern Sie sich an die junge Schwester von heute morgen? Ihr Name ist Jessica und er ist ihr Ausbilder. Alles was sie kann, hat er ihr beigebracht."

So beschloss Jenna auf dem Weg zu Gabriels Zimmer einen kleinen Umweg zu machen und ihnen somit ein etwas besseres Verständnis für das neue Leben ihres Sohnes zu geben. Jenna zeigte ihnen den kleinen Kasten mit den Personalfotos auf welchem Gabriel über beide Ohren hinweg grinste. Sie erzählte ihnen wie das gewisserweise sein Markenzeichen hier war, denn jeder Patient blieb dieses Lächeln in Erinnerung. Bei der nächsten Gelegenheit nutze Jenna gleich ihre Chance und stellte Judy und Richard auch kurzerhand bei den Schwestern vor, die ihnen wie zu erwarten ebenfalls nur Gutes über Gabriel erzählten. Sie zeigte ihnen das Zimmer, in dem einst sie lag und erzählte somit auch ihnen die *echte* Geschichte ihres Zusammentreffens. Mit jeder Erzählung und jedem weiteren Wort welches Jennas Mund verlies, verzogen sich vor allem Judys Lippen immer mehr zu einem warmen und gerührten Lächeln bis sie schließlich endlich vor Gabriels Zimmer stehen bleiben. Leise öffnete Jenna die Tür vor ihnen und ging voran. Prompt wurden die drei von dem für Jenna schon bereits vertrautem Piepen der Geräte begrüßt. Völlig unverändert lag Gabriel tiefschlafend in seinem Bett als Judy und Richard si h ihm langsam näherten.

„Hallo, mein Junge", flüsterte Judy. Ihre Hand strich sanft über seine zerzausten Locken, während Richard nach seiner Hand griff.

„Wie war nochmal sein Name?", fragte Richard ein wenig unbeholfen.

„Gabriel. Gabriel Evans", erwiderte Jenna mit einem kleinen Lächeln als sie sich in ihren Sessel sinken ließ.

„Gabriel und Garett? Kein allzu großer Unterschied", stellte nun auch Judy fest.

„Der Nachname ist jetzt auch kürzer. Wie oft mussten wir unseren Namen am Telefon schon buchstabieren?", fingen die beiden sogar an ein wenig zu witzeln und steckten damit auch glatt Jenna ein wenig an. Mit einem Mal, wenn auch nur für einen klitzekleinen Moment verspürte sie Hoffnung. Hoffnung, dass Gabriel nach allem was er geglaubt hatte, verloren zu haben, selbst jetzt in seiner misslichen Situation mehr wiederbekam, als er es jemals für möglich geglaubt hätte.

„Bitte wach auf, mein Schatz. Wir haben so viel was wir dir endlich sagen möchten und vielleicht kannst du auch uns die Chance geben neuanzufangen, so wie du es getan hast."

Jenna spürte wie ihre Augen immer schwerer wurden und wusste, dass sie den stundenlangen Kampf, welchen sie heute bereits schon gegen die Müdigkeit führte, nicht mehr lange standhalten konnte. Sie würde schlafen, das würde sie wirklich. Sie würde es sich erlauben zur Ruhe zu kommen, sobald sie wusste das Gabriel endlich über den Berg war.

Kapitel 31

48 Stunden waren mittlerweile vergangen, seitdem Gabriel im St. Thomas Hospital eingeliefert wurde. 48 Stunden, in denen er weder bei Bewusstsein war oder ihnen irgendwie ein anderes Zeichen der Besserung gab. Aufgrund der Umstände und der Tatsache, dass Gabriel in seiner Position als Mitarbeiter des Krankenhauses kein gewöhnlicher Patient war, erlaubte die Stationsleitung es Jenna mittlerweile auch die darauffolgenden Nächte bei ihm im Krankenhaus zu verbringen, egal wie viele es waren.

Nachdem Judy und Richard sich gestern von ihr verabschiedet hatten, hatte Jenna endlich den Kampf gegen ihre schweren Augenlider aufgegeben. Die Nacht war allerdings hart gewesen. Wenn es hochkam, hatte Jenna vielleicht gerade mal drei Stunden geschlafen. Den restlichen Teil der Nacht hatte sie damit verbracht, die Station immer wieder aufs Neue auf und ab zu wandern. Sich vors Aquarium gesetzt in der Hoffnung, dass es sie ein wenig beruhigen konnte. Sie hatte der Nachtschwester dabei zu gesehen, wie sie alle 2 Stunden Gabriels Werte und seine Medikamentenzufuhr kontrolliert hatte. Sich weitere Tassen Kaffee oder sich kleinere Snacks aus den Automaten im Eingangsbereich geholt. Jenna hatte so vieles getan, doch nicht das was sie hätte tun sollen: Schlafen. Es gab einen Moment in der Nacht. Einen kurzen Moment, der ihr Herz für eine Sekunde zum Stehen brachte als eins der Geräte kurz stockte. Sofort hatte sie die Schwester alarmiert, die ihr beruhigt erklären konnte, dass der Körper in der Phase in welcher Gabriels sich befand, manchmal Ausschläge geben konnte. Und dass die Geräte manchmal empfindlicher waren als man dachte.

Als die Cafeteria um kurz vor sieben Uhr schließlich öffnete, besorgte Jenna sich zu mindestens ein halbwegs vernünftiges Frühstück. Einen Bagel, einen kleinen Obstsalat und einen Müsliriegel. Dazu den größten und stärksten Becher Kaffee, denn die Frau ihr anbieten konnte. Zurück in Gabriels Zimmer setzte Jenna sich an den kleinen Tisch, um vernünftig essen zu können und informierte in einer kurzen Nachricht Gabriels Eltern wie die Nacht verlaufen war. Dabei blätterte sie ein wenig durch die Zeitung als ein Artikel ihr besonders ins Auge sprang. *Rutherford Jr. Verhaftet!* Wie zu erwarten war es der reinste Klatscharitkel. Basierend auf Aussagen irgendwelcher Augenzeugen, die gehofft hatten, der Zeitung eine gute Story verkaufen zu können, um ein wenig Geld damit machen zu können. Mit einem genervten Seufzen schlug Jenna die Zeitung schließlich wieder zu und warf sie direkt in den Mülleimer neben sich.

Um kurz nach zehn Uhr betrat auch Gabriella wieder die Station. Bewaffnet mit zwei großen Kaffeebechern und zwei Tüten betrat sie schließlich das Krankenzimmer.

„Guten Morgen", begrüßte sie ihre Freundin.

„Oh du hast schon einen Kaffee? Ich dachte, ich bringe dir einen mit und einen Cronut."

Jennas Lippen verzogen sich zu einem kleinen Lächeln als sie ihren Kaffeebecher in die Hand nahm und kurz schüttelte.

„Der ist schon lange leer, Gaby, also danke. Gibt es was neues?"

Nachdenklich presste Gabriella ihre Lippen aufeinander und nicke ihrer Freundin stumm zu.

„Gibt es ja. Wir wissen zwar nicht, woher dieser Umschlag kam und abgesehen davon ist er komplett sauber. Kein Fingerabdruck, kein Haar, rein gar nichts."

„Aber?" hackte Jenna nach.

„Wir haben das Geständnis und da man Jonathan klar und deutlich hört wird jeder Versuch einer Gegenklage abgewiesen. Er landet direkt im Gefängnis und aus einer sicheren Quelle, weiß ich, dass es einige Jahre sein werden, die er dort verbringen wird."

Und mit einem Mal atmete Jenna das erste Mal seit 48 Stunden erleichtert auf. Sie spürte wie die Luft ihre Lungen füllte, sich vollsogen und ihr ermöglichten tief ein und wieder auszuatmen.

„Ihr könnt ihn wegsperren?"

Entschuldigend hielt Jenna sich die Hand vor dem Mund, um ihr Schluchzen zu unterdrücken, doch als Gabriella sie daraufhin in den Arm nahm, schien ihr zu mindestens eine Sorge von den Schultern zu fallen und sie schluchzte laut auf.

„Wir haben ihn. Es ist bereits alles in die Gänge geleitet worden. Jenna, hey. Gabriel hat es geschafft. Er hat das geschafft, was er unbedingt wollte. Wir haben es geschafft."

„Aber zu welchem Preis?!"

Ihr Blick schweifte zu Gabriels reglosen Körper herüber.

„Er hat es geschafft ja, aber was bringt es uns zu wissen, dass unsere Arbeit nicht umsonst war, wenn er hier liegt und um sein Leben kämpft? Das ist doch nicht richtig", schluchzte sie immer wieder auf.

„Ich weiß, aber hey. Schau mich an, okay? Gabriel wird das schaffen. Ich kenne ihn schon so lange und auch wenn er ein Kindskopf ist und ein Idiot, kenne ich niemanden mit so einem Durchhaltevermögen. Weißt du noch was du mir erzählt hast? Das eine Weihnachten an welches er sich nicht mehr erinnern konnte, weil er sich vollgedröhnt hat?"

Verwirrt nickte Jenna ihrer Freundin zu.

„Er ist dem Tod schon mal von der Schippe gesprungen und ich bin mir sicher, dass er das nochmal wird."

„Ich hoffe es so sehr."

Nachdem Jenna sich ein wenig beruhigt hatte, erzählte Gabriella ihr was sie durch Gabriels Aufnahme herausgefunden hatten. Was wirklich zwischen Jonathan und Denise und auch zwischen Jonathan und Gabriel passiert war bis irgendwann Gabriellas Handy wieder anfing zu klingeln. Das Revier bat sie zurückzukommen, um noch einiges an Papierkram bezüglich Gabriels Fall zu erledigen und unteranderem auch ihre Position in der ganzen Geschichte zu erklären. Denn durch Gabriels Aktion ließ es sich auch nicht mehr länger verheimlichen, dass Gabriella, Jenna und auch Dominic gemeinsam mit Gabriel in der Sache ermittelt hatten. Selbst, wenn sie nichts von seinem Alleingang wussten. Das war das einzige Rätsel, welches Gabriella oder ihre Kollegen lösen konnten. Gabriel hat bei der Sache unmöglich allein arbeiten können. Er muss jemanden gehabt haben, der das Geständnis im schlimmsten Fall zu Pater Millstone bringen würde. Dazu kam das auch Louis Durrand innerhalb der letzten 24 Stunden komplett von der Bildfläche verschwunden war. Sein Name und Dominics Gesicht nicht weiter im Internet auftauchten. Es war so als ob es ihn niemals gegeben hätte und auch das musste seine Gründe haben, wer auch immer dahintersteckte.

Nervös ging sie vor seinem Bett auf und ab. Erzählte ihm all das was Gabriella ihr erzählt hatte und fragte ihn dabei immer wieder aufs Neue, wie er das bloß geschafft hatte, auch wenn sie wusste, dass sie keine Antwort bekommen würde. Zu mindestens jetzt noch nicht.

Im Laufe des Tages erwischte sie sich immer wieder dabei, wie sie neben seinem Bett saß. Die Hände neben Gabriels zusammengefaltet und das einzige Gebet betete, welches sie kannte. Pater Millstones Rosenkranz war noch immer um sein linkes Handgelenk gewickelt. Weder sie noch eine der Schwestern hatte sich getraut es abzumachen. Ihre Eltern schauten am frühen Nachmittag kurz vorbei und brachten ihr eine Kleinigkeit zum Essen mit. Dominic war heute mit anderen Dingen beschäftigt. Er hatte ihr zwar am Telefon nicht verraten, worum es ging, doch Jenna war sich ziemlich sicher, dass er bei Jonathan war und sich um den Fall kümmerte, denn Gabriella hatte auch ihn informiert.

„Herein", rief Jenna als es kurz nach sechs Uhr abends ein weiteres Mal an der Tür klopfte.

„Guten Abend", begrüßte Pater Millstone sie mit einem kleinen Lächeln. In seiner linken Hand trug er einen kleinen Blumenstrauß, den Jenna ihn wenn auch ein wenig verwirrt abnahm. Genau wie am Tag zu vor war das erste was er tat, nachdem er Gabriel begrüßt hatte zu beten. In der zwischen Zeit kümmerte Jenna sich um eine Vase.

„Die sind von der Gemeinde", erklärte er kurz und reichte ihr die dazugehörige Karte.

„Oh", staunte Jenna.

„Ich habe ihnen heute bei unserem Treffen erzählt was passiert ist und besonders die Damen wollten ihm Blumen zur Genesung zukommen lassen."

„Das ist sehr nett, vielen Dank. Ich bin mir sicher, dass er das zu schätzen weiß."

„Gibt es denn etwas neues?", fragte er neugierig, den Blick dabei stets auf Gabriel gerichtet.

„Leider nicht, nein. Er schläft nur. Die Ärzte meinten wieder nur dass sein Körper Zeit braucht, um sich zu erholen wegen des Blutverlustes und Sauerstoffmangel und was weiß ich nicht alles, aber was..." Aus Angst es auszusprechen, ließ Jenna ihren Satz einen kurzen Moment in der Luft hängen, um sich zu sammeln.

„Aber was ist, wenn sein Körper sich nicht erholt? Wenn er noch Tage oder Wochen hier so liegen wird und sie mir mit einer Patientenverfügung um die Ecke kommen und er es nicht schafft."

„Daran dürfen wir nicht denken, meine Liebe."

„Aber an was soll ich denn denken? Ihm geht es nicht besser."

„Aber auch nicht schlechter", konterte Pater Millstone sofort. Vorsichtig zog er sich den zweiten Stuhl vom Tisch heran und nahm neben Jenna an Gabriels Seite Platz. Zu seiner eigenen Überraschung beobachtete er wie Jenna nach dem Rosenkranz in Gabriels Hand griff und gedankenverloren mit dem Kreuz in ihrer Hand spielte.

„Weißt du wir haben bei unserem Gemeindetreffen heute nur über Gabriel geredet. Uns daran erinnert, wie er zu uns kam und zu wem er geworden ist. Was er sich alles erarbeitet hat und wir haben gebetet. Wir haben den ganzen Vormittag über für ihn gebetet, ein Licht angezündet und Gott einfach nur gebeten ihn noch nicht zu sich zu holen."

„Ich habe auch gebetet", gestand Jenna leise. Beinahe schuldbewusst sah sie von Gabriel zu Pater Millstone auf.

„Ich habe gestern die ganze Nacht über gebetet und ich tue es heute schon die ganze Zeit. Immer wieder und wieder und ich muss zugeben, dass ich auch nur ein Gebet kann. Lächerlich, wenn man bedenkt, dass meine Eltern Lisa und mich damals religiös erzogen haben. Jeden Sonntag waren sie mit uns in der Kirche und alles was ich noch kann ist das Vater Unser."

Langsam verzogen sich Pater Millstones Lippen zu einem kleinen Lächeln. Er erinnerte sich daran, wie er Jenna kennengelernt hatte. Voller Zweifel gegenüber seinem und vor allem Gabriels Glauben seine Antworten in der Kirche gefunden zu haben. Dass er daran geglaubt hatte, dass dieser Ort ihn mit Denise verbinden würde, dass sie ihn hören konnte, wenn er mit ihr sprach. Und jetzt, jetzt tat sie beinahe dasselbe.

„Wer weiß vielleicht ist der Zug für mich abgefahren und man hört da oben nicht gerne meine Stimme. Vielleicht hört Gott auf Sie, immerhin haben Sie einen deutlich besseren Draht zu ihm als ich."

Lachend schüttelte er seinen Kopf und ließ seine Hand dabei unbeschwert auf Jennas fallen.

„Mein Kind, das glaube ich nicht. Gott erhört jeden, der seine Hilfe aus tiefsten Herzen braucht."

„Auch jemanden wie mich?"

„Auch das ja. Jeder von uns hat mal seine Zweifel. Er hatte sie und ich hatte sie auch."

Schluchzend wischte Jenna sich ihre übergelaufenen Tränen weg und legte ihren Kopf auf seine Schulter.

„Wann hast du das letzte Mal geschlafen, Jenna? Oder was gegessen?"

„Gegessen habe ich vorhin, meine Eltern haben mir was gebracht und ich habe noch etwas da. Der Schlaf...nun das ist so eine Sache. Es ist schwer hier schlafen zu können."

„Warum fährst du heute nicht nach Hause, hm? Schlaf dich aus, sammle neue Kraft."

Jenna schüttelte ihren Kopf und hob diesen dabei wieder von Pater Millstones Schulter, um Gabriel besser anschauen zu können. Sanft strich sie ihm mit ihren Fingern über die Wange.

„Ich kann ihn nicht allein lassen. Wenn etwas passiert und ich nicht da bin, könnte ich mir das niemals verzeihen. Nicht nochmal."

„Du meinst deine Schwester?"

Jenna nickte.

„Ich konnte für Lisa nicht da sein, aber ich kann es für ihn."

Pater Millstone blieb noch eine gute Stunde bei ihr und Gabriel, ehe auch er sich wieder auf den Weg machte mit dem Versprechen morgen wieder vorbeizuschauen. Wie zu erwarten, schien sich der heutige

Abend nicht viel mehr vom Gestrigen zu unterscheiden. Jenna lag zwar auf dem Sofa, ihrem provisorischen Bett, doch bekam kein Auge zu. Stattdessen wanderte sie wieder durch die Station. Zu dem Aquarium und zum Snackautomaten. Sie aß die Reste ihres Sandwiches und versuchte statt Kaffee einen Kamillentee zu trinken. Dieselbe Nachtschwester wie gestern war da und bot ihr irgendwann an einen Arzt anzurufen, der ihr vielleicht etwas geben konnte, damit sie zu mindestens ein wenig Ruhe bekam. Doch Jenna verneinte. Sie saß neben Gabriels Bett und hielt seine Hand. Zeichnete mit ihrem Finger immer wieder kleine Kreise auf seinem Handrücken wie er es immer bei ihr tat. Sie las ihm sogar den kleinen Text der Karte vor, die Pater Millstone im Namen ihrer Gemeinde zusammen mit den Blumen vorbeigebracht hatte und sie las ihm auch sämtliche Namen vor, die unterschrieben hatten. Neben den Blumen und der Karte stand noch ein gemeinsames Bild von ihnen und mit Gabriella und Dennis auf dem Nachttisch, welches sie damals auf dem Weihnachtsmarkt der Kirche geschossen hatten, lange bevor die beiden zusammen waren. Je länger sie das Bild ansah umso mehr schweiften ihre Gedanken ab. Vielleicht konnte sie im Moment nichts tun, um ihn seinen Schmerz zu nehmen. Und nichts tun was ihm dabei helfen würde schneller gesund zu werden oder gar aufzuwachen. Was sie aber tun konnte war weiter mit ihm zu reden und das zu sagen, was er hören musste. Solange es noch die Chance, so klein sie auch war, dass er sie hören konnte, da war, sollte er wissen was sie ihm zu sagen hatte, bevor er zu spät sein würde. Jenna atmete tief ein uns aus und verstärkte dabei ihren Griff um seine Hand.

„Ich muss dir nicht nochmal sagen, wie dumm und leichtsinnig das von dir war, Gabe. Das muss und kann ich auch nicht mehr. Aber was ich dir sagen kann ist, dass ich das unglaublich mutig von dir finde. Du hast es geschafft, ich meine du hast deine Gerechtigkeit für Denise bekommen, auch wenn ich mir wünsche, dass wir das alle vielleicht lieber im Sawyer hätten feiern sollen. Aber ich verzeihe dir. Ich bin dir nicht böse, ich meine ja ich bin sauer. Stinksauer, dass du uns nichts erzählt hast, aber ich verzeihe dir. Ich weiß jetzt, dass es das war, was dich die letzten Tage über beschäftigt hat und nicht das zusammenziehen."

Gott, das zusammenziehen, wie konnte sie das bloß vergessen? Sie hatte die letzten Tage, die letzte Woche damit verbracht das perfekte Appartement für sie zu finden. Einen Ort, an dem sie ihre gemeinsame Zukunft gestalten können und jetzt fragte sie sich, ob sie überhaupt noch eine haben würden.

„Ich habe den Besichtigungstermin natürlich abgesagt und bin mir ziemlich sicher, dass die Wohnung noch am selben Tag weg sein wird. Aber das ist okay, weißt du. Wenn ich so drüber nachdenke, war es vielleicht doch nicht das Richtige für uns. Und damit meine ich nicht Paddington. Ich mag Paddington! Da gibt es doch diesen Bären, oder? Den Paddington-Bären, aber was ich eigentlich meine ist, dass die Wohnung vielleicht doch zu klein für uns gewesen wäre."

Mit einem spöttischen Lachen schüttelte sie ihren Kopf. Vorsichtig, um keins der Kabel oder Schläuche abzureißen hob sie seine Hand und drückte ihm einen kleinen Kuss auf.

„Vielleicht ist es lächerlich jetzt darüber zu reden, aber wenn ich ehrlich bin, ist es einfacher selbst jetzt eine Zukunft mit dir zu planen, als sich vorzustellen keine mehr zu haben. Wie dem auch sei: Mum und Dad sind da. Ja, sie sind so schnell gekommen, wie sie konnten, nachdem ich ihnen erzählt habe, was passiert ist und haben mich daran erinnert das mein Appartement zu klein ist, um wirklich Übernachtungsgäste da zu haben.

Natürlich könnten sie in meinem Appartement bleiben, wenn ich bei dir schlafe, aber ich denke in Zukunft wäre es besser ein Gäste-Zimmer zu haben. Eine vier oder fünf Zimmer Wohnung statt einer drei Zimmer Wohnung. Und wer weiß, wofür wir die Zimmer noch gebrauchen können oder was die Zukunft noch so bringt."

Genau wie am Abend zu vor setzte das Gerät einen kurzen Moment aus und fing sich genauso schnell wieder ein. Jenna war mit ihren Nerven mittlerweile am Ende. Ihr Körper war schwach und müde und sie fragte sich, wieso sie überhaupt noch laufen oder ihre Augen offenhalten konnte. Vermutlich würde es auch nicht mehr lange dauern, bis ihr Körper einfach von allein die Reißleine ziehen würde.

„Hör zu, ich gebe nicht auf. Ich gebe uns nicht auf. Das habe ich nie und das werde ich auch nie, aber für den Fall, dass ich jetzt noch die Chance habe dir etwas zu sagen, was du wohlmöglich hören kannst, sollst du wissen, dass ich dich liebe. Ich weiß, wie sehr du Denise vermisst und dich gefragt hast, ob du sie wiedersehen wirst. Und ich hoffe, dass du das tust. Sei es auch nur für einen klitzekleinen Moment. Vielleicht siehst du auch diese eine Patientin wieder, die du so mochtest. Wie war ihr Name? Susann, oder? Ja, vielleicht siehst du auch sie kurz und vielleicht siehst du auch Lisa. Wenn das der Fall sein sollte, dann sag ihr, dass ich sie vermisse. Ich vermisse sie so sehr und Denise auch. Und ich weiß zwar nicht, wo du gerade bist mit deinen Gedanken, wenn dein Körper hier so liegt und sich nicht bewegt. Ob du irgendwo feststeckst oder es dort besser findest als hier. Aber so sehr Denise sich auch freut dich wiederzusehen, bin ich mir ziemlich sicher, dass sie nichts dagegen hat, noch ein wenig länger auf dich zu warten."

Und genauso war es. Keiner wusste, wo Gabriel sich gerade befand. Ob er überhaupt noch etwas mitbekam oder sein Geist sich schon längst verabschiedet hatte. Sein Körper nur noch von den Maschinen am Leben gehalten wurde und es ein paar Tage brauchte, um ihnen zu sagen, dass er nicht mehr zu ihnen zurückkommen würde. Dass er schon längst von ihnen gegangen war. War er an einem besseren Ort? An einem friedlicheren Ort ohne Leid und ohne Schmerz? Vielleicht. Er fragte sich, ob Patricia ihren Mann und ihren Sohn wiedergefunden und es wirklich den Ort gab, denn sie sich ausgemalt hat. Ein Ort an dem sie sich alle mit der Zeit wiedertreffen würden. Er fragte sich, ob er Lisa kennenlernen würde. Ihr sagen konnte wie viel ihre große Schwester ihm bedeutete und ihr all die Dinge erzählen, die er sich für Jennas und seine Zukunft immer vorgestellt hatte. Sie musste sich keine Sorgen um ihre Schwester machen, denn wenn Gabriel eins tun würde, dann war es für immer auf sie aufzupassen. Ob er bei ihr war oder auch nicht. Und zu guter letzte fragte er sich, ob er sie endlich sehen würde. Sie ihm endlich all ihre Geheimnisse erzählen würde und die komplette Geschichte, die hinter Vivian Durrand steckte. Gabriel war sich sicher, dass es noch eine Menge Dinge gab, die er nicht wusste, was das betraf. Er hatte sich immer gefragt, wie es ihr ging, wo auch immer sie war. Ob sie ihm Vorwürfe machte oder ihm für all seine Fehler verziehen hatte und ob sie wirklich immer bei ihm war, wenn er das Gefühl hatte sie zu spüren. Auch wenn es keiner wusste, so hatte er sie gespürt als er in Gabriellas Armen lag, so wie sie einst in seinen lag und jedem Atemzug hinterhergejagt hatte. Letzten Endes war es egal, wo Gabriel war. Er stand zwischen zwei Welten, die sich nach ihm zerrten. Zwei Welten, die Dinge besaßen, Menschen, ohne die er nicht Leben konnte und auch nicht wollte. Es war egal wie Gabriel sich letzten Endes entscheidet, wenn das Licht ihn vollkommen in sich aufnehmen würde. Es war okay, denn Gabriel war endlich bereit dorthin zu gehen, wo er hingehörte.

Epilog

Sechs Monate später

Vorsichtig lies Jenna ihre Finger über den Grabstein vor sich streifen und zeichnete dabei die eingravierten, goldenen Letter nach. Ein kleines Lächeln lag auf ihren Lippen, als sie das ganze wiederholte. Ein weiteres Jahr neigte sich dem Ende zu und an Tagen wie diesen, konnte Jenna gar nicht aufhören sich zu fragen, wo all die Zeit geblieben war. Die letzten Monate waren schwer gewesen. Emotional und aufbrausend. Es war ein langer Weg, den sie mit Gabriel gehen musste, doch es hatte sich gelohnt.

„Hey!", begrüßte Gabriel sie mit seinem üblichen Lächeln und hielt ihr die ausgespülte Blumenvase hin.

„Dankeschön. Ich habe ihr Grab schon sauber gemacht. Das Laub scheint Denise verschont zu haben."

Lachend schüttelte Gabriel seinen Kopf und kniete sich neben Jenna vor den Grabstein seiner Schwester hin, während sie bereits die ersten Kerzen aus der Stofftasche kramte.

„Zwei Jahre. Kaum zu glauben, hm?"

Stumm nickte Jenna vor sich her.

„Und ein unglaubliches Jahr", fügte Gabriel hinzu, als er sich daran erinnerte, was letztes Jahr zu dieser Zeit passiert war.

„Ein sehr unglaubliches und spannendes Jahr", stimmte nun auch Jenna endlich mit ein. Vorsichtig zündeten die beiden die Kerzen vor sich an und rappelten sich kurz darauf langsam auf. Während Jenna sich wie gewohnt bei Gabriel einhakte und nach seiner Hand griff, fing Gabriel an stumm für sich zu beten und sah aus dem Augenwinkel auch wie Jenna hin und wieder leise ihre Lippen bewegte.

„Von wem ist eigentlich der Strauß?", hackte sie verwirrt nach. Gabriel trat einen Schritt nachvorne und lies seine Finger über die Chrysanthenen streichen als er zwischen den Stielen einen kleinen Anhänger fand mit dem Buchstaben *E*. Lachend schüttelte Gabriel seinen Kopf, stand wieder auf und nahm seinen Platz neben Jenna ein.

„Also der ist von uns. Der ist von Gaby, der von Dominic anscheinend und…"

„Éric", fuhr Gabriel sanft dazwischen.

„Hätte ich mir eigentlich denken können", kicherte Jenna und Gabriel verstärkte seinen Griff um ihre Hand.

In den letzten Monaten war einiges passiert. Sowohl Gutes als auch Schlechtes. Gespräche, für die er dankbar war, mit Worten, die längst überfällig waren. Neue Beziehungen und Freundschaften wurden geschlossen, die er nie für möglich gehalten hätte. Genauso wie die Änderungen, die in den letzten Monaten bewiesen hatten, dass jeder Mensch in der Lage war sich zu ändern.

***

Etwas mehr als 72 Stunden hatte es gedauert, bis Gabriel damals aus seinem Koma erwacht war und geradewegs in Jennas Gesicht sah, während Denises vor seinen Augen immer mehr verblasste. Ihre Tränen und der Druck ihrer Hand auf seiner war das erste, was er damals wahrgenommen hatte. Es hatte ihn nicht überrascht, als die Ärzte ihm sagten, dass er voraussichtlich die nächsten zwei Wochen im Krankenhaus verbringen musste. Bereits zwei Tage später war Gabriel in der Lage gewesen Jenna, Gabriella, Dominic und auch Pater Millstone zu erzählen, wie er es geschafft hatte, das Geständnis von Jonathan zu bekommen. Natürlich wusste Gabriella bereits, dass es unmöglich gewesen war, dass er all das allein hinbekommen hatte. Er *musste* Hilfe gehabt haben. *Hilfe.* Éric, das war seine nächste Überraschung. Nachdem er Jenna eines Abends dazu bekommen hatte, die Nacht in ihrem eigenen Bett zu verbringen, tauchte Éric bei ihm auf.

Wenn Gabriel ehrlich war, musste er gestehen, dass er zunächst dachte sich das Gesicht seines Verbündeten einzubilden. Dass er dieses Risiko eingehen und sich in dem Krankenhaus zeigen würde, hätte er nie gedacht. Mit einem breiten Grinsen hatte Éric den Platz neben Gabriels Bett eingenommen und ihm so die restlichen Fragen zu beantworten, die er sich seit jenem Tag noch immer stellte. Tatsächlich waren es Éric und Alexander gewesen, die den Krankenwagen gerufen hatten. Natürlich ohne ihre Namen dabei zu nennen, sondern eher mit dem Vorwand, dass sie Schüsse aus dem besagten Gebäude und lautes Geschrei gehört hatten. Allein das schien dem Rettungsdienst damals genug gewesen zu sein.

Ich habe auf sie aufgepasst, Gabriel. Denkst du wirklich, ich lasse dich nach dieser Geschichte aus den Augen, ohne zu wissen wie es dir geht?, somit hatte er auch seine Frage beantwortet wieso *er* sich ausgerechnet in dieses Krankenhaus traute. Gabriel tat es noch immer weh zu lachen. Es ließ seine Brust, seinen kompletten Unterleib sich so zusammenziehen, dass er dachte seine Nähte könnten jede Sekunde aufreißen. Und trotzdem waren sowohl Jenna als auch Gabriella und Éric froh, dass Gabriel seinen Humor und sein Lachen nicht verloren hatte. Wie ein Freund, den Gabriel nie gedacht hätte in so einem Menschen wie Éric zu finden, blieb er an jenem Abend bei ihm. Sprach ihm immer wieder aufs Neue gut zu und flüsterte, wenn auch mehr zu sich selbst als zu Gabriel, dass Denise unglaublich stolz auf ihn sein musste. Wage nahm Gabriel Éics Stimme am Rande seiner Wahrnehmung noch wahr, ehe er den Kampf gegen seine Müdigkeit aufgab und einfach einschlief. Nach diesem Abend ließ sich vorerst auch Éric nicht mehr blicken. Alles was Gabriel am nächsten Morgen fand, war eine kleine Karte. Versteckt zwischen all den Blumensträußen, die er von

Jenna, Gabriella, Pater Millstone und der Gemeinde, seiner Station und sogar von Sheila bekommen hatte.

Du weißt, wo du mich findest. -É

Lachend schüttelte Gabriel seinen Kopf und versteckte die Karte vorerst in den tiefen seines Portemonnaies.

Die größte Überraschung passierte jedoch wenige Tage vor seiner Entlassung. Gemeinsam mit Jenna betraten nun auch Judy und Richard das erste Mal das Krankenzimmer ihres Sohnes, nachdem er vor mehr als über einer Woche aufgewacht war. Wie zu erwarten, verschlug der Anblick seiner Eltern ihm die Sprache. Für den Anfang war Jenna diejenige, die das Gespräch langsam ansteuerte und zwischen den beiden sprachlosen Parteien managte. Irgendwann hielt es Judy jedoch nicht mehr aus. Sie ließ ihren Emotionen, ihren Tränen freien Lauf und zog Gabriel vorsichtig in ihre Arme. *Gabriel.* So hatte sie ihn sogar genannt und zu seiner eigenen Überraschung erwiderte er, wenn auch ein wenig verwirrt die Umarmung seiner Mutter und den vorerst versöhnenden Handschlag seines Vaters. Das Ehepaar blieb an diesem Tag nicht lange, aus Angst das Verständnis ihres Sohnes in diesem Moment nicht überzustrapazieren. Kaum waren die beiden verschwunden, nahm Jenna ihren Platz neben Gabriel wieder ein und erzählte ihm von den heimlichen Besuchen seiner Eltern. Es war ihr kleines Geheimnis gewesen. Auch auf den darauffolgenden Abenden hatte Jenna den beiden in ihrer Anwesenheit erlaubt Gabriel zu besuchen. Ihnen die Chance gegeben, ihren Sohn zu sehen. Sie erklärte Gabriel ihre Reaktionen was die Taten von Jonathan betraf. Davon, wie sie Gabriella vollen Zugang zu der Firma gewehrten und alles taten, um ihr bei der Ermittlung unter die Arme zu greifen. Und genauso gingen die Veränderungen los und mit einem Mal schien Gabriels Neuanfang zum ersten Mal nichts im Wege zu stehen.

Nach seiner Entlassung bat er mit Jennas und Gabriellas Hilfe seine Eltern zum ersten Mal zu sich in die Wohnung, die zu der Zeit mehr einem Krankenlager ähnelte als das Apartment eines jungen Mannes. Jenna hatte sich fürs erste einige Zeit von ihrer Kanzlei beurlauben lassen, um sich in Ruhe um Gabriel zu kümmern. Sie erledigte die Einkäufe und schmiss seinen Haushalt. Verband unter seiner Leitung und seinem Wissen seinen Verband jeden Tag neu. Sie machte kleine Spaziergänge mit ihm, half ihm im Badezimmer und bei all den Kleinigkeiten, die man plötzlich in seinem Alltag wahrnahm, sobald man sie nicht mehr selbst machen konnte. Judy und Richard nahmen die Einladung sofort an. Hinterließen bei ihrem Besuch weder einen Kommentar über die Gegend, in der Gabriel wohnte noch über sein großzügiges Ein-Zimmer Appartement. Stattdessen brachten sie Blumen mit. Eine Flasche Wein, die Gabriel irgendwann wieder an einem gemütlichen Abend mit Jenna trinken konnte und eine Schachtel seiner Lieblingspralinen, die er als Kind immer so gerne gegessen hatte. Eine kleine, jedoch mehr als bedeutsame Geste. Still beobachteten Jenna und Gabriella das Ganze von der Küche aus. Auch wenn sie in diesem Moment mehr die Streitschlichter waren, wollten sie den Dreien ein wenig Privatsphäre geben. Es war kein einfaches Gespräch und auch nicht gerade ein schönes. Doch Judy und Richard hörten zu. Wohlmöglich zum ersten Mal in ihrem Leben hörten die beiden ihrem Sohn zu. So schwer es ihm auch fiel, öffnete Gabriel sich den beiden gegenüber zu mindestens ein wenig und bat sie in diesem Moment nur um eins: Geduld.

***

Mittlerweile waren 6 Monate vergangen und Gabriels
Leben hatte eine mehr als überraschende Wendung genommen. Der Streit zwischen ihm und seinen Eltern
war vorbei. Nach seiner Genesung wagte er den Schritt
und traf sich mit den beiden zum Essen. Stets mit
Jenna an seiner Seite, die nie etwas dagegen einzuwen-
den hatte. Das Verhältnis der Mitglieder der Familie
Rutherford war zwar noch immer nicht perfekt, doch
sie arbeiten dran. *Alle zusammen.* Es fing damit an,
dass sie sich einmal im Monat auf dem Friedhof trafen.
Gemeinsam Denise Grab besuchten und danach zusammen etwas Essen gingen. Jedoch Abseits von der
Expertise und den Kontakten seiner Eltern hatten Gabriel und Jenna es endlich geschafft ihr gemeinsames zu
Hause zu finden. Das Apartment, welches Jenna eins
in Paddington vor Gabriels Einlieferung ins Krankenhaus gefunden hatte, war wie zu erwarten nach ihrer
Absage direkt weg gewesen. Es hatte zwar ein wenig gedauert, doch dank Jennas kleiner Auszeit hatten sie
Gabriels Zeit in seinem persönlichen Krankenlager dafür genutzt, sich endlich gemeinsam umzusehen. Sie
befanden sich in den letzten Zügen der Renovierung
und konnten dank Gabriellas, Lucas und Domincs
Hilfe schon bald in ihr gemeinsames Heim einziehen.
Sogar Éric hatte seine Hilfe angeboten, nachdem er
sich nicht mehr länger verstecken musste. Gabriel besuchte seine Bar zweimal im Monat. Manchmal mit
Dominic und manchmal sogar mit Jenna. Doch am
liebsten besuchte er ihn allein. So verschieden ihre Le-
bensstile auch waren, fanden sie zu ihrer eigenen Überraschung einen kleinen Grundstein um ihre entstan-
dene, verrückte Freundschaft aufzubauen. Gabriella
und Jenna wussten bereits ebenfalls von Éric. So sehr
Denise sich auch bemüht hatte *ihre* Freundschaft

geheim zu halten, wusste Gabriella schon lange, dass ihre ehemalige Partnerin sich mit jemanden traf, der sich vielleicht nicht immer im legalen Netz der Gesellschaft bewegte. Doch um wen es sich handelte, konnte sie nie herausfinden. Bis Gabriel die beiden miteinander bekannt machte, nachdem Gabriella ihm versprochen hatte Éric seine gewünschte Immunität zu geben. Es war derselbe Deal, den er einst mit Denise hatte.

All diese Gedanken und Erinnerungen kreisten in diesem Moment Gabriel durch den Kopf, je länger er Denise Grabstein ansah. Ja, es war ein wildes, verrücktes Jahr gewesen. Voller Leid und Schmerzen und gleichzeitig ein Jahr, welches viele Überraschungen für ihn bereitgehalten hatte. Versöhnung und das entdecken der ein oder anderen Freundschaft.

„Alles gut?", riss Jenna Gabriel schließlich aus seinen Gedanken. Lachend schüttelte er den Kopf.

„Ich denke schon ja. Ich musste nur ein wenig an die letzten Monate zurückdenken."

Stumm nickte Jenna ihm zu und verstärkte ihren Griff um seine Mitte ein wenig mehr.

„Geht mir auch so, aber im Großen und Ganzen scheint es ein gutes Jahr gewesen zu sein, oder?"

„War es ja und etwas sagt mir, dass das nächste noch besser wird."

Diesmal war es Jenna, die seine Worte mit einem kleinen Lachen quittierte. Vorsichtig löste sie wieder ihren Griff um Gabriel, um zu ihm aufzuschauen.

„Nun ja, mal schauen, ob wir das noch sagen, nachdem wir die Weihnachtstage mit deinen und meinen Eltern bei uns verbracht haben."

„Wenn wir bis dahin auch fertig werden", konterte Gabriel sofort und fing sich einen spielerischen Schlag von Jenna ein.

„Mir egal, ob die Wohnung fertig ist oder nicht. Ich muss in 2 Wochen aus meiner Wohnung raus sein, also muss sie fertig werden."

„Weißt du, nachdem was wir alles hinbekommen haben, schaffen wir auch das."

Der Wind um sie herum wurde immer stärker und Jenna zog ihren Schal ein wenig mehr nach oben, um ihr gerötetes Gesicht ein wenig vor der kalten Luft zu schützen, während Gabriel sich ein letztes Mal vor das Grab sinken ließ und mit seinen Fingern über Denise Namen strich. Es gab eine Sache, die er für sich behalten hatte. Eine Sache, die er weder Jenna noch Gabriella, Dominic oder Pater Millstone verraten hatte und das auch wohlmöglich niemals würde. Es war sein Geheimnis. *Ihr* Geheimnis. Denn die Wahrheit war, dass Gabriel damals nicht stark genug gewesen war, um allein aufzuwachen. Er stand am Scheideweg. Hin und her gerissen zwischen zwei Leben, nicht wissend, wo er hingehört, bis er *sie* endlich gesehen hatte. *Denise.* Und mit einem Mal hatte alles einen Sinn ergeben. All die Zweifel, die er einst in sich hegte und all die Worte von Pater Millstone, denen er nur schwer Glauben schenken konnte machten auf einmal Sinn. Denise war da. Sie war bei ihm. Mit jedem Schritt, denn er ging, ging sie mit ihm. Sie hatten nicht wirklich miteinander gesprochen und doch wusste er, dass er bei ihr war. Er konnte sie sehen und spüren. Ihr Lachen wahrnehmen und die Wärme, die ihr Körper ausgestrahlt hatte, während seiner einfach nur kalt war. Sie war bei ihm gewesen und er wusste, dass der einzige Grund, wieso er überhaupt aufstehen konnte sie war. Denise hatte ihm das letzte Stück Kraft gegeben, welches er gebraucht hatte, um es zurück auf die andere Seite zu schaffen.

„Wollen wir los?", drang Jennas Stimme langsam zu ihm durch, als er ihre Hand auf seiner Schulter spürte. Er wusste, dass sie schon spät dran waren. Dass

Gabriella, Lucas und auch Dominic bereits im Sawyers auf die beiden warteten, um ihre neue Tradition an diesem Tag fortzuführen.

„Ja, lass uns gehen", stimmte Gabriel zu und stand mit einer Bewegung wieder vom Boden auf. Lachend griff Jenna nach seiner Hand und verwob ihre Finger mit Gabriels, als sie sich gemeinsam auf dem Weg zum Ausgang machten. Und während Jenna munter vor sich her plauderte und ihm bereits die neuste ihrer immer wechselnden Ideen für ihre Wohnung präsentierte, schweifte Gabriels Blick ein letztes Mal zu Denise Grab herüber. So sehr ein Teil von ihm sich auch wünschte, sie ein letztes Mal zu sehen zu können, sei es auch hier an ihrem Grab, war es okay. Seine Lippen verzogen sich zu einem breiten Lächeln als er den Wind in seinem Gesicht spürte. Für einen Moment glaubte ihr Parfum zu riechen. Ihr Lachen im Rascheln der Blätter, welche um ihn herum tanzten zu hören. Sie war da. Sie war hier. Für immer, auch wenn er sie nicht sehen konnte.

Danksagung

Danke, an all meine Leser, die sich die Zeit genommen haben, Gabriels und Jennas Geschichte mit mir zu erleben und zu folgen.

Danken an all meine Freunde, die mir zugehört haben als ich angefangen habe diese Geschichte zu formen, ohne zu wissen, wo es überhaupt hingeht. Freunde und über die Jahre neuentdeckte Kollegen, die sich durch jede Fassung gelesen haben. Nicht nur mein zweites Paar Augen waren, sondern auch Ohren und dem ständigen Wandel dieser Geschichte zugehört haben, auch wenn es manchmal Auf und ab ging.

Ein besonderer Dank geht jedoch an Mary von Color of Cronos. Durch sie hat das Buch, das Gesicht bekommen, nach welchem ich immer gesucht habe und ich kann mir nur schwer vorstellen, dass jemand anderes so sehr ins Schwarze getroffen hätte, wie es ab dem ersten Moment tat. Danke, für das wunderschöne Cover und all die Gespräche und Tipps mit denen ich ein wenig mehr gewachsen bin.

Ein großes und letztes Dankeschön geht an meinen Freund. Meinen Support von der ersten Sekunde an. Meine Motivation, die mich in schweren Tagen dazu ermutigt hat, den Stift wieder in die Hand zu nehmen und das zu tun, was ich so sehr Liebe. Ein genauso großes Dankeschön geht ebenfalls an meine neugierige Familie, die es kaum erwarten konnte, dieses Buch endlich in den Händen zu halten. Egal in welcher Stadt oder in welchem Land sie sich befinden.

Über die Autorin

Stefanie Scholtysek (geboren am 15.März, Iserlohn) ist eine deutsche Diplom-Regisseurin, Autorin und Drehbuchautorin.

Als Autorin schreibt sie größtenteils in den Genres Romantik, Drama, Krimi.

2016 beendete sie ihr Studium in Film- und Fernsehregie an der Ruhrakademie in Schwerte und schloss dieses erfolgreich mit ihrem ersten Langfilm Veritas – Das Geheimnis der Kleinstädte ab.

Bereits 2014 veröffentlichte sie während ihrer Studienzeit ihren Debüt-Roman: Something to believe in.

LERNE GABRIELS UND JENNAS GESCHICHTE
VON ANFANG AN KENNEN:

DARE TO HOPE
DIE ZWEI LEBEN DES GABRIEL EVANS
TEIL 1

JETZT ÜBERALL ERHÄLTLICH